養娃好食光

1

風文創
1268

三朵青 著

目錄

序文

三朵青

在現實生活中，我一直追求安穩平定，選了一條自己的路，就盼望著一路上沒有坎坷、沒有劇變、沒有難關，可以順順利利地走到目的地。但我也知道，順代表著平，追求穩定的另一面意味著，日子是有些枯燥乏味的。

可在夢裡、在書裡，用天馬行空的想像力，也能體驗另一種恣意人生。

夜幕降臨，沒有點燈的眼前雖是一團漆黑，但沈入夢境深處後，世界變得絢麗多彩，四季可隨心而變，浮生能隨念而動。

春風微拂，紫色的藍花楹花瓣掉落，點綴在坐於枝頭相依偎的愛侶身上；夏陽傾斜，夜雨忽至，雷聲滾動，躺在柔軟乾淨的被子裡與身邊人呢喃細語；拾秋幸喜，尋天地饋贈，與親友摯愛穿行林間而悠然自得；隆冬安樂，大夥兒找一處溫泉，吃一頓火鍋，談天說地，酒餘飯飽後，醉眠樂逍遙。

這次，我在南越縉寧山。這是我的夢，也是我諸多小世界中的一個，如今能與人共享，是我之幸事。

遊夢者，你好！歡迎來到雲岫與程行彧的小世界遊憩。

第一章

「程行彧，我最後再問你一遍，你當真要與別的女子成親？」

雲岫壓住心底不斷湧出的酸澀與苦楚，盡力忍下想暴打眼前人的衝動，就是為了把事情弄清楚。

她要確認，這個和她耳鬢廝磨半年多的枕邊人，她的意中人，真的要娶別人為妻嗎?!

程行彧端坐在她正對面，一副儒雅倜儻之態，神清骨秀之姿。只可惜，明明是個玉樹臨風的小郎君，卻偏偏生了一雙黯然無光的眼。

他手中握著一根兩尺六寸長的青玉髓鑲纏碧竹杖，一眼看去便覺得價值不菲，根本想不到它會給人當盲杖。

聽見雲岫飽含怒氣的質問，程行彧的目光彷彿凝著霧般，無神轉頭望向出聲處。雖然動作徐緩，但口中的回應十分果斷，語氣堅定得不容任何人置疑。

「必定娶之。」

雲岫聞言，心底那根弦終於繃斷了。

「那我呢？你這樣又把我置於何地？」

「妳還是臨光別苑的夫人。」程行彧如是說道。

雲岫驚訝於此刻的她竟然沒有大哭大鬧，沒有舉動失常，還能出聲嘲諷程行彧，一問又一問。

「你說，一生一世只有我一人，是假？」

「過年時曾許諾，已籌備婚禮，要娶我為妻，是假？」

「這些日子以來，你我的情愛，也是假？」

面對雲岫的連三句質問，程行彧只是握著青玉竹杖，抿著嘴唇，冷漠而淡然，好半晌才吐出一個字。

「是。」

「你喜歡那人，還是愛上她了？」

回答她的是一片沈默。

雲岫的眼睛酸澀難忍，卻睜得大大的，不想讓淚珠滾落。

呵，這就是她的意中人。

臨光別苑？是不是以後程行彧來這裡歇一晚，她還要說一聲：大爺，歡迎您下次光臨。

臨個屁！

她的教養絕不容許她給別人做妾，做小三，做外室。只要程行彧敢娶他人為妻，那就代表他們以後再無任何可能。

雲岫想著想著，心裡越發覺得委屈，眼淚再也忍不住，啪嗒啪嗒往下掉。要是她沒有身穿異世，沒有遇到程行彧，哪會經歷如今這場讓她吞聲飲泣，還受盡委屈的桃花劫。

雲岫穿越前，是主修城鄉發展與規劃的研一新生。她得益於博聞強識，過目不忘的滿點技能，記憶力超群。學生時代連跳三級，十九歲就考上研究所，也算是學校裡的風雲人物。入學兩月，她就被導師選去參與鄉下田調，明面上是帶領學生躬身實踐，悉心教導，實際上是隨身攜帶一個知識儲存器，畢竟應答如響又從善如流的高性價比工具人，誰用起來不歡暢。

只是，沒想到途中意外橫生，令她身穿異世，來到這個歷史上不曾出現的南越王朝，還被露宿鄉野的程行彧收留。

本以為像穿越小說一樣，她遇到正緣，收穫了愛情，沒承想最終會是這麼個破爛結果。但她也不願自己的感情像其他影視小說的男、女主角那樣，兩個人像是沒長嘴似的，誤會重重就是不解釋，最後被迫分離。

說到底，她還是想再為自己爭取一回。

紅了鼻頭的雲岫努力平復情緒，不想讓程行彧知道她哭了。

她用手背拭去眼角的淚水，緩和情緒後，再次詢問。「你是不是有什麼苦衷？是生意上遇到什麼事了，還是你有其他謀算？你說出來，我幫你出謀劃策。」

如果程行彧有難言之隱，她願意陪他共同面對。她是穿越者，曾閱覽過很多書籍，學習過很多技能，憑藉所知所解，總能為程行彧出主意，找到解決問題的辦法。

可惜，程行彧令她失望了。

不等雲岫語畢，程行彧側過臉，避開她的目光，漠然打斷她。「不必再多言。下個月我會同徐姑娘成親，妳就待在臨光別苑，一切用度照舊。」

什麼意思？雲岫一時沒反應過來，但見程行彧已手執青玉竹杖起身，清脆的敲擊聲落下，慌忙扯住他的衣袖。

「怎麼，你真想把我困在這裡？難不成你成親後，打算讓我繼續當你見不得人的野娘子，還是登不上檯面的外室？」

是，她身穿異世，一窮二白，要不是程行彧，她在這裡就是沒錢沒戶籍的黑戶。但是，這並不代表她會委曲求全，任人這般踐踏，去當沒名沒分的小三。

程行彧被她這話氣到了。什麼野娘子？什麼外室？

他想為自己辯解，但察覺到屋頂處潛伏的氣息後，忍下衝動，握緊手中的竹杖，說出來的話越發尖酸刻薄。

「除了這裡，妳還能去哪？」

雲岫不可置信，渾身力量彷彿瞬間被抽空，腦海裡更是一片空白。最終，她無力地鬆開手，不再阻攔，放任程行彧離去。

等人走遠了，雲岫才回過神來，身子發軟，只能慢慢挪步坐回桌前。

圓桌上擺滿她精心烹製的菜餚，有水煮肉片、蒜泥白肉、酸豆角炒肉末、麻婆豆腐、魚香茄子。

程行彧喜辣，她經常下廚為他做菜，但今天狗男人的一番話語，真真切切傷透了她，彷彿這一年來的時光全餵給了白眼狼，現在連這些可口飯菜都看不順眼。

「把這些東西端走吧。」

候在門外的小丫鬟聞言，立刻進來，索利地將所有吃食撤出去，端走最後一盤酸豆角炒肉末時，一個面容慈祥的嬤嬤從屋外進來。

小丫鬟們行禮，恭敬地喚一聲。「寧姑姑。」

和程行彧爭吵是一回事，與人往來又是另一回事，雲岫不會把怒氣撒到旁人身上，何況是一位待她和善的姑姑。

雲岫起身打了招呼，招呼寧姑姑入座。

小姑娘眼角還有濕意，寧姑姑看在眼裡，心疼了兩分，但她此行目的是來勸解小姑娘的，牽過雲岫的手，婉言笑道：「姑姑就不坐了，今天天色好，花園裡的梅花也開了，不如陪姑姑去走走？」

雲岫隱約有感，寧姑姑是有話要說，便遂了她的意，兩人一同來到後院梅林。

現今她身在南越京都城東，住在程行彧準備的臨光別苑裡。

這座院子不小，前有池塘，後有梅林，玲瓏精緻的亭臺樓閣掩映在花叢中。如果沒有程行或成親這樁事，沒有寧姑姑的不停勸解，那她是有興致認真賞梅的，而不是像此刻一樣，羨慕這些自由生長的梅花，聽不懂人語，生不出煩惱。

「姑娘與小主子的感情深厚，姑姑看在眼裡，心裡自然也是歡喜。但小主子娶徐家姑娘已是鐵板釘釘的事，姑娘何必再徒增憂恐，將自己陷於苦悶之中。

「徐家姑娘是個好相處的人，姑姑與她有過幾面之緣，她品行端正，性子柔軟，成親後必不會苛待姑娘。再者，只要小主子的心在妳這裡，日子就不會和以前有任何不同。徐姑娘嫁進來後，除了正妻頭銜，還能得到什麼？

「想想從前，姑娘喜歡讀書，小主子就為妳尋典籍孤本；妳喜歡珍珠，小主子就為妳買下各色珠子；妳想做的事，他都遂了妳的意。天下女子，要想得這麼個知心人，得修幾世功德，做多少善事？京都裡，無論出嫁的或沒出嫁的，哪家小女郎能得如此寵幸？

「人啊，知足便常樂，常樂便少煩惱，少了煩惱、少了爭執，日子才能繼續過下去。妳說是不？雲姑娘。」

寧姑姑是程行彧生母的貼身丫鬟，夫人去世後，便由她護著程行彧長大。她曾經期盼桀驁不馴的小主子不要一心陷入仇恨裡，若能得一真心人相伴，那她便心滿意足，就是讓她立地死去都成。

可當雲岫出現後，她又開始懷疑，開始不滿足。像雲岫這樣無親無故，沒有家族當後盾，沒有財帛為底氣的孤女，如何能予以助力，助程行彧成事？

幸好，程行彧即將娶徐家姑娘為正妻，如今她只要說服雲岫留下，那就既有了勢，又保全了情，兩全其美。

雲岫一聲不吭，垂頭聽著寧姑姑的勸導與敲打。寧姑姑每多說一句，她的臉就白一分。一種深深的無力感再次朝她湧來，原以為一年的相處能改變什麼，結果仍是積習難改。

她忍不住問：「徐家姑娘很出挑嗎？」

寧姑姑直言道：「是徐太傅家的姪女，品貌雙絕，在祖籍賀州也是出了名的才女，年前才隨家人進京。」

雲岫聽著，突然折斷身側的一枝梅花，拿在手中，湊到鼻前，輕輕嗅了嗅。

此行徑讓寧姑姑一時摸不清她的態度，愣怔片刻。不等她開口，就聽雲岫誇讚了一聲。

「阿彧行商，又多與世家官商打交道，人脈繁複，關係複雜，若是沒有一位心思玲瓏的妻子為他走動，各方阻力必然不小。徐太傅家的姑娘確實當娶，與阿彧定是一對璧人。」

雲岫勾了勾唇角，面上盡是平靜與祥和，彷彿因為梅林的清麗之景，忽然想通了，一掃先前鬱悶。

寧姑姑看雲岫這副從容閒淡的模樣，一時被迷惑，沒發覺不對勁，還為她的識趣而滿意，笑著點頭附和。

「是啊，徐家姑娘的哥哥在賀州開酒樓做生意，平日又廣結善緣，勝友如雲。若是小主子與徐家姑娘成婚，必然受益良多。」

雲岫撚著梅花枝，覺得她還是有說反話的天賦，失笑著繼續自嘲。

「我一介孤女，無才無名，又無娘家長勢，更不能為阿彧帶來絲毫利益，能得他一片真心相付，已經是幸事一樁，確實要知足知止。如今得寧姑姑指點，日後必安心留在院中，與他相守，待他歸來。」

寧姑姑點頭，甚是欣慰。「既如此，姑娘不可再與小主子置氣，免得傷了和氣。」

雲岫軟聲應下。「是，寧姑姑。」

片刻後，小丫鬟將寧姑姑喚走，雲岫依然駐足於梅林中，看著手中把玩的梅花枝，嗤笑一聲。

相守個大頭鬼！

她雲岫，絕對不會與旁人共用男人。

若是她記得不錯，程行彧為她弄來的南越戶籍，應該就存放在書房裡。

傷了雲岫的心，程行彧這幾日也不好受，但他別無選擇，為了儘早得到瓊華冊，娶徐沁芳是最快的選擇。

「徐家和侯府的探子還沒走嗎？」

程行彧的心腹洛川如實稟告。「臨光別苑裡還剩一人，是侯府那邊的，每日傳遞消息給侯府。」

程行彧神色不變，他爹程晉當真慾令智昏，繼夫人的耳邊風吹多了，不僅迷了眼，還傷了腦子，以為真能插手他的事。

「她呢？」

「洛羽一直守著，暗中保護。但雲姑娘除了用飯、睡覺，便是在屋內讀書，連書房也不去了，都是讓丫鬟去取書。」

臨光別苑的書房很寬敞，雲岫喜歡書，便在原來的基礎上擴建，與之前相比，大了五倍有餘。若和京都長潤街上最大的書肆相比，也不遑多讓。

一排排的木架子上，整整齊齊排滿各類書籍，有志怪故事、遊記小傳、經史子集等等，有他尋來的，也有他謄抄的。

往日雲岫最愛待在書房裡，在軟榻上放兩個細藤靠枕，榻邊再擺好喜食的花茶乾果。如果遇上天陰下雨，她能蓋條小毯子待到天黑。

可她現在不去了，就是生氣，氣他娶妻。

程行彧摩挲著手中的青玉竹杖，吩咐洛川。「去珍寶閣看看，有新進的珠子就買下。」眼下他只能等瓊華冊到手，待事情了結後，再向她賠罪。現在多攢些珠子，只望雲岫到時能消氣。

吩咐完，他獨自去了茶室。

此時，在外行動緩慢的程行彧步疾如風，即便不用青玉竹杖探路，也能從容避開所有障礙，那雙看似無神的眼睛也恢復了神采。

他從來都不瞎，不過是將計就計的手段罷了。

走到茶室盡頭，程行彧用手中青玉竹杖輕輕敲打地磚幾下，藏於牆後的密室暗門便嘎吱一聲，緩緩開啟。

一名身著墨錦綢緞的男子已然背坐在室內，只聽程行彧喚道：「兄長。」

程行彧在密謀，雲岫亦有籌劃。

在梅林談話那日，令她明白，她改變不了這些人的固有思想。在寧姑姑眼中，她就是來歷不明、無才無德、無權無勢的孤女，配不上她的小主子，當不得程行彧的正牌夫人。

甚至，在臨光別苑的眾人眼中，她只是程行彧養在外面的女人，連丫鬟都只稱呼她一聲姑娘。

如今她能做的，就是守住自己的本心。

程行彧這狗男人，她不要了。

雲岫抱著她的小箱匣，放在桌上，開始清點可帶走的「盤纏」。這些東西都是程行彧送她的，與其便宜了徐家女，虧待自己，倒不如拿走一些，充當分手費。

大小不一的珍珠鋪滿箱匣最底層，質感細膩光滑，閃耀著珠光，多以白色珠子為主，也有粉色的、藍色的、黑色的夾雜其中。

另一層是珠釵首飾，有奢華豔麗的，也有素雅別致的，件件精美。但精緻的首飾不方便攜帶，她只好把金鐲子翻找出來，又取了幾顆大珍珠。

雲岫閉門不出，蟄伏數日，就是要降低院中丫鬟與小廝的警惕，尋找遁逃之機，今夜便有機會一試。

孰料，她拉開房門，竟發現兩個小丫鬟守在外面。

兩人看見雲岫，齊聲叫喚。「雲姑娘。」

雲岫邁出的步伐僵住，心頭發虛。她身負重金，像是騙財騙色又捲款潛逃的女騙子。

「夜已深，怎麼還在這裡守著？回去歇息吧。」

別苑裡鴉雀無聲，尷尬得可怕，兩個小丫鬟依舊站立在門口兩側。

雲岫一邊假裝整理衣裙、一邊朝外走去，卻見兩個小丫鬟始終跟在她身後，她走到哪裡，她們便尾隨到哪裡。

「妳們不必跟著伺候。」

兩個丫鬟對視一眼，其中一人道：「天色已黑，姑娘不如早些回屋休息。若有事，儘管吩咐奴婢去辦。」

這究竟是監視，還是伺候？

「去廚房傳話，我要吃消夜，要杏仁茶、蝦仁炒麵、翡翠湯。」一道新鮮的翡翠湯，沒有半個時辰是做不出來的。

一個小丫鬟應下，小跑而去，留下另一人。

雲岫閒步溜達，逛到後院梅林，期間暗自觀察，小丫鬟的目光果然一直停在她身上。

「紅梅景配清酒香才有意思，妳去幫我取一壺。」

只要再支走這個，她就能穿過梅林，從後門爬樹翻牆而出。

可小丫鬟不上套啊，朝身後啪啪拍了手心兩下，對不知從哪裡冒出來的小廝吩咐。「去取兩壺梅釀清酒。」

「是。」小廝去了，小丫鬟依舊跟著雲岫。

雲岫捂住胸口，差點接不上氣。此時，她還有什麼不明白的，這就是明晃晃的監視。程行彧這個狗男人，有了家花還不放棄野花，早有了防備之心。

此路不通，還瞎逛什麼？

「冷了，回去吧。」

既然裡面出不去，那就從外面走。

雲岫的一舉一動，程行彧都知曉，聽完下屬稟報，慶幸自己早早做了布局。

「侯府的探子走了嗎？」

「酉時就走了。」

二月的京都，寒意還未散去，甚是凍人。而臨光別苑又與尋常無異，十分無趣，探子便逐漸鬆懈，一日來一回，確認程行彧還在府內，就算交差。

得知今日盯梢的人走了，程行彧拿起青玉竹杖，點地摸索，走至雲岫住處。

一股冷氣突然鑽進捂得暖和的被子裡，誰能不驚醒？

雲岫察覺到是程行彧，便懶得叫喚了。

「做什麼？」

「睡覺。」

程行彧未點亮燈燭，把青玉竹杖靠在床頭邊，摸上床，與雲岫同蓋一床被衾，把她攬入懷中，舒服又滿足地喟嘆。「岫岫真暖。」

雲岫真想把他踹下去，朝床裡面拱了拱，想拉開距離，但狗男人又緊貼上來。

「岫岫，再往裡就貼牆了。」

黑暗裡，感覺更加明顯，程行彧不僅看得到雲岫的臉龐、髮絲，更聽得到她的呼吸，聞得到她的體香。在雲岫的挪動間，兩人身體相觸，再加上多日未曾親近，難免心生慾念。

程行彧的變化，雲岫自然察覺得到。溫柔的語調，對她難以控制的慾望，這才是她的程行彧。

思量片刻，她的身子鬆軟下來，靠在他懷裡，出了聲。「明天我想去珍寶閣看珠子。」

「最近還沒上新貨。若有新的，我讓掌櫃送到院裡。」

雲岫撇撇嘴，繼續不死心地道：「我想去喝城西的羊肉湯。」

「明日我讓寧姑姑幫妳帶回來。」

雲岫翻過身，夜裡只能依稀看見狗男人的輪廓，扯著程行彧胸前的衣襟，嬌聲嚷嚷。

「羊肉湯要現喝才會又香又暖，拿回來都沒那滋味了。」

「那就讓廚房熬一鍋……」

雲岫輕捶他數下。「味道不一樣，我就想吃城西的。」

程行彧道：「把……」廚子請至府中。

未等他說完，雲岫極不耐煩，一字一頓地說：「我就是想出去喝羊肉湯。」

夜裡，人的呼吸聲、輕喘聲格外清晰，不消一會兒，程行彧果然妥協了，但追根究柢，他也想看看雲岫究竟能如何，低沈沙啞又充滿慾望的聲音響起——

「好。但我從了妳，妳也得從了我。」

程行彧的氣息變化，雲岫最清楚，聽見他還在討價還價，著實不爽，伸手朝他身上軟肉襲去，果然聽到一聲悶哼。

罷了，趁狗男人乾淨，還能用用。

她主動扒了程行彧的褻衣，欺身而上。反正程行彧身材好，她又不吃虧。

第二章

翌日晌午，雲岫才慢吞吞地出了臨光別苑。

她有心想早起，卻起不來。要不是為了出去踩點，她何至於那般妥協，任程行彧廝纏了大半夜。

等雲岫上了馬車，向西市而去，院前小廝才進茶室回稟。

「出去了？」

「是，寧瑤跟在雲姑娘身邊，洛羽守在暗處。」

「跟好，護好。」

等小廝退下，程行彧不由失笑。昨晚都那樣了，今日還要出去，若說雲岫沒有圖謀，他是怎麼也不信的。

她想如何便如何吧，出去走走也比待在屋內強，總歸人又跑不掉。

雖然身邊跟了人，但一點也不影響雲岫吃喝玩樂的心情。

你有你的張良計，我有我的過牆梯。

她先去羊肉湯的攤子，叫上寧瑤一起喝湯吃肉，那滋味讓身子暖洋洋的，神清氣爽。

寧瑤是寧姑姑的乾女兒，聽說是個乞兒，小時候經常被人欺負。寧姑姑看她可憐，才收留了她。

如今寧瑤才十七歲，年紀不大，腦子也不太靈光，就是一根筋，認死理。

程行或讓寧瑤跟在她身邊，真是頂好的一步棋。只要有寧瑤在，她做什麼都會被盯著，包括但不侷限於吃飯、聽戲、看書、上茅廁。

「好吃不？」

「好吃。」

「今天除了跟著我，妳還要做什麼？」

「只跟著雲姊姊，不做什麼。」

寧瑤是臨光別苑裡唯一會叫她雲姊姊的小姑娘，心思單純。雲岫邊吃邊套話，問了幾句，沒問出個名堂來，便暫且作罷。

雲岫喝了不少羊肉湯，找店家借茅廁。「寧瑤，走，一起去出恭。」

接著，兩人上珍寶閣頂樓看珍珠，雲岫坐到窗邊，拉著寧瑤慢慢挑選。「寧瑤，哪一顆好看？」

去裁衣鋪看布疋，發現好看的衣裙，雲岫也叫上寧瑤。「寧瑤，我們去後院試衣服。」

最後，雲岫走街串巷，喝了兩份小吊梨湯，直到天色暗下，才一手糖畫、一手冰糖葫蘆，回了臨光別苑。

三月初，臨光別院多出幾張生面孔，雲岫無心去打探，程行彧忙得不見蹤影，兩人也沒機會再為他成親一事爭吵。

雲岫經常出門溜達，在街巷中找尋各式各樣的小吃，天色晚了就回去，並不耽擱。大概是因為識趣乖巧的端正態度，程行彧沒再阻止她外出，就是讓寧瑤跟隨在側，寸步不離。

這日，她去聚興樓吃現滷燒鵝，恰巧樓裡上新菜，吃撐了，便和寧瑤去藥鋪找消食丸。寧瑤真是稱職的小尾巴，雲岫做什麼、吃什麼、說什麼都牢牢盯著。雲岫身在藥鋪，有心買迷藥，卻無計可施。

雲岫買到消食丸後，無奈離去，卻在轉身時不小心撞到一位衣裳單薄的小郎君。

小郎君懷裡還抱著一個奶娃娃，儘管奶娃娃身上裹了好幾層大人的衣衫，但看上去還是小小的。

「對不起。」

「不好意思。」

兩人異口同聲地道歉，雲岫側身讓開，卻見小郎君腳步未邁，大夫不耐煩地嚷起來。

「都說了，你先把之前的診金結清再來。我只是個坐診大夫，墊不起藥費。」

「大夫，求您了，再幫忙看看吧。」

那聲音與他的容貌一點也不相符，低啞粗澀，像破舊的二胡，被不懂樂理的人拉出難聽的吱啦聲。

老大夫起身趕人，嘟囔著。「這小娃子身體寒涼得很，我這裡救不了，去別處看吧。」要是有錢，還能再用些桂枝、麻黃發汗祛寒，但他已經墊了不少銀錢，再亂發善心，這個月少拿些月錢回去，豈不是又要被家中婆娘鬧得不得安寧。

小郎君也知道自己欠下不少診金，但孩子不能不救。

「大夫，您再借我一些銀錢，我以後會還的。」

「走吧，別妨礙後面的人看診。」

一人不願走，一人非要趕，推搡間，雲岫出聲打斷。「欠多少診金要還，需多少銀子才能治？」

老大夫一愣，怕冤大頭走了，連忙回道：「欠八百六十文，治療還需二兩銀子。」

雲岫把錢袋拿出來，摸出兩顆銀錁子，把小的一顆放在案桌上，對老大夫說：「三兩銀子，給孩子看病。」再將大的一顆遞給小郎君。「拿去買些棉衣，要是你也倒了，還有誰能為孩子奔波。」

小郎君沒有拒絕，也無法拒絕，冰涼的手接過銀子，聲音哽咽。「謝謝。我怎麼還？」

雲岫瞥見他懷中瘦小的孩子，搖搖頭。「不用還了。」

她朝外走去時，還隱約聽見身後傳來大夫的喝斥聲。「怎麼會越發嚴重了？先含顆藥丸，抓了藥，趕緊去後院熬……」

雲岫走出藥鋪後，便去書肆一趟。她吃撐了，得多走動消食。

她在書肆待了一下午，選了近期新出的《遊錦州記》、《金玉傳奇》、《經絡穴位圖》，還有兩本春宮圖冊。

出來時，她看見衙役在街頭黏貼告示，擠滿看熱鬧的人，道：「寧瑤，走，去看看。」

原來是懸賞告示。三日前，京都發生一樁殺人縱火案，嫌犯是一名女子，年約二十上下。如有知曉女賊蹤跡者，得賞二兩銀子；如捉拿歸案者，得賞十金。

告示上畫著女賊的畫像，雲岫看著那團墨，失笑出聲，要想靠這張懸賞告示抓到人，真是異想天開。

寧瑤不明白雲岫笑什麼，但今日出來得久了，便提醒道：「雲姊姊，我們回去吧。」

雲岫收斂笑意，應了聲。「走吧。」

回到臨光別苑，雲岫沒有急著把書送去書房，反而先帶回住處。

晚上，程行彧尋過來。再兩日就要成婚，期間不能有意外，不論是雲岫，還是瓊華冊。

青玉竹杖的清脆聲和腳步聲漸漸傳來，雲岫趕緊收起《經絡穴位圖》，壓在一疊書冊的最底下，隨意拿了一本書，沒想到卻是春宮圖冊。

這時，門吱呀一聲被推開，慌亂間，她不好再更換書冊，開始佯裝翻閱。

程行彧進來，她放下圖冊，上前攙扶。「怎麼就你一人，洛川呢？」

「在外面候著。」程行彧放空眼神，摸索到雲岫的手，任她牽扶著，來到桌前坐下。瞥見隨意放在桌上、翻開一半的春宮圖，嗓子忽然發癢，輕咳一下，壓下那股心思，才不經心地問：「在做什麼？」

雲岫替他倒了杯水，放在他手中。「在看遊記。」

程行彧看不見她在做什麼，雲岫就隨口胡謅應付。

坐了好一會兒，沒聽見程行彧說話，更搞不清楚他的意思，雲岫正要開口趕人，便聽程行彧又問她。「怎麼許久未翻頁？」

她一時愣住，想到曾聽人說瞎子的聽力更勝常人，拿起手邊那冊春宮圖翻看，順口提道：「你過來有事？」

「無事。」

「哦。」雲岫也不管程行彧，把他晾在一旁，逕自翻看春宮圖打發時間，打算等他走了，再研究那冊《經絡穴位圖》。

又過了一會兒，小丫鬟進來剪燭芯，屋內亮堂了些。直到她把一本春宮冊翻完，程行彧依然坐著不動。

雲岫催促道：「早些回去休息吧，你不是忙著準備成親的事嗎。」

程行彧皺起眉頭。「妳在趕我？」

為了大計，雲岫不得不忍，神色變換間，找到藉口。「不趕，是我睏，要休息了。」

「那就伺候漱洗。」

程行彧一聲令下，屋外的小丫鬟一個接一個進來，端盆倒水拿布巾，有條不紊。

直到程行彧坐在床邊，雲岫還在懊悔。早知她就早些睡下，明早再起來研究，怎會呆傻地看完一整冊春宮圖。

吹滅燈燭，兩人平躺在床上。

程行彧的氣息、氣味縈繞在紗帳內，而雲岫看了一整冊的春宮圖，腦子開始不清明，心思不寧靜。那些畫面、那些姿勢，彷彿就在眼前。

她忽然覺得，過目不忘也不是件好事，此刻清清楚楚地記得冊子上的細節，甚至還能把主人公替換成她和程行彧，想入非非而不可止。

程行彧聽著雲岫不是很平靜的呼吸聲，唇角微提，故意側身擠過去，面朝雲岫，手搭在她的腹間，驚得雲岫拂動手臂。

他的聲音清冽乾淨，低沈道：「睡不著？」

既然他也沒睡，雲岫懶得再忍，貼了過去。兩人你儂我儂，彷彿回到一個月前毫無芥蒂的時候。

雲岫依偎在程行彧火熱寬闊的懷裡，那感覺既是甜的，又是澀的。再過兩日，他們就會分別，她的男人便要便宜別的女人。

他們曾經踏青登高，圍爐煮酒，同遊廟會，放燈許願……更如尋常夫妻那般同床共枕，相擁相愛。那些情感、那些經歷，深入骨髓又刻入心扉。

雲岫知道，不管她能不能回到原來的世界，她都不會再愛上別人了。程行彧，真的很合她的意。

直到雞鳴三聲，雲岫才漸漸睡去。

程行彧摟著她，聽著她口中無意識的呢喃，無比滿足。此生情與愛，唯願與雲岫沈淪。他擁緊她，在她額間留下一吻，柔情哄道：「睡吧。」

三月初七，程行彧大婚。

臨光別苑一如既往，沒有張燈結綵。雲岫從寧姑姑那裡得知，婚禮在他處舉辦，這裡除了她，不會有其他人踏足。

看著寧姑姑盈滿喜悅的笑臉，雲岫覺得挺諷刺的。第一次與寧姑姑相見，她也是這般喜笑顏開。

程行彧娶妻的事，既然她想開了，就不會再糾結，自然也不會給人臉色瞧。

她收拾好東西，準備妥當，如往常那般約寧瑤去聚興樓吃燒鵝。

小姑娘難得扭捏，道：「雲姊姊，要不去城西喝羊肉湯吧？」

去聚興樓可不單吃燒鵝，雲岫哪會願意，拉著寧瑤就往外奔。

這下好了，不只寧瑤不安，連躲在暗處的洛羽，心也跟著突突亂跳。

到了聚興樓，雲岫坐在二樓雅閣窗前吃燒鵝，看著樓下的迎親隊伍，才回過味來，怪不得今日的寧瑤坐立不安，彆扭得很。

「快來看，是景明侯世子娶親了，聽說娶的是徐太傅家的親姪女！」

「雖然只是姪女，又一直住在賀州，但這新娘子可是賀州有名的才女。」

「賀州有錢啊，景明侯世子當真有福氣。」

「就是啊，他母親也是出身富貴人家，再娶這麼一位有才有名更有錢的妻子，這位世子爺真讓我等羨慕。」

長潤街上熱鬧得很，樓下的閒言碎語，雲岫不想聽也不行。她坐在窗邊，將百姓們的議論聽得清楚，更看得清如長龍般的迎親隊伍一路吹拉彈唱，與身著大紅色喜服的程行彧。

寧瑤不安地道：「雲姊姊……」

自從雲岫來到臨光別苑，大夥都瞞著她，雲岫至今仍不知程行彧的真實身分。如今被百姓的閒話捅破了，怎能不緊張，還偏偏是今日被她知曉。

雲岫擺擺手，不甚在意地勸慰寧瑤。「沒事，妳主子是世子爺才更厲害呢，雖然我做不成世子妃，但憑妳主子對我的寵愛，好歹能得個側夫人當當。再不濟，一個外室也能享盡榮華富貴。」

她吃著燒鵝，面上沒有一點悲傷愁苦。一根筋的寧瑤看不懂，也猜不透，只能陪著。

直到程行彧的迎親隊伍走完，雲岫才揉揉脖頸，對寧瑤說：「寧瑤，我好像扭到了，幫我揉揉。」

寧瑤未做他想，俐落起身，來到雲岫身後，以適當力道在她肩膀處揉捏，嘴上還問：

「雲姊姊，這個力道合適嗎？有沒有好一點？」

她捏了幾下，都沒有找到對的位置，雲岫把她拉到一旁坐下，親自上手示範。

「大概是這裡！」雲岫找到經脈穴位圖上的位置，一記手刀拍在寧瑤啞門穴下方。

小姑娘坐直的身子瞬間無力軟下，雲岫扶著她，讓她趴在桌子上。

「抱歉。」可能要令寧瑤受罰了。

雲岫不敢耽擱，朝聚興樓後院行去。不想，還沒出後門，就被人堵住了。

幸好來人不是程行彧，而是程行彧的屬下。雲岫懸著的心得以放下，她隱約記得，這人應該是洛羽。

雲岫不是很確定地叫出名字，就聽見洛羽冷硬的聲音道：「屬下洛羽，還請夫人同屬下回別苑。」

洛羽舉止恭敬，態度卻是強硬，不給其他的選擇。

雲岫神色自若，卻暗自腹誹，程行彧行啊，不僅明面上派人跟著她，背地還使了手段。

她背著手，理直氣壯，一點也不慌，指著樓上說：「寧瑤還在上面。」

洛羽面不改色，拱手立於雲岫身前，態度執拗。「還請夫人同屬下回別苑。」

他執著，雲岫也不肯退讓。「寧瑤在樓上。」

僵持之下，洛羽無奈應了。「屬下會找人來接她，請夫人同屬下回別苑。」

「行，那就走吧。」雲岫毫不在意，彷彿她不是要走，只是下樓溜達似的，神態坦然地跟著洛羽出了聚興樓。

但世態炎涼，人心不古，洛羽選錯路了。

迎親隊伍剛走不久，長潤街上看熱鬧的百姓尚未散盡，有人在聚興樓門前排隊買燒鵝，有人在相互攀談，議論今日的親事，更有不少孩童還在街上撿撒落的喜糖。

總之，這是個好時機，也是雲岫最後的機會。

「這裡有拍花子啊！」

洛羽壓根兒沒想到雲岫會在長潤街上失儀亂喊，只聽到她大叫一聲，眾人猶如驚弓之鳥，孩童四散而逃找爹娘，大人們前推後攘找孩子。

人群湧動，混亂間，他把人跟丟了。

糟糕！洛羽的身心瞬間凍成寒冰。

今日是程行彧大婚，雖然他別有目的，但婚禮確實是真的。

麗貴妃自是歡喜，她的甥兒終於要成親了。

麗貴妃和程行彧的生母是雍州曲家的雙生姊妹，才色雙絕，名動京都。

姊姊曲灩入宮為妃，育有一子陸清鳴，排行第七，字瑾白，如今是備受乾堎帝恩寵的麗貴妃。

妹妹曲瀲嫁給景明侯程晉，也育有一子，便是程行彧，字晏之。可惜曲瀲早逝，景明侯再娶，她便多加照拂程行彧。今日程行彧成婚，算是了卻她的一樁心頭事。

麗貴妃不便出宮，之前聽程行彧提過，他的意中人唯愛書與珍珠，遂準備了滿滿一匣子東珠當賀禮。

禮已備好，卻看見身為兄長的陸清鳴還躺在軟榻上午憩，麗貴妃心裡不由竄火。弟弟大婚，兄長怎能如此不上心！

她放下東珠匣子，氣勢洶洶地走過去，一把揪住陸清鳴的右耳朵，喝斥一聲——

「陸瑾白！」

本在怡然午睡的陸清鳴驀然睜開眼睛，動作敏捷地扣住麗貴妃的手，那雙寒潭般的眼眸犀利有神，高深莫測，嚇得麗貴妃身子發顫。

「小白，你怎麼了？夢魘了嗎？」

她從未見過這樣的眼神，鋒利、深沈、凜冽，滿是上位者的威嚴，卻又夾雜些許迷茫。這麼矛盾的神色，即使在乾壞帝眼中，她也沒有見過。

陸清鳴腦海裡炸起一道響雷，待看清眼前一身宮裝打扮、雍容華貴的親娘後，似信非信地打量身邊的一切，收斂住眸底的驚愕，試探地喚了句——

「母妃？」

麗貴妃見裴深沈的兒子好似恢復正常，一巴掌拍到他臂膀上。「作什麼噩夢？嚇死你娘了。」

她說著，把手腕抽出來，嘴上繼續念叨著。「今日晏之大婚，你怎麼還在這兒偷閒，還不快去送賀禮。」

麗貴妃那一掌，力道不算重，卻是結結實實地拍在未來的德清帝、如今的七皇子身上，陸清鳴瞬間便對眼前的情境有了判斷。

他，好像回到了三十年前。最令他意動的，是麗貴妃的後半句話。

「今日……是晏之新婚？」

麗貴妃抱來匣子，交代陸清鳴。「這是給晏之的新婚賀禮，你出宮替我送去。」

陸清鳴看著記憶深處的紅木匣子乍然出現在眼前，驚道：「東珠？」

麗貴妃欣喜的神色一愣。「你怎麼知道？」

陸清鳴半躺的身子登時直挺挺地坐起。「一百顆上品東珠，一顆極品金珠。」

麗貴妃驚得朱唇微啟，不可思議。「神了，瑾白，你怎麼知道的？確實有一百零一顆，取百裡挑一之意。要不是宮中有制，我能湊出千百顆……」

麗貴妃還沒反應過來，陸清鳴卻瞳仁緊縮。他真的回來了，當年母妃送給晏之的賀禮，就是一百零一顆東珠，一顆不差！

陸清鳴當即起身，立刻就要出宮。

看著如今還是天真憨直、朝氣蓬勃又不知世事的麗貴妃，陸清鳴鄭重道：「母妃，兒臣身有要事，珠子先暫存您這兒。等兒臣回來，再同您解釋。」

說罷，他跨步朝殿外行去，衣襬打了個旋兒，背影便消失不見了。

麗貴妃抱著一匣子東珠，摸不著頭緒。但她覺得，今日的兒子有些不一樣，但哪裡不一樣，又說不清，道不明。

第三章

陸清鳴還未出宮門，就對身邊侍衛下了兩道命令：其一，帶著他的令牌去找京都城門校尉，立即關閉城門，捉拿皇子府盜賊；其二，命人去臨光別苑尋雲岫雲夫人。

小侍衛睜著大眼睛，一頭霧水。「府裡沒丟東西呀。」

陸清鳴無語凝噎，忍住出手的衝動，誰叫如今的心腹衛明朗還是個未經世故的少年郎。

「我說丟了就丟了，快去傳令把城門閉了！」

衛明朗見他肅穆威嚴，神色一緊，連忙拿著令牌趕往京都四方城門口。

陸清鳴向景明侯府策馬狂奔，揚起的塵灰飄散四處，侍衛一路高聲嚷嚷。「快讓開，躲避！」

沿街百姓被灰塵弄得噴嚏不止，議論紛紛。

「哎喲，今日是怎麼了，又是拍花子，又是當街縱馬的？」

「噓，都是貴人辦事，得罪不起。」

陸清鳴趕到景明侯府時，不等馬兒站穩便一躍而下，略過迎上來的侯府管家，疾步朝府內奔去。

從皇宮到長潤街，再到腳下的景明侯府，陸清鳴確定，他回來了，在他去青山寺祭拜程行或的當夜，他重生回到三十年前，他還是七皇子的時候。

乾埈三十九年夏，賀州有商販售私鹽，且與京都裡的高官勾結，矛頭指向三皇子陸清嘉。他和表弟程行彧暗中調查，發現此事牽連甚廣，不僅事關賀州私鹽，雍州鐵礦案也牽扯其中，更牽涉兵部尚書、景明侯等人。

乾埈三十九年秋，程行彧扮成商人南下賀州行商，結識徐太傅的姪子，得知了賀州瓊華宴及瓊華冊的秘密。

乾埈三十九年冬，程行彧攜雲岫回京，入住臨光別苑。

乾埈四十年秋，程行彧再探賀州，徐家意欲陪嫁萬金，與程行彧結秦晉之好，程行彧拒之。同年冬，徐家進京，拜訪徐太傅，探得程行彧身分，以瓊華冊為條件，再議婚事。

瓊華冊不僅有鹽商名單，更有雍州鐵礦的帳目及文書。若得了瓊華冊，還能順藤摸瓜，查出程行彧生母的死因。

陸清鳴曾想透過其他方式獲取瓊華冊，都行不通。徐家的態度很明確，瓊華冊涉密眾多，唯有與徐家聯姻，成為一條船上的人，才得以窺見。

因徐家姑娘徐沁芳中意程行彧，由陸清鳴來娶也不成，因此程行彧妥協，與陸清鳴商議好，只要拿到瓊華冊，他便與徐沁芳和離。

陸清鳴沒見過雲岫，只知道這個被藏在臨光別苑的孤女，是表弟程行彧此生認定的人。

他曾以為孤女無依無靠，諸事會以程行彧為重；以為孤女會為了情愛妥協，安分守己地在臨光別苑當外室夫人；甚至，他以為，程行彧哄得住她。

萬般想不到，乾堎四十一年，三月初七，會是程行彧墜入深淵的開始。

原來，自始至終，從來不是程行彧掌控雲岫，反而是她拿捏了程行彧。程行彧是生是死，是正常還是癲狂，全在於雲岫在不在，愛不愛。

今日他踏進景明侯府，便是要阻止這樁婚事。對他來說，瓊華冊與鹽鐵案遠不及程行彧重要。

況且，此生的他，還有什麼秘密不曉？

侯府內張燈結綵，尖銳的喜婆唱禮聲吵得陸清鳴耳根子發疼。

有人發現他到來，躬身行禮，陸清鳴不問不顧，直衝廳堂。

程行彧正冷著一張臉，和徐沁芳行拜堂禮。

高堂上沒有他的母親，身邊的也不是他的意中人，他像副傀儡似的，臉上沒有一點當新郎官的喜色與快意。

「一拜天地——」

「二拜高堂——」

「夫妻⋯⋯」對拜二字還沒有唱出口，就被陸清鳴鏗鏘有力、中氣十足的聲音打斷。

「此婚事作罷！」

一時廳堂內噤聲，一屋子的人不明所以地望向陸清鳴，皆被他一身氣勢所驚。

陸清鳴身著天青色錦緞長袍，氣勢凜然，一雙眼光射寒星，明明只是站在廳堂裡，卻透露著一種身居高位，且讓人不可抗拒的威嚴。

程行彧看著他，神色微動。若說往日裡的兄長像藏於刀鞘中的利刃，那現在的兄長，彷彿是久經沙場的長槍，氣貫長虹，勢不可擋。

程行彧不明白陸清鳴來此的緣故，但今日侯府廳堂內有朝中官員、有徐太傅門下學子，因此仍裝出雙目失神的樣子，朝陸清鳴的方向行禮。

「七殿下。」

景明侯也起身招呼陸清鳴入座，卻被無情地一把拂開，好半晌沒反應過來。

一聲七殿下，險些令陸清鳴潸然淚下。他的表弟還健在，活生生的站在眼前，沒有酗酒，沒有自暴自棄，沒有鬱結而終。

陸清鳴來不及多解釋，只道：「晏之，不要成婚。」

短短幾個字，明明不是道歉，卻彷彿道盡無窮的歉意與愧疚。

程行彧虛渺的目光瞟向陸清鳴，實在沒弄明白兄長的用意。瓊華冊還沒到手，難道這婚真的不成了嗎？

陸清鳴大步上前，拉住程行彧未執竹杖的手，逕自扔下眾人，就要朝府外奔去。

他是當今皇帝最寵愛的七皇子，別人不敢阻攔，但今日是徐沁芳大婚，只差最後一拜，她怎能就此放手。

「程世子，若你敢拋下我離去，徐家就毀了那份嫁妝。」

程行彧跨出門檻的腳步頓住，但不等他轉身，就聽見陸清鳴森冷無情的肅殺之音。

「既然如此，那便毀了。」多少年沒人敢這樣對他說話了，真是膽大包天。

陸清鳴橫眼看向默不吭聲的徐太傅，意有所指。「今日的婚事作罷，祝徐小姐另尋佳婿，早生貴子。」

原本還十分鎮定的徐太傅聽到最後幾個字時，手中茶碗沒拿穩，啪的一聲掉在地上，清茶淌了一地。

頭頂喜帕、身著喜服的徐沁芳，身子更是晃了晃，全靠喜娘攙扶，才沒有倒下。

陸清鳴和程行彧不再顧及眾人，朝著府外奔去。

明明只是一小段路，陸清鳴卻有口難言，他該如何告訴表弟，他的雲岫似乎走了。

從廳堂到大門口，程行彧懵了又懵，今日兄長唱的是哪一齣？

陸清鳴把程行彧推上他的坐騎，道：「快回臨光別苑。」

馬鞭未揚，卻聽見另一道馬蹄聲響起，定睛一看，來人竟是洛羽。

「主子，夫人不見了！」

程行彧徹底懵了，萬不敢相信所聞之言。「你說誰不見了？」

洛羽垂首，自責萬分。「雲夫人不見了。」

程行彧覺得胸口驟疼，眼前發黑，打起精神看向洛羽，卻只能瞧見他嘴唇微動，卻聽不清聲音，藍天彷彿開始發黃，變了個色，身子搖搖欲墜。

陸清鳴看程行彧臉色發白，慌忙扶住他，在他身上穴位輕點幾下，才穩住他。

即便如此，程行彧的臉依然毫無血色，連嘴唇都開始發青。

「晏之，聽我說，我已命人關閉城門，雲岫可能還在京都內。」

洛羽也趕緊出聲附和。「殿下說得對，夫人還在城內，說不定是去哪家食肆了。」

程行彧搖頭不信，是他有負雲岫，自食其果。

他撐住一口氣，揚起青玉竹杖，馭馬而去，他要回去親眼瞧瞧。

那副模樣，陸清鳴實在放心不下，牽過洛羽的馬匹，吩咐一聲後，緊隨而去。

洛羽慌得很，見兩位主子都走了，便奔竄於京都內，通知弟兄們繼續挨家挨戶尋人。

雲岫猜到程行彧不會輕易放她離開，之前和寧瑤在京都內到處逛，雖然只是吃喝玩樂，但她暗暗觀察，記下路線，看街巷道路通阻與否，尋找城內人群密集處，再評估哪道城門最宜過關。

城西商戶小販混雜，從聚興樓穿過長潤街就能混跡其中，延西大街出京都西城門，會是出城最快、最近的途徑。

只是她沒想到，會在聚興樓上親眼看見程行彧的迎親隊伍，占盡天時、地利與人和。程行彧怕是想都想不到，助她逃脫的最大功臣，就是他自己。

如果沒有迎親隊伍，沒有撒滿一地的喜糖，沒有看熱鬧的京都百姓，那她的出逃絕不會那麼容易，畢竟洛羽不是一般侍衛。

若她躲在城中，必定會被程行彧甕中捉鱉。但只要出了城，便是如魚得水，各憑本事。

陸清鳴下令封城時，雲岫早已不在城內，哪怕侍衛們挨家挨戶搜，也搜不到半個人影。

出了西城門，雲岫看著身後巍峨的城牆，輕輕道：「程行彧，就此別過。」

相守一年，終要分離。

她一路西去，不再回頭。

臨光別苑裡的小廝和丫鬟全被派出去找人，整個院子靜悄悄的。

程行彧身子趔趄，踉踉蹌蹌地朝雲岫的房間跑去。

人不在，整個房間空蕩蕩的。

他打開衣櫃，各色款式的衣裙都在，唯獨少了一套煙灰色襦裙。那套衣裙，是雲岫所有衣物中最普通的一套，但就因為它夠普通，所以程行彧印象深刻。

他手腳發涼，無所適從，喃喃自語著。「對了，岫岫最愛珍珠……珍珠在不在？珍珠在不在！」

他來到妝奩前，慌亂打開雲岫平日裝珠子的匣子，身子登時僵住，動彈不得。

裡面的金鐲子沒了，只剩下一些不便攜帶的首飾。

程行彧心有所想，卻不肯相信，扒拉翻找著那一屜的珍珠，始終找不到那顆珠子。

他第一次送給雲岫的粉色珍珠也不見了。

喉間似有甜膩湧現，程行彧壓下那股腥味，握緊青玉竹杖，朝書房而去。

整日裝瞎的他萬萬想不到，終有一日會需要這根盲杖撐著他發虛的身子，更撐著他那顆支離破碎的心。

陸清鳴找到人時，書房門剛被程行彧推開，他眼睜睜看著程行彧走進去，打開一個櫃子，取出一只錦盒，而後，一口鮮血噴吐而出，抱著盒子直挺挺地倒在地上。

「晏之！」陸清鳴的心狂跳不止，朝程行彧飛奔而去。

他當了三十年皇帝，是運籌帷幄、權傾天下的德清帝。

但他心中有愧，當了多少年的帝王，便內疚了多少年。

他的帝王路沾滿程行彧的心血，一本瓊華冊令雲岫與他分離，令他迎娶不愛之人，令他抑鬱寡歡，英年早逝。哪怕如今重生，他也禁不起程行彧的第二次故世。

既然讓他重生在程行彧大婚之日，那他便要與老天爭一爭，保晏之安然，更將美滿姻緣還給晏之。

程行彧從景明侯府出來時，提了一口氣，撐著他回到臨光別苑，撐著他從臥房走到書房，但他看見錦盒裡的那張字條時，那口氣就洩了，無力再撐下去。

相別無後期。

什麼是相別無後期？為什麼要相別無後期?!明明只要數月，他就能脫身，就能解釋的……

岫岫，妳在哪裡？岫岫，不要走，我不成親了，妳回來……

「岫岫！」程行彧猛然睜開眼睛，看見守在他身旁的寧姑姑正在抹眼淚，還有滿臉擔憂的陸清鳴，一時分不清虛幻與現實。

是噩夢嗎？

他想坐起來，卻全身無力，只能虛軟地躺在床上動彈不得，胸口的澀痛提醒著他，成親那日，他把雲岫弄丟了。

他看向寧姑姑，語氣涼薄。「姑姑，岫岫回來了嗎？」

寧姑姑哪裡還有當日梅林勸人時的剛強自傲，腫著一雙核桃眼，只說：「小主子，咱們先把藥喝了。」

方子是宮中太醫診脈後開的。程行彧昏迷時，用了不少藥，但就是灌不進去，只能每日請太醫針灸，刺激他早日醒來。

程行彧急火攻心，因氣血陰陽逆亂而暈倒，若不好好調理，會留下極大的隱患。

「什麼時候了？」

陸清鳴抿著嘴，輕嘆一聲。「三月初十，亥時已過。」

程行彧的臉白得像死人，雙眼無神地望著帳頂，聲音飄忽。「三日了，還沒找到嗎？」

見陸清鳴沒回答，他便明白了結果，眼睛澀得難受，一閉上，熱燙淚珠自眼角滾落。

誰道男兒有淚不輕彈，只是未到情深處罷了。

寧姑姑端來藥，程行彧卻喝不下去，抬眼望向陸清鳴。

「兄長是知道了什麼嗎？」所以才闖進景明侯府，寧可不要瓊華冊，也要阻止他成親。

程行彧素來聰慧睿智，上輩子他能助陸清鳴登基，自然不是等閒之輩。縱使現在年紀還輕，也不缺縝密的心思與判斷。

陸清鳴依舊沒有直接回答他，反而勸道：「醒了，就把藥喝了。人，我還在找。若你想與她相聚，就把身子養好。」

「相聚」一詞，似乎觸及程行彧的心神，愣了半晌，順從地把藥喝了。

陸清鳴看著程行彧喝完藥，繃緊的精神才鬆懈些許。既要城內城外尋找雲岫，又要在這裡守著程行彧醒來，饒是年輕的他身子再好，三天三夜不眠不休，也有些受不住。

但是，宮裡還有人等著他應付。

陸清鳴灌下一盞濃茶，再次對程行彧鄭重道：「按時用藥。一切內情，等我回來再同你細說。」

他交代完畢，才風塵僕僕地離去。

一會兒後，陸清鳴行至宮門外，看著高大的城牆，厚重的城門，眼底一片森然。

父皇，若兒臣撒手不管，你還有多久可活？

馬鞭揚起，陸清鳴的身影穿過宮門，隱入暗夜深處。

打斷景明侯府與徐太傅家的婚禮，又私自下令封閉城門，在城內搜查嫌犯。兩樁事，影響都不小，饒是陸清鳴再受寵，乾境帝也要給徐太傅和全城百姓一個交代。

陸清鳴進宮三日，不曾有消息傳出，程行彧便知曉，他的兄長受罰，暫時無法出宮。

雖然躺在床上休養，但程行彧憂思過重，臉色極差，與昏迷那三日相比，不遑多讓。

寧姑姑每日抹淚，雙眼發腫，看著程行彧如今這副模樣，懊悔自責，恨不得立刻找到雲岫，把人帶回來。要她下跪道歉，要殺要剮都成，只求雲岫回來，別折磨她的小主子了。

衛明朗聽從自家殿下的命令，終日守在程行彧身側，不讓他出府，盯著他按時吃飯喝藥休息。但看著垂淚自棄的程行彧，心頭也不好受。

原來，男人也會掉那麼多眼淚。

程行彧捧著在書房找到的錦盒，裡面的戶籍早已被取走，只留下一張字條和一疊食譜。字條上只有五個字：相別無後期。

那些食譜都是重口味的辣菜，也是程行彧平日愛吃的。每一道，雲岫都根據程行彧的口味調整過，有辣子雞、水煮魚、辣子肥腸、香辣什錦鍋、涼拌脆藕、口味雞等等。

他曾經光聽到菜名就垂涎欲滴，如今沒胃口，也沒興致。

程行彧把那張字條和食譜一併放回原來的錦盒中，問衛明朗。「七殿下還沒出宮嗎？」

衛明朗站直身子回答。「殿下還未出宮。」

「城門開了嗎？」

「開了。」禁了三日，搜了三日，再不開，任他家殿下再得皇帝喜愛，怕也不好交代。

「人，有消息嗎？」

程行彧頹喪幾天，衛明朗就看了他幾天。從數日前的不省人事，到今日的萎靡不振，全因一位叫雲岫的夫人。

眾人一連搜尋好幾天，七皇子府裡除了他以外的侍衛都出去找了，雲岫仍杳無音信。

衛明朗只能道：「還在找。」

話音落下，程行彧眼眸一閉一睜，又要掙扎起身。

衛明朗的頭都大了，本以為他家殿下的事就夠多夠雜，沒想到這位才是祖宗。

「程世子，七殿下讓您臥床休息。」

「程世子，您目前的身子不能奔波。」

「程世子，您再不躺下，就別怪小的不客氣了。」

程行彧聽而不聞，他要出去尋人，再找不到岫岫，她就跑遠了。

忽然間，外衫剛套上一半的程行彧眼前一黑，身子又倒了下去。

衛明朗把他扶回床上，歪著腦袋想了想，藥喝了，粥也用了，多躺幾個時辰無礙，指尖又在程行彧身上點了幾下，蓋好被子，才坐回小圓桌旁。

他越思考，眼眸越亮。怪不得殿下讓他守在這裡，想對付不聽話的程世子，果然還是要衛家點穴手出馬。

看吧，這不就睡過去了嘛。他家殿下，大智！

第四章

雲岫溜出京都不久，東西南北四道城門就被下令關閉，不僅城內搜查，城外也有人挨家挨戶探訪。

既有畫像比對，還要查戶籍路引，遇到性別難辨的，更要搜身嚴查。

幸好京都外能躲避的地方多了些，就是查得嚴，她怕矇混不過去，只能暫且躲在距離京都三十里路的三羊縣。

收留她的是一對年邁的夫妻，兒子在京都賣包子，娶妻後一直住在城裡。但老夫妻在城裡住不慣，再加上家中養著雞，執意回到三羊縣，待在鄉下，兒子與兒媳每月回來探望。

雲岫給老夫妻一顆小銀子，藉口要買一批活雞做臘雞，但因丈夫進城辦事，想在這裡借住幾天，等她丈夫回來，挑好活雞再一起回去。

一顆小銀子有二兩，便是住上兩個月也綽綽有餘。如果再把山上養的雞賣了，今年就能多賺一筆，老夫妻樂得答應。

雲岫在三羊縣安心住下，離開京都，即使程行或有心要尋她，也不一定能找到這種犄角旮旯地。再者，憑官府畫的如墨團子一樣的畫像，她就是站在衙役面前，那些人也不一定認得出來。

但她委實看輕了自己在程行彧心中的地位，也小瞧了陸清鳴。官府衙役與皇子府侍衛拿著比對的畫像，可不是幾筆畫成的普通畫像。

所以，當官兵查到三羊縣時，哪怕養雞的老夫妻不識字，也覺得畫像中的女子好似就是借住家中的小婦人。

但到底是不是，他們也不確定。這一猶豫，就到了晚上。

雲岫起夜回來時，聽見老夫妻在屋內壓低聲音的爭執。

「老頭子，還是得趕緊上報，那女的要真是畫像上的人，那我們就是窩藏嫌犯啊。」

「萬一不是，我們冒犯了人家，她不買咱們家的雞怎麼辦？」

「都什麼時候了，你是要命，還是要錢啊?!雞還能再賣給別人，如果她真是那些官爺要找的人，你我不上報，那得關大牢，挨板子。」

一陣安靜後，老漢的聲音再度響起。「我這就去找里長。」

雲岫屏氣，不敢出聲，等老漢出門後，立刻開溜，朝著相反的方向跑。憑程行彧的世子身分，她要是被抓回去，就真是做定他的外室了。

這夜，三羊縣的山上，火把連成一串串星點，京都直接來人搜山。

程行彧得知消息後，策馬連夜趕來，卻只在山坡上尋到一只繡鞋。

他一眼就認出這是寧姑姑的手藝，還從鞋底翻出了一張一百兩的銀票。

程行彧捧著那只鞋，聽了侍衛回稟，當即噴出一口鮮血，稍微有點起色的身子又倒下去，臉色灰白，不省人事。

衛明朗大驚失色，這情況，他點哪裡的穴道都不起作用啊，扛起程行彧就趕回京都。

另一邊，雲岫從養雞老漢家慌張而逃，竟然跑到三羊山上。

當夜天氣不好，厚厚的雲層遮擋住月光，她又沒有火把照明，腳下的路模模糊糊看不真切，一不當心絆到一塊石頭，從小山坡上滑了下去。

幸好山上枯枝敗葉不少，沒傷到骨頭，只丟了一只鞋，擦傷皮肉。

她從一堆枯葉中爬出來，眼前卻被火摺子照亮。

雲岫半瞇著眼，待看清對面的人後，兩人異口同聲地驚呼一聲。「是你！」

陸清鳴因私自封城被罰，在宮內的神龕殿禁足思過。

十日不長，但足夠他理清乾坱四十一年後發生的重要事件、細節、線索，以及他將來的籌劃。

目前他母妃仍是明面上最得寵的貴妃，他也是兄友弟恭、得皇帝看重的七殿下，暫時不會有人想和他對上。

但他很擔心程行彧，怕程行彧一蹶不振，心存死志。因為他確信，若封城三日還找不到雲岫，那短時間內就真的找不到了。

程行彧對雲岫用情至深，上輩子壞了程行彧與雲岫的感情換取瓊華冊，已讓陸清鳴後悔一生。這輩子，他無論如何也要護住程行彧，找到雲岫。

十日一到，陸清鳴直接出宮，乾堎帝聽說後也不甚在意。

「任他去。」越是跋扈，越是囂張才好呢。

程行彧從三羊縣回來後，便不吃不喝，即使灌了湯藥也會吐出來。

衛明朗急得上竄下跳，萬一程世子死在他眼前，他如何面對他家殿下？

幸好，他家殿下趕回來了。

「你們都出去。」

衛明朗趕緊讓所有人退下，還貼心地關上門，守在院子裡，不准任何人靠近。

看著程行彧仰面朝天，奄奄一息地躺在床上，陸清鳴心頭悲苦難抑。上輩子的表弟也是這樣的，在雲岫走後，整個人便透著一股麻木和絕望。

當時，他用曲家鐵礦一案激他，程行彧確實振作了一段時日，但報了母仇後，卻開始酗酒、自棄。從錦州蘭溪回來後，程行彧更是自我折磨，抑鬱而終，享年三十一。

「雲岫還活著。」陸清鳴不知道雲岫在哪裡，但他知道，她還活著。

程行彧眼睫微動，不願相信。他的岫岫從山頭跌落，如何能存活下來，兄長只是在騙他罷了。

「五年後，你會在錦州的蘭溪縣遇見她，解開誤會，重新在一起。你和她會育有一雙兒女，白頭偕老。」

前半段是真的，程行彧確實曾在蘭溪與雲岫相遇。後半段是他編造的，因為他們重逢後，並沒有重新在一起，哪來的兒女雙全？

今生，他會讓這些話成真。

程行彧蒼白而無血色的嘴角微動。「五年？是兄長在哄騙我吧……」

陸清鳴坐到床邊，緊緊握住程行彧的手。「你若不信，我便與你打個賭，賭我說出的事會成真。」

程行彧望著陸清鳴，沒說話，但他聽著兄長說出許多還未發生的事，有時間、地點、人物、事情經過、結果，心中因擲下的石子而泛起層層漣漪。

溢滿悲傷的眸子裡，似乎閃過一絲光，他滾動的喉嚨間發出一絲嘶啞的聲音。

「所以，三月初七那日，兄長才會趕來阻止婚禮？」

「是。」陸清鳴低聲應下。「晏之，對不起，兄長來晚了一日。」

程行彧滿面苦笑，痛哭出聲。「我該有這一遭，我該受這一難。」

他和雲岫早有白首之約，是他為了報仇隱匿身分，是他為了瓊華冊娶他人為妻，是他違背了與雲岫一生僅彼此的誓約。這苦果，他得吃。

「兄長，五年後，在錦州蘭溪，我當真還能找到岫岫？」

看著程行彧死志已散，陸清鳴笑著對他說：「我確定，肯定，篤定，你們會再相遇。」有他在，一切皆能。

京都的百姓覺得今年熱鬧得很，這些官家士族的八卦消息，他們從三月聽到五月，茶餘飯後間傳的那些街頭秘聞，更是耐人尋味。

「知道三月初七程世子為什麼會悔婚嗎？」

「為什麼？」

「因為啊，徐太傅家的姪女在賀州與人苟合，珠胎暗結，成婚當日被景明侯世子察覺，氣得世子爺口吐鮮血，昏迷多日。」

「真的假的，官家小姐也興做那檔子事？」

「當然是真的，程世子氣得瞎眼病都好了。我堂哥表姨家的二叔的小姪子去收恭桶時，聽景明侯府的小廝說的。」

「呸，幸好沒娶。」

另一家食肆裡，往來食客嘰嘰喳喳說的，豎起耳朵聽的，也是這件事。

「你們聽說沒有，程世子與景明侯府斷絕關係，聽說還鬧到陛下跟前。」

「欸，這事我知道，說與徐家結親是侯府繼夫人從中攪和，明知道徐家女跟人有首尾，還故意幫程世子說了這門親。」

「果然啊，繼母就是繼母，夠狠毒，比不得親娘。」
「好在有七殿下護著。」
「是呀，聽說為了程世子的事，七殿下還觸怒陛下，受了罰。」
「哎呀，陛下是一時生氣，過幾日便好了。誰人不知，陛下最愛麗貴妃，最寵七子。」
「你說得有理。再過幾年，怕是就要立七殿下……」
「呸呸呸，別亂猜，不想要命了？」
普通老百姓就是喜歡這些閒言碎語，聽得津津有味，傳得也是飛快，就像風一樣，呼啦一下吹遍了京都。

五月中旬，天氣一直不太好，時晴時雨。
程行彧從住處搬到書房內，日夜窩在此處，他躺在雲岫的軟榻上，聽著外面雨滴滴落的聲音，思念越發濃稠。
眼一閉，就似夢非夢的，雲岫的臉龐、笑聲、呢喃聲、嬌泣聲充斥在他的世界裡，思念入骨，便是入夢也全是她。
他想喝酒，喝醉後就什麼都不知道了吧。
「洛川，替我取酒來。」
守在門外的洛川聞言，身形未動，違抗命令道：「主子，臨光別苑內無一滴酒水。」

「那便去買！」

「屬下不去。」

「你敢違令？把洛羽找來！」

洛川看著意氣風發的主子如今模樣，痛惜不已。「洛羽也罷，寧姑姑也罷，不管誰來都沒酒，一滴也沒有。」

禁酒雖是陸清鳴的命令，但臨光別苑內的所有僕從也不願程行彧借酒澆愁。

「呵，無趣。」程行彧反手關閉書房木門，不想見任何人。

睡不著，他便獨自待在書房內翻看那些書冊，又把重要書冊裝箱，在箱子內放入防蟲的香囊。這些都是雲岫喜愛的書，他一定要好好保管，等她回來了，還能繼續翻閱。

一本《經絡穴位圖》混在兩冊春宮圖裡，他心思活絡，不消多想，就明白寧瑤暈在聚興樓的緣故。

想起那日，程行彧心裡又痛又恨，恨他竟讓雲岫親眼看見他當街迎親，新娘卻不是她，那時候的雲岫該有多難過。

「你喜歡我？其實，我也喜歡你。」

「你喜歡我，就不能再喜歡別人了。按我家那邊的風俗，你要是有了別人，我就不要你了，我會躲得遠遠的。」

「程行彧此生摯愛唯雲岫一人。」

「嗯，我們一生僅彼此。」

往事歷歷在目，程行彧蜷縮在地，泣不成聲。

六月，臨光別苑改名雲府。

所有丫鬟和廚娘全被撤出，只留下小廝與侍衛。寧姑姑和寧瑤為雲岫的離開自責，自請出京尋人。她們一走，雲府內剩下的全是男子。

程行彧乾乾淨淨地守著家，等著他的岫岫回來。

而後，雲府重建，除卻書房保留原樣，其他地方全被拆除，前院的池塘填平，後院的梅樹也悉數砍盡。

他讓工匠新建了一處念雲築，將所有和雲岫相關的衣物用品搬進去。

另外，還有一座三層的吟語樓，雲岫喜歡的珍珠、書冊、字畫盡數藏之，而且除了程行彧之外，任何人不得進入，便是灑掃的小廝也不行。

七月，陸清鳴到訪雲府。

他等候許久，才見程行彧從吟語樓下來。

「兄長。」

陸清鳴看著程行彧如今模樣，稍感慰藉。按時喝藥、吃飯，臉色看上去確實要比幾個月前精神了很多。

「你在作畫？」他注意到程行彧的衣袖處有皺痕，指腹間還沾染上不少顏料。

程行彧領著陸清鳴去小書房，回道：「嗯，作畫可以靜心，我喜歡那種感覺。」

陸清鳴舒展一笑。「畫什麼？不如也給兄長鑑賞鑑賞。」

程行彧急忙拒絕。「不可，都是晏之的隨意之作，入不得眼。」不給陸清鳴機會再說看畫之類的話，提起別的事。「若兄長那裡有可用之人，可否薦予晏之？晏之想守好吟語樓，不想讓不妥的人進去。」

程行彧精通文墨，畫技更是不俗，哪會不入眼。陸清鳴明白，他的表弟有了不可告人的秘密，且就藏在吟語樓裡。

只要程行彧活著，便是十個秘密，百個秘密，他也能為程行彧守住。

「有，一位夠嗎？」

程行彧鬆了口氣。「夠了，多謝兄長。」

兩人行至小書房，洛羽擺上茶果後，在外邊守著。

「這個月我要啟程去途州，之後兩年不會再回京都。」西邊的蠻夷再犯途州邊境，他要去平亂，也乘機從京都的一池渾水裡脫身。

麗貴妃那裡，他已告知乾埈帝的真實面目，以及對他們母子的利用。乾埈帝心愛之人從來不是麗貴妃，而是後宮中默默無聞，看似不爭不取的婉妃；最中意的皇子也不是他，而是婉妃所出的三皇子陸清嘉。

以嘉禮親萬民？是他上輩子沈溺於父慈子孝，未擦亮眼，昏了頭。他要看看，今生沒了他們母子當靶子，乾埁帝和婉妃能結個什麼果。

曲家的仇，他會報；乾埁帝欠他們的，他也會拿回來。

「那兄長需要晏之做什麼？」鹽鐵案擱置，瓊華冊被棄，京都裡的案子也不用他再探查，程行彧不知道自己如今還能不能幫到兄長。

「晏之，我要你替我出京行商。」士農工商，商為末，雖為世家不齒，但哪家又真能對那些金銀之物無動於衷。

「京都所有事都放手，不要管，不要問。所有的一切，等我從途州回來再論。趁此機會，你可以尋訪四方，兄長也願你提前找到雲岫。」

「多謝兄長。」程行彧覺得他被困在京都裡，彷彿窒息了一般，活著卻像是死了。他每時每刻都希望五年光陰能夠飛快掠過，讓他馬上和雲岫團聚。

陸清鳴走到書桌前，揮筆而就，半晌後，將寫好的紙卷遞給程行彧。「記下來，然後燒掉，不能讓別人看見。」

宣紙上確實是陸清鳴的字跡，但筆法蒼勁有力，氣度磅礴。那個猜想顯而易見，他的兄長真是從後世回來的。

待程行彧看清紙上的字句後，更是心頭大顫。「這真是……」

「是。」

一張又一張，全是釀酒、製鹽、肥皂的製作方子，還有造紙術、印刷術和農耕技巧心得，全是日後南越匠人們研習而得的成果。

陸清鳴不忘交代。「你尋訪雲岫的同時，也替我找一個人。」

「什麼人？」竟然連兄長也不知其蹤跡。

「一位先生，號楊喬，不過不知他是男是女，也不知他身在何處。」上輩子他得此人相助，雖未曾相見，僅是書信往來，便已令南越改天換地，百姓富足，安居樂業。

這輩子，他想再現盛世。

「我還會給你三十個錦囊，對應每個州府。你到了便打開，就明白兄長沒有騙你。」

所以，晏之，你要活下去。

雲岫不知京都事。

那日她從枯葉堆裡爬出來時看見的人，居然是她曾在藥鋪幫助過的小郎君。

兩人很驚訝，沒料到會在這種情況下再見對方。

小郎君也在躲避官府搜查，聽見三羊縣那邊傳來的動靜，以為是抓他的，便抱著孩子駕車奔逃，都跑到山腳另一邊了，忽然聽到東西滾落的動靜，不確定是什麼，好一會兒才壯著膽子上前查看。

沒想到是恩人！

坡底不是說話的好地方，小郎君攙起雲岫。「我的騾車在那邊，我扶妳過去。」

雲岫不喜和其他男子接觸，想避開他，可是身上擦破的地方火辣辣的疼，若沒有這人的攙扶，雖也能走，但極耗時。

正當她糾結之際，聽見小郎君眉眼彎彎地笑著說道：「夫人，不要怕，我也是女的。」

女的？雲岫看他高壯的身子，黝黑的臉龐，下巴、兩頰處長著細鬍鬚，還有耳後飄出的碎髮，委實不像個女子。

似是瞧出雲岫的質疑，小郎君拉著雲岫的手，觸到自己胸前，眼睛亮晶晶的望著雲岫。

雲岫目瞪口呆，她終於信了，那裡雖然又小又平，但眼前之人確實是位姑娘，手感作不得假。

「此處不宜細說，夫人隨我來。」

然後，她被扶著坐上一輛騾車。

然後，她有了夫君，有了孩子，有了新的戶籍路引。

她叫楊雲繡，她夫君叫喬長青。

逃出京都而無立身之地的雲岫，跟著無意間出手相助過的小姑娘南下，去往盤州樂平。

第五章

五年後，德清三年。

新帝繼位三年間，政通人和，百廢俱興。

許多政令讓雲岫不得不懷疑，南越是不是也有一位老鄉存在，還是皇家幕僚。但快馬鏢局招募合夥人的三道題，至今無人能回答，著實令她百思不解。

春雨淅淅瀝瀝下個不停，一名憨態小婦人舉著薑黃色的油紙傘，站在門外，朝院裡嬌滴滴地喊道：「喬夫人，妳收拾好了沒？」

雲岫早已在院中等候，撐傘笑著迎上去。「來了。」

她們倆是要去縣衙更換戶帖的。

這是去年秋天的新政，但今年才執行到盤州，像人口普查似的，只要是南越的百姓，不論良民還是家奴、黑戶，都要到縣衙重新登記造冊。

若只是登記也就罷了，但新做的戶帖與以前相比，更為特別，不僅要記錄原籍、現籍、居處、姓名、年紀，與戶主是何關係等等，還要由畫師畫像，併入戶帖。

「聽我家那口子說，去年他去隔壁州做買賣，用舊戶帖被城門守衛查到，盤問得可詳細了，恨不得把你祖爺爺那代都扒出來。再看其他持新戶帖的百姓，只要人和戶帖對得上，查問幾句便放行。」

小婦人說得眉飛色舞，彷彿重現了當時的情景。「如今終於輪到盤州，等我們更新好戶帖，以後出行就方便了。」

小婦人說著說著，問起雲岫。「喬夫人，妳家兩個孩子的換了沒？」

「換了，家裡就我還沒弄。」喬長青的戶帖早在幾日前已經換好，包括兩個孩子的。一家四口，如今只差雲岫了。

「哎呀，喬總鏢頭真是疼妳，哪像我家那個，就換了他自個兒的。」昨天她才幫家裡的孩子換好，剛到她，縣衙的人就說下衙的時辰到了，要她隔日再來。

一個人多沒意思，連個說話的伴兒都沒有，她聽說雲岫也還沒換，便相約一起。

雲岫笑笑回應，大多時候都是小婦人在講，她傾聽，偶爾搭一句。

兩人一路說笑著，縣衙也到了。大概是今日下雨的緣故，來更換戶帖的人不多，等一會兒就輪到她們。

兩位書吏一組，一人登記戶籍，一人畫小像，蓋上官印後，再製成小冊。

前頭一位孀子領取新戶帖後，同雲岫打了聲招呼，笑著離去。待雲岫坐下，便發覺畫師眼神不太對，既疑惑又矛盾，畫兩筆又抬頭看幾眼。

雲岫把舊戶帖遞給執筆書吏。

執筆書吏面色和善地接過，這快馬鏢局的喬夫人，他有幸跟著自家大人見過兩回，態度跟語氣便客氣不少。

「喬夫人，都是例行詢問，您如實回答就成。」

雲岫頷首，執筆書吏問道：「喬夫人，祖籍何處？」

「祖籍，越州孟林縣。」

「現籍是盤州樂平？」

雲岫嗯了聲，執筆書吏又說：「煩勞喬夫人說出住處與家中人口，小的好登記造冊。」

「楊雲繡，夫喬長青，長子喬今安，次子雲霽，家住樂平縣桂花巷六十三號，家裡行商，經營快馬鏢局。」

等她報完，執筆書吏便把這些寫在新戶帖上，黏上畫好的小像，再蓋上官府紅印，新戶帖就製好了。

雲岫接過那本新戶帖，將要起身時，卻聽見坐在另一旁的書吏問：「小的看喬夫人面熟，不知夫人是否去過京都？」

雲岫淡淡回他。「不曾。」

那人還想再追問，卻被執筆書吏敲打。「喬總鏢頭夫妻五年前遷來，兒子都生兩個了，絕不是京都要找的人。」

他也曾覺得雲岫長得像，但細看就會發現，雲岫的身形圓潤些，渾身氣質也更沈靜，容貌甚至比京都傳來的畫像上的小姑娘更姣麗。

有執筆書吏拉三扯四，負責畫像的書吏不好繼續盤問。京裡尋的是位姑娘，眼前這位卻嫁為人妻，還育有兩子，很可能真是他眼拙看岔了。

「小的認錯人了，望夫人海涵。」

雲岫輕吐出屏於胸口的氣息，輕輕回道：「無礙。」然後又問執筆書吏。「這位大人，我家過幾個月要遷往錦州，請問戶籍還需要再改嗎？」

執筆書吏喔了一聲。「喬總鏢頭要遷家？」自顧自說完後，才反應過來，趕緊回答雲岫。「不用再更換戶帖，到時去錦州府衙蓋印確認即可。」

雲岫又問了些搬遷事宜，道謝後才起身離開。

跨出縣衙大門，她看著手中的戶帖，心裡又喜又愁。

這護照版的身分證，讓她確認她在南越確實有老鄉，而且這老鄉著實斷了她很多財路。

收好戶帖，雲岫告別小婦人，繞路去樂平縣的快馬鏢局。

快馬鏢局是三年前她和喬長青一起創建的，她主內，喬長青主外，負責押鏢送鏢，順道開發市場與站點。

喬長青有押鏢的經歷與經驗，雲岫又見識過物流快遞，所以這門營生做得還不賴。

快馬鏢局主打又快又安全，現在在每個州府至少設立了一個站點。雖是叫鏢局，但營運方式確實是後世快遞物流那一套。

為什麼偏偏做物流？又累又苦，攤子又大。

難道她不想做其他營生嗎？她想！身為博覽群書的穿越人士，她自然知道肥皂配方，最簡單的方法，就是用碾碎的豬胰子配合草木灰熬製而成。

但南越早在四年前就已出現各種款式的香皂，添加花瓣的、做成各類果子形狀的、洗頭髮的、沐浴的、大人用的、小孩用的，分門別類，價格實惠，還能根據不同的需求讓店家特製，服務周到，許多香皂風格甚至是雲岫沒想到的。

如此，她還能擠進香皂市場嗎？當然擠不進去。

既然做不了肥皂，那製糖吧。好歹她從程行彧那裡拿走了一千兩銀票，雖然跑掉一只鞋，丟了一百兩，但另一只鞋還在啊，加上縫在肚兜夾層裡的，整整九百兩，也能當個富戶，買地種一片甘蔗、甜菜，那她豈不是成了南越製糖大家。

但是，當她有此計時，南越的市場上不僅開始賣紅糖、麥芽糖和砂糖，關鍵是，南越還土地改革了。

每個良民能分到兩畝地，可免稅，超出的部分按照超出的面積，對應地稅表繳稅。這意味著，士紳擁有的土地越多，交的稅就越高，她就幾百兩銀子，何必再去蹚渾水，別到時候土地砸在手裡，還倒欠別人工錢。

雲岫覺得自己忒倒楣了，每當她想出一種謀生之道，那東西不久就會在其他州府問世。造紙、製鹽、瓷器、煉鐵……再看近幾年修建的州府書肆、濟安院，不就是後世的圖書館和救助站嘛。還有新修的官道、碼頭，令她深信，南越怕是有位大神在搞基建。有時候，她又很矛盾，總覺得這位大神有些糊塗，都修路了，卻不用水泥，是不會配嗎？都改革科舉了，怎麼女子還不能赴考？都重用實務了，怎麼還沒開辦職校？

在她看來，某些方面還缺點什麼，不夠盡善盡美。

思索間，她已來到快馬鏢局。

這裡是快馬鏢局建的第一個站點，地占一處三進院子，一進院落是櫃檯，是招待客人、讓客人辦理取寄物品的地方；二進院落是留給鏢師們休息的；三進院落是鏢局倉庫，存放客人們的各類貨物、商品、書信等等。這些東西，當日就會被分類裝車，第二日清晨由跑鏢的鏢師運往各地。

雲岫在鏢局的大門口右側懸掛了一簾長布告。

字體排列有些特殊，不是傳統的自上而下，再自右到左。大大的「招募合夥人」五個字寫在最上方的正中央，順序自左而右。

有人正著讀，有人倒著讀，有人亂著讀。有人讀對了，也明白其中的意味，卻又解不開合夥人三道題中的任意一道。

其一，請有緣人解：九九乘法表。

其二，請有緣人答：雜交水稻之父是誰。

其三，請有緣人聊：近幾年最喜歡的電視劇、電影有哪些。

如今看，布告依舊無人摘取，三道題也暫時無人能答。

那位大神，究竟是何方神聖？

雲岫站在門外一會兒，就被出門送客的鏢師眼尖看見。

「夫人，您來了，怎麼不進去？」

「不了，我就是路過。喬長青呢？」

鏢師嘿嘿一笑。「喬爺在呢，我這就進去喚他。」

「煩勞。」

沒多久，穿著一襲靛藍色短打的喬長青大步而出，身後跟著另一個小鏢師，手上還提著包袱。

喬長青看見雲岫的身影，小跑過來。

「岫岫。」

「慢點。」

喬長青取過小鏢師手中的包袱，拍了拍小鏢師的肩膀。「好好休息，別忘了明日清早要走鏢，別激動得今晚睡不著。」聲音不粗獷，反而夾雜著少年郎的清脆。

小鏢師是桂花巷裡另一戶人家的小兒子，明日是第一次跟著出門，喬長青免不得多提醒幾句。

小鏢師響亮地應了一聲。「喬爺，您放心，我絕不會拖您後腿的。」能跟著快馬鏢局幹，他家祖墳都要冒青煙了，怎能不珍惜這個機會。

喬長青交代完，笑著和雲岫並肩離去，一邊走還一邊舉著手中的包袱，興致勃勃地問：「岫岫，妳猜猜，這是什麼？」

雲岫瞥他一眼，上面那麼大的「縉沅」二字，當她看不見啊，乾脆故意逗他。「我猜啊……猜不著。」

「岫岫，妳再猜一猜。」

站在鏢局大門口的小鏢師看得滿臉羨慕，他家總鏢頭和夫人就是恩愛，什麼時候他才能取到心儀的小媳婦呢？

包袱是從錦州縉寧山寄來的。

滿滿一大包，分量卻不輕，除去很多治療寒症的藥材外，還有一封信和一只小錦囊。

雲岫先取出信拆開，箋紙上娟秀的字跡映入眼簾。

前面還好，都是朋友間互相問候的詞，大概是說想念云云。縉沅書院的夫子小院已為她打掃乾淨，就等她攜家人入住，開班傳道授業。

可到後半部分，寫信的人又開始撒嬌、拜託，懇請雲岫再幫她辦件事。

瞧見雲岫哭笑不得的樣子，正在整理藥材的喬長青十分好奇。「晴鳶在信上說了什麼，居然能讓妳露出這樣的神情。」

雲岫把信遞給她，又好笑、又無奈。「妳自己看看。」

話落，她拿起一邊的小錦囊拆開，裡面只有一塊青色小竹牌，上面刻著一枝胡椒花。

喬長青把信讀完，也是噗哧一笑，忍俊不禁道：「妳要不要替她去一趟青州？反正如今新戶帖也換了，城門守衛那頭查不出什麼的。」

這幾年，雲岫很少出門，就是因為喬長青告訴她，官府雖然沒有通緝，但一直在暗中查訪，並沒有放棄。

不用多想，她就能猜到這是程行彧的手筆，不過她使用的是別人的身分，任官府衙役怎麼查，都能圓過去。

喬長青就是五年前她在三羊山遇到的姑娘，也是她在京都藥鋪無意幫助過的小郎君，更是被官府通緝的殺人縱火案的女嫌犯，本名喬松月。

喬長青本是喬松月的哥哥，楊雲繡是她的嫂子。

喬家夫妻在京都安了家，喬長青在一家鏢局裡當鏢師，楊雲繡順道做些小買賣。買賣雖小，也有賺頭，他們利用喬長青往返走鏢的便利，把京都精美的首飾布疋、胭脂水粉運到越州兜售，再把越州的土產帶來京都販賣。

有喬松月在越州接應，喬家的日子過得美滿和樂，比一般人家都要富足。

原本喬長青的走鏢路線是從京都到老家越州，但乾堎四十年春，鏢局開始接另一條押鏢路線，往返京都和賀州。

越州在西，賀州在東，兩地相距甚遠，根本不在同一個方向。可是鏢局給的工錢高，喬長青往返賀州的次數越來越多。

鏢走多了，便發現其中的貓膩。

喬長青暗中觀察，仔細探悉後得知，鏢局竟然在運私鹽！

要是被官府發現，可是殺頭流放的重罪，恐為家人帶來禍事。他不願再冒險，辭去鏢師的活計。

不過，還是太晚了，先是喬長青無故重病，然後剛坐完月子的楊雲繡外出時受到驚嚇。等喬松月得知消息，自越州趕至京都時，只來得及見到哥哥的最後一面。

她直覺哥哥死因蹊蹺，使計混進鏢師裡，暗中打探消息。結合嫂子所言，猜出家中落得這般下場的緣故，是因為哥哥不願與鏢局同流合污，運送私鹽，他是被人下毒滅口的。

楊雲繡後知後覺，無法接受這個結果，選擇上吊殉情，留下病殃殃的兒子喬今安。

喬松月報過官，卻無後續，反而惹來不少地痞流氓上門騷擾。

她的家都散了，還怕什麼？某日夜深人靜時，乾脆一把火、一桶油，把那家鏢局燒得乾乾淨淨。

但她逃跑途中，髮髻散落，被打更人撞見，才被官府通緝。

幸好官府只知道是個女子縱的火，沒看清其面容，只能在街頭廣貼懸賞告示。

這番陣仗嚇得喬松月為了躲避追查，不得不女扮男裝。她面容黝黑，身材高大，比京都的女子們更壯實，才沒追查到她身上。
當時，她準備帶著喬今安去盤州投奔親戚，卻發現姪子身上的寒症怎麼用藥都治不好，手腳冰涼，氣息更是時有時無。哪怕耗光身上所有錢財，也只能勉強保住他的性命。
在藥鋪遇見雲岫那日，是喬今安最危急的時候，可她已身無分文，雲岫給的那五兩銀子，是她的救命稻草。
所以，在三羊山再遇救命恩人，她怎會袖手旁觀。
她改用哥哥的戶帖，雲岫用她嫂子的。一家三口上路，居然比她單獨帶孩子上路要順利得多。
如今又換了新戶帖，她和雲岫的身分就更不會有變了。
所以，青州已經不是能不能去，而是看他們想不想去。
雲岫確實許久未出去走動，一來她有心躲避程行彧，二來當年她有了程行彧的孩子，不好離家。如今雲霽四歲了，還算懂事，喬長青管得住，倒是可以去青州一趟，見見世面。
她想清楚後，對喬長青說：「去！晴鳶連信物都寄過來了。況且，除了我，無人能幫她辦這件事。」
唐晴鳶所託之事，在整個南越，唯有雲岫辦得到。
喬長青略一思索，道：「那我們的計劃就會被打斷，是我和孩子們在盤州等妳從青州回來，再一起去錦州？還是妳從青州直接去錦州？」

喬今安身子弱，不適合跟著雲岫出門，所以他們要麼在家等，要麼在錦州會合。

「我們直接在錦州會合。晴鳶信上還說，她和伯父已經研究出新的方子，讓安安早些過去泡藥浴醫治。」

此刻兩個孩子待在巷尾的羅大夫家，雲岫便說：「這兩天讓安安繼續在羅大夫那裡針灸，穩固身子，這樣路上也能少受罪。我們把家裡的什物收拾一下，讓鏢局先運去蘭溪。」

喬長青對此沒意見。「行，就按妳說的辦。」

確認許多細節後，天色漸晚，雲岫要去巷尾接孩子。

喬長青把那些藥材帶上，又裝上一盒今日鏢局新到的茶葉，和她一起出了門。

第六章

羅家雖在巷尾，卻有一個不小的院子，平日裡會在院中曬藥草，只是近來春日細雨多，便收到屋內。

喬今安的針灸已經做完了，和雲霽一起坐在房簷下，幫羅大夫清理藥草根上的泥土。

兩個孩子，一個瘦小，面色偏白，但眼神亮晶晶的，對那些藥材感興趣得很；另一個圓滾滾的，頭頂一撮小雜毛，手裡還拿著乾紅棗在啃。

喬今安看見人，軟聲叫喚。「爹，娘。」

雲霽小嘴一咧，一口小白牙上沾了片紅棗皮。「爹，岫岫。」

真是她的吃貨傻兒子，小名阿圓。

「煩勞羅叔、羅嬸了。」

羅大夫髮絲青白相間，年事已高，卻神采奕奕，看見雲岫和喬長青都來了，順嘴提點道：「明日還要繼續針灸，妳們倆注意著。若是有年分大的川烏，再尋些來。」

喬家開鏢局，做著各地生意，找藥材快得很，羅大夫不會和她們客氣。

喬長青點頭應下。「好，我會讓人留意。」

喬今安走運，三年前遇到回鄉養老的羅大夫，聽街坊鄰居說他年輕時候是遊醫，醫術高超，她和雲岫便上門拜訪。

果然，羅大夫一眼就瞧出喬今安身上不僅有寒症，還有胎毒。兩家離得不遠，兩人便厚著臉皮上門求治。

羅嬸子自她們進門時，就聞到一股藥香，道：「哦，帶了藥材來？讓老婆子來猜猜。」鼻子一嗅，張口就說：「有桂枝、附子、雷公藤、伸筋草……是縉寧山送來的？」

雲岫眉眼含笑，把那包藥材拿出來。「羅嬸，您這鼻子呀，什麼都瞞不過您，是晴鳶寄來的。」接著，還取出一只帶蓋的竹編小簍子。「嬸子，您再猜猜這個？」

羅嬸子又輕輕一嗅。「嗯，好香的雲霧。」

喬長青對羅嬸子的鼻子佩服得很。「確實是雲霧。上次走鏢去了嶽山，見價格合適，就帶了不少回來，這份是給您和羅叔品鑑的。」

羅大夫喜茶，捋著鬍鬚，眼中不勝喜悅。「不錯不錯。」

原先他還覺得替喬家小娃治病麻煩，畢竟那毒是由哪些藥物製成的，他只能猜出六、七分。但這三年，他收了人家不少好處，家中好茶更是不曾斷過，拿人手軟，他便是鼓足勁研究針法，也要把小娃的命保住。

雲岫同羅大夫提起縉寧山的事，羅大夫呵呵一笑。

「是好事，自內解毒行不通，用藥浴排毒也是另闢蹊徑。有我師兄在，就算不能完全解毒，泡泡藥浴也對身子益處頗多。而且縉寧山四季溫暖，是個養身的好地方。你們什麼時候動身？」

「下個月就要啟程。從樂平到蘭溪要走一個月，安安身子不好，怕路上會再耽擱些時日。」雲岫說著，又拜託羅大夫。「這幾日還要煩勞羅叔費心，再幫安安調理調理。」

喬今安雖然已滿五歲，看著卻和四歲的阿圓差不多大，都是因為寒症和毒在體內作亂。

羅大夫擺擺手。「無妨，老夫技窮，雖無法根治，但小娃的命還是能保住的。」

他說著，忽然想起一事，一驚一乍地對喬長青道：「長青，妳若走鏢至青州，可僱人去天水縣藥典閣找一找《藥典圖鑑》，裡面或許有治療安安毒症的方子。」

《藥典圖鑑》是集天下醫者心得之大作，一直被妥善存放在青州天水縣的藥典閣內。藥典閣每五年開放一次，舉辦胡椒花大賽，允准當年贏得醫術切磋前五十名的大夫入閣研習，為期十日。

如果喬家有人脈，能找到獲勝的前五十名中的任一名醫者，便有機會在藥典閣內尋到治療寒症的其他藥方。

聽著羅大夫的建議，喬長青與雲岫的神色變得越來越古怪，尤其是雲岫。

等他說完，雲岫試探地問：「入閣之人是不是不限醫者本人，只要持雕有胡椒花的竹牌，便可入內？」

羅大夫驚訝，一臉妳怎麼知道的神情。「妳們打聽到了？雇到人了？」

兩人對視一眼，雲岫欣然道：「晴鳶寄來一封信給我，隨信而來的還有一塊刻有胡椒花的竹牌，想託我替她去一趟青州天水縣背典籍。但我沒想到，要去的地方會是藥典閣。」

羅大夫聞言，拍手一笑，面上盡是欣喜雀躍。「那妳可得多看多記多背呀，等今年年底，我就和老婆子去錦州尋師兄過年。」順便瞻仰瞻仰《藥典圖鑑》。

雲岫過目不忘，記憶力驚人，讓她去藥典閣溜一圈，給足時間，她就能用腦子搬走大半個藥典閣典藏。

「是，定不負您老期望。」

看來，她還非去青州不可了！

家中的桌椅床櫃都是實木打造的，分量沈實，不適合長途運送，雲岫和喬長青打算把這些物件隨小院子掛在牙行出售。

她們又把家中的書籍、衣物及其他貴重物品打包，送去快馬鏢局，運往蘭溪。

阿圓得知雲岫要出遠門，也不陪著喬今安去羅大夫那裡了，整日像個跟屁蟲似的，黏在雲岫身後。

「岫岫，青州在哪裡呀？」

「岫岫，妳要去多久？」

「岫岫，萬一我想妳了怎麼辦？」

「岫岫，能不能帶我一起去？」

不僅是個跟屁蟲，還是個小黏人精。

阿圓和程行彧長得有七分像，濃眉大眼高鼻梁，還繼承了他爹的白皮膚。站在陽光下，整個人白得像個發光的小肉包似的，是因為他胖乎乎，才又減去兩分相似。

雲岫正在院中架起兩個小火爐，一個烤桃肉、一個炒肉鬆，是準備給他們路上吃的小零嘴，還要分一些給唐晴鳶。

桃肉的香氣瀰漫著整個小庭院。

阿圓搬了張小木凳子，坐在雲岫身旁，嘰嘰喳喳唸個不停，滿口岫岫、岫岫的。

雲岫聽得煩了，拿著控火的小蒲扇往他腦門上輕輕敲了一下。「叫娘。」

小戲精眼中立刻蓄滿眼淚，嗚嗚道：「岫岫嫌棄阿圓了，岫岫還打阿圓，阿圓要告訴爹爹！」

雲岫心頭翻著白眼，漫不經心地淡笑著。你去告啊，你親爹遠在天邊，你假爹和你娘是一路的，到最後還得聽你娘的。

「行啦，再胡攪蠻纏，就不做吃的給你了。」

提到吃的，小戲精果然眼淚一收，摩挲著小胖手，開始討價還價。

「岫岫不想讓人家跟也成，那阿圓要吃辣辣的豬肉脯、雞肉乾、炸薯片，還有棒棒糖、炸海苔、蘿蔔乾、雞蛋糕……」

他扳著手指，一一數出好多小吃食。

雲岫不由停下手中的鍋鏟，似笑非笑地望著阿圓，等阿圓把記憶中的小零食都唸了個遍，才開口道：「你怎麼不生吞一頭豬啊？最多挑兩樣。」

阿圓可憐兮兮的，比劃著小胖指頭。「五個。」

雲岫淡定地搖著手中蒲扇。「三樣。」

「娘，再多一樣吧？」

雲岫堅持不退讓。「最多三樣。再討價還價，就一樣都沒了。」

阿圓識趣得很，見她不肯讓步，佯裝大度道：「好吧，三樣就三樣。」指著火爐上正在烘烤的桃肉和翻炒的肉鬆。「三樣是額外的，不包括桃桃和肉鬆哦。」

「行。」看在路途遠的分上，讓你多吃兩種。瞅著兒子圓鼓鼓的小肚子，雲岫忍不住腹誹，這肚子長大了能消吧？

程行彧身材精瘦，腹部沒有一點贅肉，怎麼她兒子就是這副胖呵呵的模樣呢。

她那頭出神，想到程行彧的身子，阿圓這頭則陷入了艱難的抉擇，歪著腦袋思來想去，好一會兒才痛下決心道：「要豬肉脯、雞肉乾，還有棒棒糖。」

雲岫眉毛一揚。「你不是不愛吃甜食嗎，怎麼還要棒棒糖？」

阿圓同程行彧一樣，口味重，喜辣，不嗜甜。選擇棒棒糖的緣故，雲岫隱約猜到一點。

果然，阿圓說：「哥哥喜歡糖呀，而且哥哥要喝藥，沒有棒棒糖，藥苦苦的。」

雲岫點頭。好吧，看在你沒有吃獨食的分上，再悄悄幫你做些辣條嘍。

五月初，雲岫拿著胡椒小竹牌，啟程前往青州。

她走的那日，安安和阿圓眼淚汪汪，這是他們第一次和親娘分別。儘管喬長青和他們解釋了其中緣故，但到了分別的時候，兩個小的還是哭得稀里嘩啦。

「阿娘，妳要記得來找我們。」

「青州有好吃的，阿娘記得買點回來。」

「阿娘，我會乖乖聽爹的話。」

一幅妻別子離的場景，煽情不已，雲岫蹲下身抱住兩個孩子，一人臉上親了一口，才不捨離去。

同時，遠在京都的程行彧亦準備去青州一趟。

四年前，乾埈四十二年秋，雍州鐵礦案、賀州私鹽案曝光，天子震怒，下令徹查。

陸清鳴本人不在京都，卻似在京都，有他這隻無形的手在其中攪動風雲。

當時，線索斷絕，眼看案子再次被人壓下，不想瓊華冊突然再現京都。三皇子陸清嘉、兵部尚書等人頓時被推到風口浪尖上。乾埈帝失望之餘，念及三子是他心愛女人所出，僅僅禁足於皇子府。

七百多萬兩白銀，上百條人命啊，就這麼輕輕拿起，又輕輕放下。

一時間，股肱之臣紛紛告病在家，閉門不出。

陸清嘉有乾堎帝保下，雖然暫時無事，卻也失了民心。景明侯程晉被削爵，杖責八十，發配途州。兵部尚書則受腰斬之刑，以儆效尤。

百姓們唏噓之時，朝中眾人才看明白，到底誰才是皇帝的心頭肉，但陸清嘉終究辜負了他父皇這片厚愛。

乾堎四十三年春，三皇子陸清嘉下毒謀害乾堎帝，乾堎帝賜死婉妃母子，下天子急詔，將駐守途州的七皇子召回。

七月，乾堎帝薨，七皇子陸清鳴繼位，年號德清。

就像陸清鳴前往途州前說的那樣，將將兩年，他們如願以償，家仇得報。

但程行彧依舊滿懷思念與愁苦，因為他此生最重要的人還沒有找回來。

五年了，他和雲岫還未能相遇，程行彧越來越焦灼，開始偷偷喝酒，醉了就躲進吟語樓，數日不出，醒了便前往錦州，守在那邊的宅子裡，等候雲岫。

陸清鳴看程行彧愁緒難掩，越發癡狂，決定再給他一只在青州才能打開的錦囊。

「晏之，你既要啟程前往錦州，兄長再拜託你一件事，繞路護送李老先生回故里青州雲水縣。青州錦囊已交予先生，待他歸鄉，自會給你。」

即便陸清鳴登基為帝，對程行彧仍自稱兄長，如此殊榮，僅此一人。

程行彧看向陸清鳴。「兄長又要尋什麼人嗎？」

他行商在外，每到一個地方，都會打開陸清鳴事先準備好的錦囊，根據錦囊提示，尋訪經世之才。

「這個人與你有關。」

程行彧眸光流轉，驚呼一聲。「兄長有岫岫的消息了？」

陸清鳴微微搖頭。「你去了便知。」

他爹流放，他娘早亡，他妻失散。雍州曲家與他關係淡薄，除了兄長，能和他有關係的人，還會有誰？

如此，程行彧決定送大儒李老先生走一程，一同前往青州。

青州有山，山下有寺，名青山寺。青州亦有水，水名白澗，旁有書院，為白澗書院。

李老先生乃國之股肱，為官六十載，清風明月藏袖中。得他擁護支持，德清帝登基阻力甚少，如今老先生告老還鄉，德清帝自要讓他榮歸故里白澗。

但是，德清帝竟讓程行彧護送他回鄉，倒是出乎李老先生意料之外。

程行彧在京都備受眾人敬重，不僅因為他是德清帝的表弟，更是因為他常向朝中舉薦不少有才之士。

既是愛才之士，又是愛書之人，怎能不得讀書人欽佩？

聽聞他府中有一書庫，書籍孤本數量之多，讀書人無不心生羨慕。不少好書者有意結交，因他長年在外，尋不到人影，遞不上拜帖，而望門興嘆。

要等到何日何時，他們才能一睹為快啊。

李老先生對此亦有耳聞，儘管未得親眼見識，也知道雲府藏書頗多。他是為官者，也是讀書人，自然愛書，可如今已卸下身上重擔，更有興趣的反而是另外一樁事。

從五年前至今，程行彧一直在尋找一位姑娘，廣發畫像，並立下承諾，若尋得那人，可得雲府內經史子集等所有典籍抄本一份，另有黃金萬兩。

此事傳出，畫師生意興隆不說，為財、為書而幫忙去尋的人可不少。那段日子，幾乎是人手一份小像。

只是，看程行彧如今的模樣，人怕是還沒找到。

「程公子已尋人五載，還要再尋下去嗎？」

「要。」程行彧回答得斬釘截鐵，毫不猶豫。雲岫是他的命根子，五年之期已到，如果今年年底還找不到她，他不知道自己會做出什麼事來。

「老夫斗膽猜測，雲府書庫也是為她所建？」

「是。」那些書籍都是雲岫的，即便要給人，也只能是抄本，絕不可能讓人進去翻閱。

李老先生捋著鬍子，悠然一笑，再問：「那姑娘很愛書？」

「嗯，她很愛。」這些年來，因久尋雲岫無果，程行彧性子孤僻冷寂，不喜與人深談，如今能耐著性子回答李老先生所問，是因為談及之事相關雲岫。

說起書，程行彧忍不住回想起雲岫曾經躺在書房看書的一幕幕，寧靜美好，眼中剛凝起笑意，又被思念與苦澀淹沒。

情脈脈，意忡忡，此情此愛頗堪惜。

李老先生見狀，忍不住多提了一句。「白澗緊鄰雲水，雲水縣有南越最大的藥典閣，樓上藏書每五年開放一次，且需持胡椒花竹牌方可進入。但樓下卻無諸多限制，裡面亦收集不少藥理常識、採藥遊記、地質地學等圖冊。

「今年六月，正逢藥典閣五年一開，應該會有不少文人墨士前往。程公子不妨再去那邊打聽，說不定會有你所尋之人的消息。」

雲府書房中有不少山川湖海遊記，皆是因為雲岫也喜歡這類書籍，聽李老先生這麼說，程行彧決定再去藥典閣一趟。不管能不能找到，他都不願意放過任何機會。

當然，如果能尋得蛛絲馬跡，就不枉他青州一行了。

六月初六，天氣晴朗，微風。

青州雲水縣藥典閣於今日起對外開放，一樓為期三月，諸人皆能閱覽。二樓為期十日，僅持胡椒花竹牌者能入。

一樓存放與醫藥相關的各類書籍，有醫者去大江南北採藥的經歷，研習藥方時的心得紀錄，也有一些藥理介紹、藥學常識的書。

二樓則廣藏歷代名醫手劄、藥方、醫書著作等，不僅有書侍看守，持牌者進入後，還要遵守「入內三不得」的規定：不得帶筆墨紙硯，不得帶飯食酒水，不得喧譁嚷鬧。

雲岫一身素色衣裙，頭戴帷帽，透過眼前的素紗，終於見識到這座令醫者憧憬嚮往的藥典閣。

先前聽人說起，藥典閣只有兩層樓，卻壓根兒沒想到會是這麼一座建築。全實木搭建，以黑紅雙漆為主，外觀似塔似樓，仰頭看去甚高，宏偉大器中透著蔚然古風。

僅站在閣外，她便知曉，裡面藏書必定數以萬計。

雲岫進閣後，先把竹牌遞上，讓他們查驗真偽，然後由女書侍嚴格搜檢全身，確認沒有攜帶任何物品後，才得以往二樓去。

藥典閣雖然只有兩層樓，但一樓層高有三丈餘，二樓更為誇張，書牆林立，一眼望去看不全，也看不盡。

已修建好的竹木樓梯似石壁上的棧道般環繞而上，除此之外，每隔五排書架便會放置一把小竹梯，供人攀登尋書。

四周的格條木窗已經全部打開，簾子高捲，陽光照入，十分亮堂。

窗邊放置竹製桌椅，卻甚少有人入座，而先她一步入閣的人早已盤腿坐在地板上，捧著手中典籍，沈浸其中，如癡如醉。即便雲岫從他們身邊走過，也未被驚擾半分。

入二樓者明明有五十人，但雲岫找到《藥典圖鑑》時，才堪堪看到十餘人，不由感嘆，真是書夠多，閣夠大，一時間竟還遇不到幾個大活人了。

《藥典圖鑑》共有三十六冊，紙張是質感厚實卻平滑的黃麻紙，用金銀雙色交纏線裝訂，前三冊是圖文並茂的藥草詳解，從第四冊起全是各病症症狀、治法及應對藥方。千萬方子，怪不得唐晴鳶懇請她走一趟。若沒有強健的記憶力，記錯方子中的任何一味藥或量，那就不是救人，而是害人了。

雲岫先選走第一冊至第五冊，抱了個滿懷。

見朝南向窗處的桌椅無人入座，她選了個好位置，微微掀起帽簷，面朝白澗，開始飛快默記書中內容。

她不通藥理，全靠記憶力背誦，饒是如此，翻閱速度也快得驚人。在她第三次還取書籍的時候，終於引起一人注意。

一名年紀不大的少年郎對雲岫裝模作樣的行為嫌憎不止，忍不住惡言相向了。

「兩個時辰內，姑娘取了兩次書，一次還不止三冊，更皆是《藥典圖鑑》，敢問姑娘記了多少？又或者只是到閣中一遊？妳可知，五年得進二樓一次的機會，是別人求之不得的。姑娘如此懈怠，對得起傳授妳醫術的師父嗎！」

雲岫透過帷帽一角，尋著聲音望過去，看清了這位頭戴木簪、身著白衫的小郎君。他背靠書牆，席地坐在角落裡，冷眼看她。

平白無故遭人惡語中傷，她心中已有不悅，但念及閣內不得大聲喧譁，並未出聲反駁，反而取走更多書冊回到自己的座位，繼續默記。

見自己好心出言相勸，卻被人無視，曹白蒲心中憤恨，無奈感慨，真是暴殄天物，可惜了胡椒花竹牌的機會，竟被這麼個女子浪費掉。

他重嘆一聲，把心思重新移回手中藥典。

第七章

二樓開放十日，不限白天黑夜，只要入閣者吃得消，在裡面過夜都成。其餘四十九人恨不得廢寢忘食，竭力多記住幾道方子。雲岫是唯一一位正常吃飯睡覺的入閣者，她的格格不入，自然入了閣內書侍的眼。

第十日，夜幕降臨時，雲岫起身離去，卻被書侍叫住。「今晚姑娘不在閣內過夜嗎？」他對這位姑娘印象深刻，不僅頭戴帷帽，掩藏容貌，還是今日取書次數最多的一位，想忽視都難。

雲岫駐足，十分不解。「必須在閣內過夜嗎？」

書侍緩緩一笑，耐心解釋。「非也。若姑娘要出閣休息，不能去縣上客棧入住，等會兒會有人帶姑娘去房間。」

雲岫沒想到藥典閣的待遇會這麼好，不僅包吃還包住，豈不省了更多銀子？她欣然而笑。「煩勞小哥尋人為我帶路。」

書侍愣怔片刻，好似從她的言語裡聽出了歡喜，但隔著帷帽，看不清她臉上神色，只應道：「姑娘隨我來。」

兩人先後下樓，書侍把雲岫引到一名婦人面前。

「福嬸，煩勞您帶這位姑娘到客房休息。」名叫福嬸的婦人，眼皮一掀，上下打量雲岫一眼，看向書侍。「持胡椒花竹牌者？」

「是。」

福嬸臉上浮現詫異，雲岫隔著帷帽都能看清，且她的態度忽然變得十分客氣有禮。

「姑娘請隨我來。」

雲岫被帶到藥典閣後院。院子內有二十餘間客房，卻未點燭火，暗淡得很。她選擇其中一間，進到房內，等福嬸找出火燭點亮後，才看清客房的佈置。

只用一個字就能形容：空。

房內是大通鋪，除了床和被褥，再無其他，甚至連一張桌子都沒有，連燭臺都是被放置在地上的。

福嬸指著一張床鋪，仔細交代。「藥典閣的客房在前幾日都不會有太多人入住，被褥是上個月才清洗曝曬的，沒人用過。妳自己選張床鋪，暫且用著。」

看雲岫是個姑娘，年紀比自家閨女大不了多少，福嬸又多囑咐幾句。「藥典閣二樓所有典籍，只許心記，不得筆墨記錄，所以屋內也禁止放置其他物品。如果妳要喝水吃飯，就去飯堂，那邊日出開，日落閉。過了時辰，若還有其他需要的，就到藥典閣一樓尋我。」

福嬸說完，關門離去，留下雲岫待在偌大的房裡。

「啊～～哦～～」

她輕輕呼叫幾聲，便有了回音，真是好大的房間呀。

良好睡眠能保持清明的頭腦，按時吃飯能保持健康的體魄。

每日，雲岫雞鳴就起，日落而回。準時吃早飯和午飯，從不落下。如此，就算其他人再癡迷典籍，也注意到二樓有位行徑異常的帷帽姑娘。來到鼎鼎大名的藥典閣，還吃得下飯、睡得著覺的，可不是行徑不同於常人嘛。

三日下來，別人開始蓬頭垢面，疲憊不堪，唯有雲岫精神飽滿，氣息充足，在窗前一坐便是一日，且從不打瞌睡。

第四日時，終於有人堅持不住，陸續要求到客房睡覺休息。但因為其餘四十九人皆是男子，所以雲岫那間客房依然只有她一人。

第六日，雲岫已把《藥典圖鑑》第三十六冊全部記下。之後，她開始閱覽其餘典籍，特別是和寒症、寒疾相關的書。

十日工夫，除去必要的吃飯及睡覺，雲岫整日都在默記。即便如此，也僅僅翻完二樓書籍的二十之一二。

她不由感慨，這十日也太短暫了。藥典於世人有大義，何不開放讓天下醫者學習、精進醫術？把這些無價寶貝束之高閣，真是可惜可嘆亦可悲。

「藥典閣，二樓，閉——」

隨著書侍一聲宣告，藥典閣二樓沉重的木門再次被鎖上，除去每年翻曬除蟲，下一次向眾人開放，又是五年後了。

胡椒花竹牌被收回，二樓入閣者有序下樓，這時候才有閒暇工夫開始議論這位備受矚目的帷帽女子。

「第一日，她好像就去客房歇息了。」

「是，而且她還是這次入閣者中唯一一名姑娘。」

「前天晚上睡覺前，我還聽曹大夫說，她是進去閒逛的，壓根兒沒記下多少藥方。」

「不會吧，能在比賽中排到前五十名，應當不是那樣的人。」

「有人知道她是哪裡來的大夫嗎？姓甚名誰？醫術如何？」

「不知。不曾聽聞……」

身邊的議論聲雖小，但還是入了雲岫的耳，但她秉持少惹是非的原則，並未上去與他們攀談。

她不是大夫，也沒有當大夫的天賦，雖然憑藉過人的記憶力記住不少藥典方子，但實際上不會望聞問切，更沒有行醫經驗，能對症下藥。

再者，在藥典閣待了十日，不曾沐浴更衣，如今她頭髮油膩，身上發酸，占著有帷帽遮臉，打算厚著臉皮，先去酒樓吃頓好的。

六月，正是青州胡椒花綻放的時節。

青州盛產胡椒、辣椒，既能做藥材，又能當調味料，因此不少人家都有栽種。年分久遠的胡椒樹葉脈深綠，風一吹便掉落不少黃色的小花朵，灑落在街巷中的青石板上，瀰漫著清淡香味，倒是別致有趣。

原本要去酒樓的雲岫，駐足於一家小食肆門口，再也挪不動腳，實在是這濃郁的山胡椒味道太吸引人，令她忍不住垂涎。

大老遠地來一趟，不能錯過，進！

她選擇一處角落坐下，窗外剛好有一小片胡椒樹，美食配好景，意境有了，就差好菜。

「店家，點菜。」

小二提著一壺茶，笑著上前。「客官吃點什麼？」

「要三道貴店招牌菜。」

「客官是外地來的吧，我家最出名的便是魚和麵，給客官上一份山胡椒水煮魚、一碗山胡椒麻辣涼麵，再來一道胡椒涼拌黃瓜，可行？」

「可，煩勞小二哥。」

「貴客稍等。」小二替雲岫上了茶，便把抹布搭在肩上，小跑離去。

雲岫端起茶碗，飲下一口小二倒的茶，眼眸驀地一亮，被這茶水驚豔到了。

茶湯清亮，能看清裡面不僅有茶葉，還有茉莉花和兩粒胡椒，茶葉和茉莉花的清香讓胡椒的氣味得到升華，變得不那麼濃烈。這搭配剛剛好，不多也不少。

飲完茶水，雲岫放下茶碗，發現一名老者在對面坐下，聲嗓高昂有力。

「姑娘醫術如何？不如與老夫比試比試？」

比試醫術？雲岫可不通醫理，儘管曾在後世看過醫學基礎知識的紀錄片，但她既沒有操作經歷，更沒有一應器具材料，要如何與人交流切磋？

這點自知之明，她還是有的。

因她閉口不語，食肆裡一時靜默無聲，氣氛略顯尷尬。

老者見她不說話，使了激將法。「想不到，姑娘居然不敢與老夫比試。多好的切磋機會呀，可惜，可惜。」

話是這麼說，但雲岫見他沒有要起身離開的意思，思來想去，還是如實告知。

「老先生，並非小女不願比試，實在是因我不會醫術，不通醫理，如何能比？」

老者不相信，以為是她的推託之詞。

「據老夫所知，妳自錦州來，在胡椒花醫道大賽中排第五十名，贏得最後一塊胡椒花竹牌，因此得入藥典閣。如今卻說自己不會醫？呵呵，年輕人啊……」

矍鑠的目光彷彿要穿透帷帽素紗，把她看透似的。

老者固執如此，雲岫很難以一己之力改變他的看法。要怎麼想，就怎麼想吧。

這時，她腹中忽然發出鳴響，令老者愣怔片刻。

小二端菜過來，打破了僵局，還沒上桌就能聞到濃郁的山胡椒香味散發在空氣中，刺激著雲岫的味蕾。

雲岫沈迷其中時，卻聽見小二非常浮誇的驚呼。「典閣主，得您親臨，真是令小店蓬華生輝！」

他聲音又響又尖，引得其他桌的客人紛紛朝這邊望過來，議論紛紛。

「您是藥典閣的主人，典老先生？」

典閣主被人認出來，也不避諱，大大方方地對雲岫道：「小姑娘，妳到底要不要和老夫切磋？」

一旁已經有人湊過來，聽到一半，忍不住起鬨。「姑娘，機不可失啊，能和典閣主比試，那是莫大的榮幸。」

「是呀，得典閣主指點，醫術造詣必定突飛猛進。」

「你說這位姑娘能入得了典閣主的眼，得到胡椒令嗎？」

指點？胡椒令？是比胡椒花竹牌等級更高的牌子？

見雲岫還是不言不語，典閣主失望，原以為能把《藥典圖鑑》讀完的女子，醫術上應該天賦極高，這是他尋來的原因，也是他發起挑戰的緣由，想不到這人卻不想比試。

「罷了罷了，妳若不願，老夫亦不強人所難。」

眼見圍過來的百姓越來越多，典閣主揮了揮衣袖，就要起身離去，卻聽小姑娘出了聲。

「敢問先生可會解毒？是一種症狀似寒症，以祛寒之法卻無法根治的毒。中毒之人手腳冰冷，四肢發瘮，脈搏低弱，身子陰虛，且生長緩慢。」

典閣主瞪眼。「嗯？寒泗水？」

那毒叫寒泗水？雲岫心頭一跳，縱身而起。「老先生知道這毒？可有解毒之法？」

喬長青對她有搭救之恩，當年生阿圓時也多虧她悉心照顧。如今的安穩生活，也是占了她家的戶帖得來，她想報恩。

再者，喬今安和她雖然沒有血緣，但既然叫她一聲娘，就是她兒子。若有解毒之法，她也想為他解毒，讓他免受寒症之苦。

「妳說的症狀很像寒泗水，但中此毒者無法活過一年。妳那病人幾歲？中毒多久了？」中了寒泗水的症狀和風邪寒症一般，若被當成普通風邪醫治，中毒者會慢慢虛弱而死，活不過一年。

此毒陰邪，明明是毒，卻似普通寒症，極易讓人忽視，所以南越早已銷毀殆盡。典閣主想不通，怎麼還會有人中此毒？

「中毒之人是孩童，今年剛滿五歲，卻已中毒五年，應該是他母親懷胎時中的毒。」

京都鏢局的人要滅口，卻因案子涉及私鹽，怕動作太大引人注目，所以用了類似寒症的寒泗水。如此一來，死者身亡後，他的家人不會多想，只會以為是寒邪入體，延誤病情。

「這毒老夫能解，但妳需同我比試，且贏了我。」解毒對他不難，他就是想見識這姑娘的能耐。

這可難倒了雲岫，她是真的不懂醫，並非推諉。好不容易打聽到解毒方法，讓她放棄是不可能的，只能另闢蹊徑。

「典閣主，小女此行是受友人所託，替她到藥典閣背醫書，確實不懂醫，更無力與您切磋。可家中小兒中寒泗水，還望您出手相助，日後若有用得到小女的地方，盡可吩咐。」

典閣主眉頭一蹙。「妳不姓唐？」

雲岫搖頭。「小女夫家姓喬，並不是在大賽中排得第五十名的錦州唐姑娘。」

兩人心照不宣，都知道唐姑娘是指誰。

唐晴鳶是贏得胡椒花竹牌的女醫者，這個典閣主知道，但是戴帷帽的小姑娘說她是來背書的，又令他琢磨不透。

五年才開放一次的藥典閣二樓，是醫者與大夫們夢寐以求的地方，當真有人願意把得之不易的機會讓給別人？

他嘴角微動，假意咳了咳，問道：「妳說妳是來背書的，那背了多少？」

圍觀的百姓還沒散去，聽著兩人從比試說到中毒，又說這位帷帽姑娘是替人入閣背書的，簡直一頭霧水。記藥方不是大夫的本事嗎，不懂醫的人能記下多少方子？

一時間，大家也想見識見識，看這姑娘所說到底是真是假。

雲岫頭戴帷帽，也不怕被人認出來，索性直言道：「《藥典圖鑑》已熟記於心，還有甲乙丙丁四個區位的書籍，也已全數記下。」

典閣主的臉僵住，笑意消失殆盡，昂然挺立的身姿微微顫慄，神色更是不可置信。

「妳說……十日便記下了《藥典圖鑑》，還是整套?!」

連店小二都呆在一旁，圍觀百姓噤聲，大氣也不敢喘，覺得是自己聽錯了，或是姑娘說錯了。

《藥典圖鑑》是藥典閣鎮閣之寶，而藥典閣又是雲水縣最珍貴的財富，把《藥典圖鑑》記下，豈不是把他們的寶貝搬走了?!

見氣氛不對，雲岫暗嘆一聲糟糕，她弄巧成拙，好像要壞事了，急忙把話圓回來。

「持胡椒花竹牌入閣，雖不能以筆墨抄錄，但憑記憶能記下多少，便是多少，小女應該沒有違規。」

若今日被扣在這裡，那她該如何是好？一孕傻三年，多年未出遠門，竟鬆了防備之心。

典閣主聽出她語氣間的緊張，揚手安撫。「小友莫慌！莫慌！入閣者能記多少藥典，全憑個人本事。有老夫在，整個雲水縣的百姓都不會為難妳。老夫只是想確認，妳當真背下全套《藥典圖鑑》？」

他目光誠摯，不似假話，但雲岫不願又在眾人面前多言。

典閣主略一思索，向店中百姓拱手道：「老夫與這位姑娘有事相商，還望諸位給個面子，暫且迴避。」

他在雲水縣威望不小，此話一出，眾人紛紛客氣幾句，陸續退去。

片刻後，整間食肆只剩雲岫和典閣主，還有躲在後廚簾子後面偷看的小二們。

「姑娘頭戴帷帽，老夫識不得妳的真面目，只想請姑娘解惑而已。等姑娘出了這食肆，帷帽一摘，再換身衣服，誰也不會認出妳。」

雲岫有自己的考量，但事關喬今安身上的毒，還是想搏一搏。如果能拿到寒泗水的解藥，就再好不過了。

「小女斗膽，想以寒泗水解藥作為交換。」

典閣主眉毛一揚，就差吹鬍子瞪眼了。背了他家的《藥典圖鑑》，還要他給出解藥，才能知曉她到底記下多少？

偏偏這賠本的買賣他願意做，著實好奇，三十六冊的藥典，真有人十日就能全部記下？

「據老夫所知，中了寒泗水的人活不過一年，妳說的五歲小兒，症狀雖對，但時間卻不對，老夫不親自看一眼，是不會輕易給藥方的。但是，妳如果真將《藥典圖鑑》記下，那我可隨妳走一遭診脈。」

他知道中毒者身子弱，沒讓她把人帶來雲水。幾年未出青州，出去走走也無妨，何況是這麼有意思的小姑娘。

雲岫心情澎湃，一股喜悅直衝大腦。「此話當真？」

典閣主信誓旦旦。「老夫從不打誑語。」

雲岫端正身子，滿懷敬意地說道：「請典閣主考核。」

《藥典圖鑑》前三冊是基礎常識，第四冊之後才是整套書的精華，典閣主便直接問了。

「第十七冊，記錄在冊的是哪種疾病？如何醫治？方歌是什麼？」

書頁知識猶如一張張照片似的，儲存在雲岫的腦海中，不用費力回憶思索，便脫口而出，流暢地唸出複雜方歌。

典閣主目瞪口呆，雙眼越睜越大，越來越亮，敬佩之心油然而生。

小姑娘，大、才、也！

第八章

從晌午到黃昏，一老一少繞桌傾談。

典閣主臉色變幻莫測，對這頭戴帷帽的姑娘心悅誠服，終於信了，這世上當真有人能用十日背下《藥典圖鑑》。

「小友有意學醫否？可拜入老夫名下，藥典閣藏書全數讓妳閱之，學之。」

雲岫婉拒道：「多謝典閣主賞識，但小女在醫術上確實沒有天賦，恐有負您老所望。」

「妳出色的記性，便是最大的天賦。」

那是天賦，卻不是做大夫的天賦。雲岫無奈地說：「不瞞典閣主，小女對望聞問切全然不通，便是把脈也摸不準脈象，如何能診斷病情？

「再者，如果只記得書籍上的藥方，卻無法根據病人的實際病情下藥，這樣的醫者，還是有天賦的醫者嗎？這不也是您要親眼看到身中寒泗水的病患，親自診脈後，才能給解藥的原因？

「真正的醫者是要對病患負責的，而我，沒有能力，沒有經驗，沒有一顆熱愛醫術的心，無法對他們負責，所以我並沒有做大夫的天賦，只是占著些小伎倆，默記書籍知識而已。」

一番話令典閣主對她刮目相看，越發欣賞。

人的一生中，最難的便是頓悟，頓悟什麼才是自己最想要的，什麼是自己做不了的。小姑娘年紀不大，但看透了，也想明白了，他便不再多言說服。

「老夫知曉了。只是，妳有過目不忘的本事，卻安於後宅，當真不會後悔？」

雲岫粲然一笑。「不瞞典閣主，小女是錦州縉沅書院的女夫子。此行結束後，便要回去開班授課，此生所學所知，皆會傾心教授縉沅學子。在此也想斗膽問一問典閣主，小女所記典籍是否可以抄錄謄寫，供其他醫者學習？」

與白澗書院齊名的縉沅書院？這小姑娘竟然是縉沅書院的女夫子，果然是真人不露相，他眼拙了。

典閣主仰頭暢笑。「妳都替唐晴鳶背下《藥典圖鑑》了，難道回去後不會默寫予她？」

今年胡椒花大賽的最大驚喜，便是唐晴鳶和眼前女子。饒是他見多識廣，飽經世故，也沒想到唐晴鳶會請一個過目不忘的高人來替她入藥典閣。

此舉劍走偏鋒，卻滿載而歸，令其十日便得《藥典圖鑑》。

雲岫對唐晴鳶的歪主意也是哭笑不得。「會，但給她一人看和給眾人學是兩碼子事。偷偷摸摸學和光明正大學，心境、感悟亦不相同。」

典閣主點頭。「妳記下多少便是妳的，想給誰知曉，也全在妳。但妳可知，藥典閣為何要訂下五年才開放一次，且只准五十人進去的規矩？」

是他不想讓天下醫者閱之、學之嗎？不是的。

那些典籍，每一個方子都是前人不斷摸索、改良、驗證才得到的，來之不易，他又何嘗想將它們束於閣內。

「若將容易得，便作等閒看。典閣主是怕這些醫藥典籍受人輕賤吧。」當然，在雲岫看來，這也是打響名聲的一種方式。飢餓行銷，越得不到，就越想進去。

典閣主不由對雲岫刮目相看，想不到他會在花甲之年，再遇一位知他懂他的小友。

別人只知他性情古板，不懂變通，一生守著一座藥典閣，裡面藏有典籍無數，卻不讓人抄錄，五年開放一次，又只許五十人入內。明明只要他願意開門，就能使廣大醫者受益，甚至能獲千金萬金。

可這些「別人」卻不記得他祖爺爺那代，藥典閣是對所有人開放的，但有人心思不正，有人不懂珍惜，有人把那些典籍當買賣做，有人忘了醫道初心。

因此，藥典閣又關閉了。

雲岫聽典閣主說著藥典閣往事，明白很多事都可以當成生意來做，唯獨醫學不行。

醫者心不正，則害人害己。

入閣者五十人，不僅是在選天賦，也是在選人品。

思來想去，她還是向典閣主提議。「建立藥典閣醫學院如何？」

典閣主若有所思，搖了搖頭。「老夫名下也有弟子，但學醫道阻且難，出師者甚少。」

「不，您名下收弟子和建立醫學院是兩件事。」

當今德清帝重視教育與技術，不僅廣設學堂，增築學社數千間，更分科教學。不僅有經學、史學、文學，還有農學、算學、律學、書學、醫學、天文等等，產教融合，為王朝的繁榮發展提供源源不斷的人才。

藥典閣擁有數量極多的「教科書」，若把這些知識分門別類，由易到難，由簡到精，一定能培養出一批批醫者。此外，還能從中挑選精英學子，傳授更高深的知識，比如《藥典圖鑑》。

典閣主聽得入神。「所以，要建立一間類似白澗書院的學院，傳授醫道知識。若有合適的，再從中挑選能人當嫡傳弟子，因材施教？」

雲岫點頭。「正是如此。每人天賦不一，有的工於炮製藥材，有的長於診脈開方，有的精於摸骨續骨，有的善於女科小兒。書籍能以類相從，大夫也可以類聚群分。」

這樣不僅能帶出一批醫學本科生，還能選出更適合深造的博士生，那些醫藥典籍也不會就此埋沒。

典閣主茅塞頓開，樂得開懷大笑。「小友大才！」解他人生一愁。寒泗水的毒他要解，此人他也要結交。「小友那身中寒泗水的患者在何處？」

雲岫唇角揚起，心思落定。「就在錦州蘭溪縉寧山上的縉沅書院。不瞞您老，他也算是我兒子。」

「唔。」典閣主略作思考，而後回答。「藥典閣還要開放三個月，等到十月，老夫安排好家中瑣事，便去錦州一趟。既解毒，也觀摩觀摩縉沅書院。」

「如此，雲岫便在縉沅書院恭候您的到來。」

青州一行，收穫頗多，她已心滿意足。

雲岫與典閣主有了錦州蘭溪之約，典閣主再三邀她在雲水多停留數日，若能等得，他們還可以一起前往錦州。

他的一番好意，雲岫心領了，卻不得不婉拒。「實在是家中還有兩個小兒，放心不下，約莫再待個兩日就要啟程，多謝典閣主。」

典閣主不再堅持。「也罷，那十月錦州見。」

一老一少就此告別。

僅此一夜，帷帽姑娘的名聲響遍雲水，眾人都知今年入藥典閣的醫者中，有位姑娘天資聰穎，十日記下《藥典圖鑑》。

消息傳到程行彧耳中時，他剛把李老先生送回故里白澗。

「一路上煩勞程公子費心照料老朽，此乃陛下給的錦囊，便交與你。」

那是一只青綠色的錦囊，繡有青州二字，暗指青州有人要尋。

程行彧接過錦囊，拱手道：「晏之就此別過，望老先生保重身體，告辭。」

出了李家，他把青色錦囊打開，裡面有一張紙條，上面寫著：至青山寺，尋故人，靜慈師太。

靜慈師太？是位比丘尼？難不成此人會對南越有所建樹？

不怪程行彧會這樣想，實在是他這五年來尋訪了不少棟梁之才，他們要麼能治國安民，要麼會治水，要麼通節氣農事，總而言之，各有所長，也各有所好。唯獨這位比丘尼，他想不通，此人是有什麼奇才異能，竟能入兄長法眼。

幾番思索，毫無頭緒，他也不多糾結。等他去一趟青山寺，便知此人有何本事。

「海叔，我們去驛站換馬。」程行彧對駕馬車的老奴說道。

海叔全名汪大海，年四十有餘，曾是位宮中大監，被兄長安排到他身邊伺候。

自雲岫離開，他便命洛川和洛羽帶人南下到各州府暗中尋探她的蹤跡，自己則孤身西去，沿路覓求，卻依舊杳無音信，心緒鬱結，只能借酒澆愁，以緩相思。

直至皇權更替，朝堂局勢逐漸穩定，已經為帝的兄長不滿他行蹤無定，又少有書信寄回京都報平安，遂派了汪大海找來，自此兩人相伴同行。

那年一同出宮的，除了汪大海，還有兩人，一位是兄長身邊的親衛阿九，成了他的侍衛首領。另一位則是許姑姑，如今正守在錦州蘭溪的宅子裡。

兄長雖沒有明說，但程行彧還是猜到幾分。上輩子，汪大海和許姑姑必是對兄長竭智盡忠之人，不然不會那麼早就放他們出宮，讓他們過尋常夫妻的安穩日子。

聽到程行彧的吩咐，汪大海揚起馬鞭。「是，公子，這就啟程。」

他們駕馬車來到白澗附近的驛站，汪大海找驛丞更換馬匹，整頓隨行行李，程行彧則拿著羊皮水囊去裝盛清水。

負責招呼的小二接了羊皮水囊，道了句稍等，便去安排。

程行彧將將坐下，端起茶水，就聽到驛站中的兩位馬夫暢談甚歡。

「聽說，今年有位姑娘把藥典閣的鎮閣典籍《藥典圖鑑》全背起來了。」黑瘦小哥一邊幫馬刷著鬃毛、一邊向另一個馬夫講述他聽到的新鮮事。

「你說她能記下一冊，我還勉強信。全部背誦？你是在逗我玩呢，那可是三十六冊，不是五冊八冊。」馬夫嗤笑一聲，滿臉不信。

黑瘦小哥又說：「是真的，在胡椒館被發現的。當時還有不少人在場，不過後來清場，沒能親眼看著那姑娘背誦。但聽店小二說，他們一直背書背到夜幕降臨才離去。」

兩人說著閒話，尤其是黑瘦小哥，言語間十分欽佩那位姑娘。

他們不知道，方才提到的人與事，直接令程行彧心海裡那根叫雲岫的弦瞬間繃緊。

程行彧腦海裡一片空白，往日的敏銳統統消失不見，身子給出了最誠實的反應。

挑好兩匹駿馬的汪大海，剛轉身就瞧見程行彧疾步衝向那兩位馬夫，一把拽住黑瘦小哥，神色焦急地逼問。「你說的那位姑娘長什麼樣子？」

黑瘦小哥被突然闖出來的人嚇到，見滿面嚴肅與焦灼的小公子直勾勾地盯著他，結結巴巴地回答。「不、不知道，那姑娘戴了帷帽。」

帷帽？她戴帷帽，是因為她不願暴露身分！

程行彧心底的猜想更加肯定，一定是她！能在那麼短時間內記下數冊書籍的女子，除了他的岫岫，不會再有別人。

清淩淩的眸子裡盡是驚喜，他的聲音嘶啞又急促。「她可還在雲水？」

「不知道……」

黑臉小哥被嚇懵了，程行彧便知道，再問也問不出什麼有價值的信息。

雲岫出現了，他要親自去雲水縣求證。

程行彧鬆開黑臉小哥，朝馬廄疾奔，幾個箭步閃到馬側，奪過汪大海手中的轠繩，直接翻身上馬，撥轉馬頭，揚手揮鞭。

「駕！」

驛站裡的人聽見馬兒一聲長嘶，探頭一看，只瞧見一人一馬如離弦的箭簇般，往雲水縣馳騁而去。

汪大海見狀，顧不得其他，急忙上馬去追。

好不容易出來一趟，雲岫決定在雲水多待幾日再返程。

她試了不少當地特色吃食，不僅品嚐了那日沒吃上的山胡椒菜餚，還有雲水茶、荔枝飲、楊梅露。

此外，她選購很多土產，比如青州乾胡椒和乾辣椒，味道濃厚正宗。尤其是山胡椒油，得知可以存放一年後，她便訂下不少，讓人送往快馬鏢局，寄回錦州當伴手禮。

如今雲水縣的街巷上，有不少姑娘跟風，頭戴帷帽，身穿素衣。她實在沒想到，這副打扮竟然也會成為流行，不過這樣倒也好，顯得她不那麼引人注目。

這些日子，單在青州雲水縣，她就見識到德清帝推行新政的效力不一般，尤其是發展經濟、改革稅制，既減輕農人的負擔，讓他們可以休養生息，發展農耕，同時又促進商品買賣，增加國庫收入。

因藥典閣開放的緣故，不少外鄉客來了雲水，街巷中聚集許多做小本生意的百姓，賣烤地瓜、炒栗子、乾果蜜餞的，還有炙豬肉、水晶膾和各色冰涼飲子、點心等等，每個攤子的生意都不錯。

六月也是雲水荔枝和楊梅上市的好時候，如果不是錦州遙遠，兩種水果在運送路上容易腐壞，她是真的很想讓阿圓也嚐一嚐夏日絕品飲子——荔枝楊梅飲。

「店家，兩碗荔枝楊梅飲，要放冰。」明早她就要啟程前往錦州，所以今日要了雙份，打算走前再大飽口福一回，畢竟錦州可沒有新鮮水靈的楊梅與荔枝。

在這家飲子店連吃了三日，店家對她印象非常深刻。不過，還有另一個原因，就是荔枝楊梅飲的做法，其實是她給的。

這家店的荔枝飲和楊梅露原本是分開單賣，但雲岫要他們做一碗荔枝楊梅飲，不僅得把楊梅和荔枝煮熟，還要加糖與檸檬水，待冷卻後再加碎冰，方可食用。

一開始，店家本不願做，又要放糖、又要加碎冰的，麻煩且貴。

但雲岫給銀子啊，誰出錢就聽誰的，那便做吧。

沒承想，荔枝楊梅飲做成後賣相極佳，紅與白相配，顏色鮮豔誘人，口感更是酸甜涼爽，極具風味。剛端上桌，被旁桌的客人們瞧見，也紛紛跟著來一份。

如此，這小女子豈不是他家飲子店的大恩人嘛，得好好伺候著。

店家親自端來兩碗漂滿浮冰的荔枝楊梅飲，還有一個包袱，裡面是兩只大罐子。

雲岫不解地看向一起拿上桌的東西。「這是？」

店家雙手抓著衣角，嘿嘿笑著。「得姑娘指點，小店做出新口味的飲子，可您不收方子錢，我們心裡實在過意不去。我家那口子讓我拿了一罐荔枝乾、一罐楊梅蜜餞，都是自己做的，您帶回去嚐嚐。」

街上戴帷帽的姑娘雖多，但能給方子的可沒有。若他沒猜錯，這位便是背下《藥典圖鑑》的那位吧。

雲岫不由輕笑，心思好活絡的店家，既然如此，她就收下了。「多謝店家。」

「欸，那您慢用。」

一碗冰飲下去，消散不少暑氣，雲岫準備吃第二碗，剛舀起一顆沾染紫紅色楊梅汁的去核荔枝，就發現有人走到她身邊。

「妳就是胡椒花比賽中排第五十名的唐晴鳶？」

有些耳熟卻又自負的聲音，雲岫連頭都沒抬，只不緊不淡地回道：「不是。」

她把那顆荔枝送入口中，冰涼又飽含楊梅酸甜汁水的肉在口中爆開，一直從喉嚨滑到胃裡，沁爽舒服，她滿足得想跺腳。

男子直接坐到雲岫對面。

「妳的身形及走路姿勢，我不會看走眼，那日多次拿取《藥典圖鑑》的姑娘就是妳。」

雲岫才不管他說什麼，吃完碗中的荔枝肉和楊梅後，端起碗「咕嚕咕嚕」喝完楊梅汁，拿起店家給的東西，起身就走，卻被男子伸手攔下。

「姑娘且慢。在下曹白蒲，並無惡意，只是有些疑問想向姑娘請教。」曹白蒲一襲白衣，髮間只插著一根木簪固定髮髻，一副謙恭有禮的樣子。

若沒經歷過閣中那一遭，雲岫怕是想不到，這樣的人會對旁人無故冷嘲熱諷。

「公子認錯人了。」

結果，她向左走被阻，向右去也被攔。

店家見狀，趕緊來到雲岫身邊，將她護在身後，對曹白蒲出言勸阻。「小店寒酸簡陋，還請這位公子莫要生事。若你要來硬的，那小的只能報官了。」

曹白蒲面上既有羞意，也有怒氣。「我已經說了，我沒有惡意，妳怎麼就不聽聽看我想說的是什麼？」

隔著帷帽，雲岫直接懟了回去。「你這副模樣就是最大的惡意。我已經告知我不是唐晴鳶，你卻非要攔著我。對於你想說的事，我不感興趣，也不想知道，煩請讓開。」

曹白蒲沈默一下，退開三步，仍是不依不饒。「好，就算妳不是唐晴鳶，但我確信妳就是那日入二樓的持牌者。」

見店家護在一旁不肯離開，曹白蒲硬著頭皮說出來意。「入閣十日，在下也記下不少典籍。若姑娘願意，我想同姑娘交換！」

雲岫眼一睇。「你想如何交換？」

以為有戲的曹白蒲急忙解釋。「我把我所記下的典籍抄錄一份給姑娘，姑娘也將妳記下的內容抄一份給我。如此一來，妳我在此行中，便得了雙份收穫。」

姑娘長、姑娘短的，還真是看人下菜，那日出聲嘲諷她時，可不是這麼友善的態度。

「你就不怕我抄給你的典籍，是我胡編亂造的？」

曹白蒲一副妳當真會這樣做的震驚表情，好一會兒沒接上話。

雲岫不喜此人，或許他有鑽研醫術的天賦，但性格上的缺點可不少，於是再次避開他。

行至門口時，她忽然聽見一聲響亮的道歉。

「對不起！」

雲岫停住腳步，聽他繼續說：「是在下自高自大，冒犯了姑娘，還望姑娘不計前嫌，不吝賜教。」

漂亮話誰都會說，雲岫已不想浪費工夫再與他糾纏，背過身對他說：「你道歉是你的事，我接不接受是我的事。難不成我不給你典籍，你就不讓我走嗎？」

曹白蒲自知唐突，垂下頭，不好意思再挽留。「抱歉，冒犯姑娘了。」

雲岫抱著兩只罐子，出了飲子店，走了兩步又站定。

她是不是太過分了，好歹是即將進縉沅書院的夫子，這麼打擊人家，好像挺不道德的。

另一邊，曹白蒲追悔莫及，那日是他狗眼看人低，看不起女子學醫，也不相信女子有才，能在十日內就背下《藥典圖鑑》。出言不遜換得今日這苦果，便是再難吃，他也得吞了，咎由自取就是說他這樣的。

他垂頭喪氣之際，聽聞一道女聲響起，只見已經離去的帷帽姑娘站在飲子店門口，對他說：「藥典閣典閣主有意建醫學院，招收學生，你可到藥典閣報名試試。」

曹白蒲目光灼閃，招收學生？那豈不是意味著，他還有機會繼續學習研究藥典！

「多謝姑娘！」他心頭大喜，登時彎腰鞠躬，向她拱手行了南越大禮。

他再次起身抬頭時，門口的帷帽姑娘已消失了蹤影。

第九章

雲岫抱著罐子回到客棧，拿起其他買來的小東西，準備再去快馬鏢局一趟。這一路她準備輕裝簡行，不方便帶太多行囊，所以這幾日買下的玩意兒，肯定是要寄走的。

和盤州的快馬鏢局一樣，雲水站鏢局的門口也掛了合夥人招募令，同樣的，至今無人答對那三道題。

雲岫從快馬鏢局出來，腳步輕快，心中盤算著，明日一早出發，如果一路順利，騎馬五日，乘船十日，再騎馬七日，就能見到她的貪吃鬼小阿圓了。

突然間，天色微變，起風了，吹得帷帽上的薄紗亂飛亂舞。

雲岫無奈停住，等風吹過，重新整理好帷帽才從巷口出來，卻在轉角處聽見身後傳來急促的馬蹄聲。

同時，她也聽到一個深深留藏在心底，卻十分熟悉，一生難忘的聲音。

「駕！」

青衣黑馬從她身側呼嘯而過，帶起的風將她的帷帽掀開一角。透過帽簷，她看到了一個策馬飛馳的背影，僅僅如此，就讓她確定，那是程行彧。

他能騎馬了？眼睛好了？

看馬兒疾跑到下一個巷口，雲岫繃緊的身子才微微一鬆，心頭生出一股說不清的感覺。

這時，那匹馬居然掉頭，朝她所在的方向奔來。

不要慌，不要急，妳戴了帷帽，他認不出來的，穩住。

雲岫努力自我安慰著，卻忍不住胡思亂想，要是被認出來抓回去，程行彧會怎麼對她？囚禁在小院子裡不得外出？要是他發現阿圓了，是不是會搶走孩子，養在他妻子名下？

她的手心冒出細汗，黏糊糊的，慢慢提起腳步，試圖背過身，想若尋常路人一般，返回來時那條不算寬闊的巷子中。

還有幾步，躲進去就好了。加油，雲岫，妳行的。

孰料，馬蹄聲卻越來越近，程行彧騎馬來到她身後，厲聲叫住她。「姑娘請留步！」

程行彧心急如焚，為了盡快趕到雲水縣確認帷帽姑娘是不是雲岫，他策馬疾馳，但一路行來，已經遇到不下十位頭戴帷帽的姑娘，都不是他的岫岫。

為何一時之間會出現那麼多戴帷帽的女子?!

焦急、失望、煩躁、鬱悶……又抱著莫名的希望，各種情緒雜揉在一起，揪得他心口發疼、發酸。

他騎馬跑出一段路，折返回來，因為眼角餘光看見巷子轉角處還有一位戴帷帽的姑娘。不管這位姑娘是不是雲岫，他都要看上一眼，才能死心。

一人騎在高馬之上，一人立於簷角之下。

「在下在尋人，煩勞姑娘把帷帽取下。」程行彧騎在馬背上，並沒有下馬，銳利的目光緊盯背對他的姑娘，審視著她。

馬兒跑了一大段遠路，猛然停下來，抖動蹄子，噴著熱燙鼻息。

雲岫背過身都能聞到馬身上濃厚的汗臭味，也聽清程行彧的問話。他們距離很近很近，但她的身子卻僵硬著，腦子混沌不堪，不知接下來該如何應對。

「姑娘？」程行彧再次出聲，見她依舊沒有摘下帷帽的打算，心裡已然起疑，乾脆俐落地下了馬。

動靜傳入耳中，雲岫慌忙轉身，伸手對著他胡亂比劃。「啊，啊啊？」

程行彧眉頭緊鎖，仔細端詳行為古怪的女子。患有啞疾？可身形與雲岫又有幾分相似。

他緩和了語氣，盡力安撫道：「姑娘莫怕，在下別無他意，只是想看看妳的臉，確認妳是不是我要找的人。」

雲岫賭不起，她是絕對不可能讓程行彧把阿圓養在別人名下的，看著程行彧身旁的馬兒，頓時心生一計，但嘴上依舊繼續「啊啊」亂叫著。

「姑娘？」程行彧越靠越近。明明只要掀開帷帽給他看一眼就能解決的事，女子卻諸多推諉，必有古怪。

是妳嗎？岫岫！

程行彧沒了耐性，丟開韁繩，邁步上前，抬手就要扯下女子的帷帽，一睹其容貌。

就是此刻！

雲岫看準時機，彎腰縮背從他抬起的手下穿過，拉過他剛鬆開的轡繩，一個躍步縱上馬身，立刻調轉馬頭，朝城外飛奔離去。

程行彧宛若被什麼擊中似的，沈如海、冷如潭的眸底泛起滔天波瀾，腦袋裡響起嗡的一聲，只覺全身血液都湧上來，眼前一黑，險些暈過去。

是狂喜？是震驚？還是茫然若失？

他瞪大了雙眼，不敢相信，胸口上下劇烈起伏，張嘴喘氣，嘴唇抖個不停，渾身發顫，死死盯著雲岫騎馬離去的方向，心咚咚咚震個不停，如鼓在鳴。

他扶著牆，怒吼道：「雲岫！」找到了！她果然在雲水！

程行彧撒開腿，不管不顧地追了上去。

街上的人聽見陣陣馬蹄聲，還有一道響亮的女聲喝斥著。「避讓！注意避讓！」

他們慌忙避開，剛瞧清騎馬的是個戴帷帽的姑娘，又看見一個狂奔不止的玉面小郎君緊追在後。

雲岫的馬術是喬長青教的，不算差，但還是頭一回在大街上疾馳，心頭竟不覺害怕，只想著程行彧來了，她得趕緊逃走，兒子還在錦州，她不能和程行彧回京。

忽然間，遠處有另一人策馬朝她奔來，速度還不慢，雲岫急得不得了，一邊控馬、一邊扯著嗓子大喊——

「小心！快讓開！」

那人卻一點也沒放慢，更沒有絲毫要避開的意思，雲岫隱約看見他把手指湊到嘴前，一段脆亮口哨聲響起，斷斷續續的，居然讓她身下馬兒的動作慢下來，氣得她差點吐血。

哪裡蹦出來的口技師傅，也太坑害她了。

一個緊追不捨的程行彧，一匹跑不起來的馬，這不是扯後腿是什麼！

她乾脆扯著韁繩，讓馬兒朝左側巷道中走去。

就那麼片刻工夫，等汪大海追進巷子時，發現策馬的帷帽姑娘早已無影無蹤，只剩一匹馬孤零零地站在巷中，跺著馬蹄子。

程行彧也追了過來，口中喊道：「人呢？她去哪兒了？」

汪大海張著嘴，不知如何回應，好似找到小公子的夫人，但又弄丟了。

程行彧看清了空無一人的巷道，捂著胸口，裡面裝著一顆剛發熱又立刻涼透的心。

他緊握雙拳，脖頸間的青筋暴起，又氣又疑。

雲岫見了他，為什麼要跑?!

不等氣息平復，他抖著手，從身上掏出一枚玉珮，交代汪大海。「拿著巡撫令去通知知縣，立刻封鎖全縣！」

好不容易才有雲岫的消息，他斷然不會再讓她有逃走的機會。

五年前的一幕再次上演，上次封的是京都，這次鎖的是雲水。

遇上一匹扯後腿的憨馬是雲岫走背運，但有貴人相助，她又得了個絕佳的藏匿之處。

任程行彧在外挨門逐戶找得人仰馬翻，就是不見雲岫的蹤跡。

汪大海在宮中多年，從沒見過那麼機敏靈活的姑娘，硬是能躲得無影無蹤。他也從沒見過侍奉三年的公子會露出這麼癲狂的神色，彷彿找不到人，就會蕩平整個雲水縣似的。

「公子，知縣已經帶人守住雲水縣所有出入口，老奴也傳書通知隔壁三府嚴查進出。守在附近的侍衛們，三日內能陸續趕來相助。」

依汪大海看，這回要是讓小公子的夫人從這麼密的網下逃走，那他也不必擔宮中大監之名了。

程行彧閉眼凝思片刻，再睜眼，目光炯炯地望向遠處只露出小半個屋頂的藥典閣。

岫岫，妳會躲在裡面嗎？

不放過任何一絲可能，一老一少來到藥典閣前。

此時藥典閣的一樓觀者如雲，坐在地上的、靠在牆角的、擠在書架間的，看書的人很多，無法一眼就找到雲岫。

來此處的女子不多，程行彧查完一樓後，看到樓上緊閉的實木門，心有所感，道：「去二樓！」

汪大海有功夫傍身，幾個躍步便輕鬆地跳上去。

門鎖是特製的，沒有特定的鑰匙打不開。汪大海一思量，正要運功一掌拍開，便聽見一陣急促的腳步聲。

他手上動作暫緩，低眼看去，原來是個頭髮花白的老頭子。

樓下看書的人，不論男女老少，都恭敬地喚了一聲。「典閣主！」

典閣主聽到有人強闖二樓，簡直火冒三丈。這些人還守不守規矩了，醫學院還沒籌備好就亂來，胡鬧！

他先是看見程行彧，面容眉清目秀，氣質不俗，卻肝鬱氣滯，心火旺盛，口中碎唸幾句。再抬頭朝二樓看去，霎時眼睛一瞪，神情吃驚疑惑。

這位是宮中太監？宮裡的人為何會來這兒？

青州雲水縣與京都相隔數千里，他不曾與宮中人有往來。再者，藥典閣除了醫藥典籍，沒有其他寶貝，難不成當今皇帝看上他的哪冊書了？

典閣主的心思九轉十八彎，本著民不與官鬥的想法，向汪大海客客氣氣地問道：「這位大人到藥典閣，所為何事？」

汪大海沒出聲，看向站在他身旁的程行彧。

典閣主一琢磨，立刻對程行彧擺出笑臉。「這位大人？」

程行彧側眸看他一眼，語氣乾淨俐落，不容質疑。「開門，我要找人。」

「公子，這二樓是三日前才閉門的，裡面除了書籍，連隻蟲都沒有，哪來的人？公子是找錯地方了吧。」

程行彧知道雲岫在雲水縣後，早已按捺不住性子，想立刻看見她。

「海叔，開門。」

汪大海應下，他只聽程行彧的，才不管這門會被損壞成什麼樣子。

眼見兩人要用蠻力破門，典閣主哎喲喲叫喚著。「這就開，這就開。」他祖爺爺傳下來的鷺鷥雕花大木門，可不能被人糟蹋了，忙摸出藏在身上的鑰匙，把門打開。

「兩位請。」

程行彧快步走進去，汪大海緊跟其上。

二樓占地寬廣，但書架極多，拐角也不少，確實是個藏人的好地方。

程行彧穿梭於書架之間，仔細探尋是否有其他聲響，同時吩咐汪大海。「海叔，你幫我去高處瞧一瞧。」

程行彧只帶一人便敢奔赴各地，那人必定非同一般。

汪大海的功夫遠在程行彧之上，那些書架和竹木樓梯都成了他的助力，讓他毫不費力地躍到二樓橫梁上，將所有動靜盡收眼底。

兩人一上一下，但尋遍二樓，仍毫無收穫。

程行彧大失所望。

典閣主兩手一攤。「老夫就說二樓沒有人，你們非不信，這回總該眼見為實了吧？」

程行彧煩躁得很。「老先生，您知道背誦《藥典圖鑑》的那位姑娘是從哪來的嗎？」

典閣主一聽，才想明白其中緣故，敢情是尋小友來的。那他是交代，還是不交代？

他這副猶豫不決的樣子，被程行彧看在眼裡，道：「老先生，她是我妻子，我們因誤會分離。若有她的消息，還望老先生告知。」

「妻子？」典閣主不太相信。「你們既已成婚，膝下可有兒女？」

若是五年前沒有娶妻一事，他們如今也該有孩子了。

可現實是，他不僅沒孩子，孩子他娘還跑了。

程行彧喉間上下滾動著，神情憮然。「沒有。」

此話一出，令典閣主瞬時下定決心，他要站小友那邊。

「實不相瞞，老夫真的不知那位姑娘的身分。她戴著帷帽，從未顯露容貌，甚少與人交流，也沒有聽她提過從哪兒來，要到哪兒去。」

他這番話說得言詞懇懇，不全是假話。有時半真半假，才讓人難以看透。

最後，這兩人是信了還是沒信，典閣主也說不準，總歸平安無事地把人送走了。

程行彧茫然若失地走在街道上，哪裡都是人，卻都不是她。

你們膝下可有兒女？典閣主的問話忽然在腦海裡浮現，程行彧遲鈍地眨了下眼睛，迷茫地看向周圍。

街邊有蹲地玩耍的孩童，有被婦人牽在手中的幼兒，也有被男子抱在懷中的稚子。

他抬起手，空洞的眸子看著空空的雙手，什麼都沒有，心裡越發酸澀難忍。

「海叔，我想喝酒。」

汪大海發現程行彧的眉眼流露出一層又一層的感傷，已心生不妙，再聽他要飲酒，立時驚恐萬分，抖著嗓音阻止。

「公子，萬萬不可！」他被德清帝派到小公子身邊，不僅僅要保護小公子的安全，更要看住小公子，不能讓小公子吃酒。

「海叔，你就讓我喝吧，醉了就不苦了。」

汪大海一臉苦色。德清帝的託付言猶在耳，小公子想做什麼，都能依他，唯獨酒，沾不得！

「公子，喝酒誤事。你要是想一醉方休，那還要不要尋夫人？她就在雲水縣內，咱們仔細找，必能找到的。」汪大海也是人精了，嘴上的功夫一套一套的，挖空心思地哄著，不讓程行彧飲酒。

程行彧最在乎誰？就是雲岫啊！

「海叔，你幫幫我。」

「是，咱們再去問問縣衙那邊有沒有消息。您放心，有老奴在，她走不掉的。」汪大海竭力安撫程行彧，心頭憂慮卻不止。萬一找不到人，該如何是好？

如果此行沒有消息便罷，偏偏找到人了，卻又讓她逃之夭夭。

小夫人究竟藏在哪兒啊！

雲岫藏在藥典閣的福嬸家。

福嬸家就位於那日她躲藏的小巷中，小巷名叫青衣巷，巷中住著十來戶人家。

當時馬兒跑不動，她只能下馬尋找其他藏身之處，慌亂間碰到福嬸開門外出，她顧不得其他，先竄進去再說。

院子不大，卻有個地窖，讓她得以藏身，躲過搜查。

福嬸家中除了她，還有一個女兒，約莫十六、七歲，雙腿有疾，行走不便。

福嬸在藥典閣中做些灑掃活計，是為了回報典閣主醫治她女兒的大恩。可惜，藥典閣裡有各種接骨續筋的書，唯獨沒有徹底治癒她家女兒腿疾的方子。連典閣主也別無他法，只能每月用金針疏通筋絡。

「嬸子，抱歉，雖然我有幸得進藥典閣，但確實不會醫術，幫不到您。」若是在現代，還能去醫院檢查。但在這裡，雲岫無能為力。

福嬸故作輕鬆地笑笑，緩和氣氛，把食盒遞給雲岫。「我已經看淡了，只要女兒活著就成。反正除了不能走路，也沒其他毛病。」

典閣主答應她，若她去了，便讓她女兒去藥典閣一樓當書侍。有了去處，還有藥典閣護著，她也沒什麼不放心的。

雲岫覺得小姑娘性子溫和平靜，沒有自暴自棄。看得出來，福嬸把她教養得不錯。

「平日小姑娘在家中做些什麼？」

說起女兒，福嬸很引以為豪。「她自個兒看書，幫別人看病。」

看病？雲岫是真沒想到。「小姑娘會醫？」

福嬸眉眼飛揚。「是。小時候她爹還在，教過她識字，她爹去世後，我不放心她一個人在家，便帶去藥典閣。到了那兒，她自己會找地方看醫書，偶爾得典閣主指點，也算小有所成。後來，來找她看病的女子不少，不想在藥典閣打擾別人，才回家看診。」

大夫以男子居多，但女子身上某些疾病，對男大夫難以啟齒，有女大夫就不同了。

小姑娘醫術不錯，擅帶下病，性格溫和又有耐性，因此受不少女病患喜愛。這些女子只要身上哪處不舒服，都愛來這裡求醫，所以小姑娘在青州一帶小有名氣。

雲岫讚道：「很厲害！」腿腳患疾卻還練就能安身立命的本事，心志肯定異常堅韌。若不是她在狼狽躲人，真想與之結交。

雲岫躲在福嬸家的地窖裡一夜了，仍不敢上去。

福嬸從食盒中取出餐食，擺在鋪了粗布的小板凳上。「地窖的門窄，不方便搬桌子下來，只能委屈妳盤腿坐在地上吃飯了。」

「哪裡的話，幸虧您收留我，我才能在這裡安心吃飯。」一碗米飯、兩碟小菜，還有一壺清水，雲岫已經很滿足了。

這位可是唯一入藥典閣二樓的女子，福嬸對雲岫印象深刻。「昨晚先後有三批人上門搜查，除了衙役，還有一個面容英俊的公子也來問。妳老實和我說，妳真的沒惹上命案嗎？」能十日背下《藥典圖鑑》的人，百年難得一見，何況是位姑娘。她不免想到自己女兒，起了惜才之心，這才幫忙。雖然這姑娘長得和善，但若是不法之徒，她是絕不會拿自己和閨女冒險的。

雲岫放下手中碗筷，望著福嬸的雙眼，鄭重回道：「福嬸，我清清白白，絕對沒有犯下命案。那位公子想強迫我當他的外室，才到處尋我。我已有夫婿小兒，又怎會願意做那種事。若您不信，大可去問問典閣主，他知道我是什麼人。」

福嬸聽得一愣一愣的，勉強相信雲岫的話。「知道了。妳先暫時躲著，有什麼事，等我晚上回來再說。」

藥典閣開放三月之期未滿，她還得去幫忙，稍後自會去找典閣主確認。

「好，麻煩福嬸了。」

福嬸爬出地窖後，雲岫捧著手中的飯菜，有些食不下嚥，好想阿圓啊。

程行彧真是狗男人一個，想把她逮回去？作夢！

出了地窖，福嬸和跟女兒說起雲岫的情況。

小姑娘心裡信了七、八分。「娘，她的身形確實是已經生育過的。昨夜衙役來問話的語氣、態度也很正常，應該如她所說那樣，確實是尋人的。」

福嬸把小姑娘抱到輪椅上，幫她把醫書拿來，備好清水和點心，小心地囑咐。「不管如何，妳不要打開地窖口，不要答應她任何事，等娘和妳典爺爺確定後再說。」

「明白了。娘，您再不出門就要來不及了。」她已經是大人，她娘還將她當小孩看。

「有急事就讓隔壁的鄰居去藥典閣叫娘，知道沒有？」

「知道。」小姑娘應下，見她娘關門離去，才滾動輪椅回到屋簷下，拿起醫書翻看。

她嘴角微提，若有所思。當外室嗎？看那公子一臉著急的模樣，真是兩個有故事的人。

第十章

程行彧不眠不休找了兩日，精力不濟，臉上滿是鬍渣。汪大海看不過去，又說服不了他休息，遂又替他出了個主意。

第三日晚上，衙役全數撤走，不再挨家挨戶搜查，遇到多嘴的百姓，還會耐心解釋，道貴人有急事離去，此事暫且擱下，若發現畫像中人的蹤跡，可到衙門報信領賞。

福嬸得了信，晚上來到地窖，同雲岫商量。「找妳那人好像有急事，突然離開雲水。我瞧這兩日街巷中確實沒有衙役出動，妳要不要出來了？」

雲岫搖晃著腦袋。「暫且再等兩日，我怕他沒真的走。」

福嬸咂咂嘴，實在弄不清這些人在鬧什麼。不過，典閣主說了，若她有餘力的話，就幫扶這姑娘一把。

「那妳要不要上來，進房間睡？」地窖裡雖然乾淨，仍是逼仄昏暗，並不適合居住。

雲岫心懷感激地婉拒了，現在她不好弄出其他動靜，想多等三日。到時候，若真沒有其他不對勁，她再喬裝打扮，悄悄離去。現在不像五年前，她還能挺著孕肚，糊弄守城侍衛的嚴厲盤查。

如此一來，便要重新仔細籌劃。

福嬸見她心有盤算，不再多說什麼。「行，那妳安心住著，有什麼需要就和我說。」

她準備上去，卻聽雲岫叫住她。「嬸子，您能幫我帶碗飲子店的荔枝楊梅飲嗎？」

福嬸聞言，樂呵呵笑著。「這有什麼，等會兒就幫妳買回來。」

雲岫謝過福嬸，其實她挺饞冰涼沁爽的荔枝楊梅飲，真的很好吃。

這晚，雲岫心滿意足地吃了一大罐荔枝楊梅飲。

與此同時，汪大海也嗅到其中的不尋常。

「你說，守著青衣巷的人發現有一戶人家買了一罐荔枝楊梅飲？」

來稟告的侍衛不敢含糊，道：「那戶人家只有一對母女，年紀大的那位，大家都叫她福嬸，在藥典閣做灑掃的活兒。福嬸的女兒腿腳有疾，很少出門。

「前日有兄弟探查到，大人要尋的帷帽姑娘曾頻繁出入過一家飲子店。這家飲子店近幾日推出了新冰品，叫荔枝楊梅飲，深得食客喜愛。」

汪大海的思緒一時沒轉過來。「兩者有關係？」

「大人，小的患有腿疾不能食冰，老人上了年紀，亦不可多食冰品。屬下猜測，那罐冰品，並不是給這對母女吃的。」

汪大海猛地反應過來，往大腿上一拍，不僅不叫疼，反而開懷道：「仔細盯著這戶人家，只要有動靜，立刻來報！」

等人退下，他吁出一口長氣，總算有線索了。一轉身，就看見程行彧站在身後不遠處。

程行或立於半明半暗的光影間，那雙生得極好看的眼光芒四射，越顯華麗。舉手投足間，更是身姿如松。

「找到了，是嗎？」

雲岫連吃了三日的荔枝楊梅飲，每次一大罐，好不滿足。可惜裡面有冰，福嬸的女兒不得多吃，福嬸也不好這口，全便宜了她。

聽福嬸說，查她的人確實已經撤走，縣衙與街巷也恢復往日平靜，雲岫心裡緊繃的弦便鬆了下來。她已經在青州耽擱不少日子，甚是思念阿圓，決定冒險離開，到快馬鏢局搭順風車出青州，然後再騎馬趕至錦州與喬長青會合。

她捨棄帷帽，借走福嬸的舊衣，還在臉面和脖頸間塗上些許灶灰，襯得膚色暗沈，增添不少歲月感。

天色還未大亮，她便向福嬸母女告辭。

雲岫剛出門不久，福嬸的女兒發現桌上擺著一顆小金錠，道：「娘，您快把這顆金錠還給她，太貴重了！」

福嬸應了一聲，趕忙拿起金錠去追。

哪承想，她剛開門，就被門外的陣仗嚇得不輕，不敢動彈半分。

一群黑衣人威風凜凜地把青衣巷圍了個滿滿當當，而在她家地窖裡躲了數晚的姑娘，此時軟軟地暈倒在一位俊俏郎君懷裡。

因為開門發出的聲響，黑衣人們瞬間全朝她看過來，眼神犀利凜冽，嚇得福嬸不敢再邁出腳。

哪怕天色灰暗，她還是能認出，小郎君就是幾日前上門尋人的男子。

程行彧把昏迷的雲岫攔腰抱起，緊緊擁在胸前，臉上噙著幸福又滿足的笑意，親暱地蹭了蹭懷中人的臉頰，看也不看福嬸一眼，舉步離去。

這怎麼行？福嬸壯著膽子，想追上去問，卻被黑衣侍衛喝斥攔住，同時也驚動了走在前方的人。

程行彧聽見聲響後，不管不顧，逕自歡喜離去。他找到了雲岫，外人如何，與他無關。

跟在他身側的汪大海見狀，朝福嬸走來，揮手讓侍衛退下，雙手奉上銀票，笑盈盈道：

「我家夫人這幾日得妳們照顧，如今他們夫妻團聚，此乃謝禮。」

福嬸愣住，直到一陣清冷的晨風拂來，才令她回神，望著空蕩蕩的青衣巷，竟連個人影都沒有。

只有她，還有她手中的一疊銀票。

本計劃騎馬去青山寺的程行彧和汪大海又換回了馬車，此行不只他們兩人，除了雲岫，還有從附近州府趕回來的侍衛。

一行人聲勢浩大，前後均是騎馬的黑衣侍衛，約有三十餘人，護著中間那輛馬車。

汪大海坐在馬車外當車夫，臉上笑意不斷，揮鞭駕車，朝青山寺駛去。

馬車內，雲岫半躺在程行彧懷中昏睡著，並未清醒過來。

程行彧漆黑如墨的眼肆無忌憚地凝視她，睫毛微微顫抖，拿著濕帕子的手，骨節因用力而泛白。雖然如此，他仍輕柔地把雲岫臉上的灶灰擦拭乾淨，直到露出那張讓他日思夜想的臉龐。

她的頭輕輕歪在他的臂膀中，呼吸均勻，眉眼依舊，朱唇緊閉，圓潤臉上泛著紅暈。

程行彧低頭湊近她，鼻間滿滿縈繞著她香甜的氣息。

終於，他再也忍不住，啣住她的嘴唇，一遍又一遍地吮吸，望著雲岫的唇慢慢染上水亮光澤，柔軟晶瑩且紅豔惑人，積攢了五年的慾望越發難以克制。

但馬車的顛簸、外面的馬蹄聲、鳥鳴聲，都提醒著他，此時此地不合時宜，只能深深親吻她，以解相思之苦。

岫岫，我好想妳，好想好想妳。

失而復得的無窮喜悅滌蕩於心，整整五年了，他的思念絞纏如繩，如今只想將懷中人緊緊鎖在身邊，這輩子不再分離。

夜幕降臨時，汪大海終於駕著馬車趕到離青山寺最近的驛站，包下客棧，打點好一切後，才來到馬車旁，輕敲車壁。

「公子，到青山客棧了。」

程行彧抱著依然軟綿綿的雲岫跳下馬車，逕自朝客棧走去。「海叔，我在房內沐浴。」

汪大海一呆，隨即了然於心，出聲應下。「是。」

他明白小公子還是怕，怕夫人又一聲不吭地跑了，所以，即便是沐浴漱洗，也要把人放在眼皮子底下盯著。

此舉的後果就是，雲岫醒來時，既是大吃一驚，又是大飽眼福。

沐浴用的大木桶正對著她躺的木床，負責招呼客人的小二從沒遇過這種事，哪有人在床邊沐浴的？

但這些人身分不普通，連驛丞都點頭哈腰地小心伺候著，小二更是不敢造次，全程彎腰低頭，不敢直視他們，更不敢把目光瞥向床上。把浴桶擺好，加滿熱水後，便快步退出去。

程行彧解開身上衣物，跨進浴桶。熱水驅散了他多日來的疲倦，房間內滿是氤氳熱氣，卻遮掩不住他凝視雲岫的目光。

雲岫醒來時，還有些迷糊，但耳邊傳來的嘩啦水聲讓她猛然清醒，憶起失去意識前，最後一眼看到的人是程行彧。

「醒了？」

雲岫循著熟悉的聲音望過去，率先看見那只大浴桶，然後是比五年前更加成熟的男人，全身濕漉漉的，眉眼分明，唇角還逸出淡淡的笑意。

哪怕只是坐在浴桶中，他也散發著一種渾然天成的大器。

她心中暗罵一聲男妖精，腦子飛快運轉著，思索要如何應對。

很快地，她便嗲著嗓音裝糊塗。「這位爺，您是不是認錯人了？俺好似不認識您。」

程行彧是個瞎子，就算後來透過丫鬟和小廝的口述，重新畫了她的畫像，肯定也會與她本人有很大差異。只要她咬死不承認，他便不能拿她如何。

如今她是楊雲繡，不是雲岫，不是那個在臨光別苑裡等著心上人每日歸家的女人，更不是願意委身於他，隨他回京當外室的女人。

她寧願和阿圓獨乘一舟千里去，心與長天共渺，也不會回逼仄的京都，困在苑中，寄人籬下。

她是誰，得由她自己說了算！

雲岫說著，從床上起身。但不知程行彧對她做了什麼，全身竟有些酥軟無力。

程行彧依舊泡在木桶中，看見雲岫挪動身體的笨拙樣子，並未制止。

從她幾日前奪過韁繩，策馬離去時，他便大惑不解，不明白她為什麼要跑？哪怕是現在，還要繼續裝作不認識他。

「那姑娘數日前為何躲我？還搶了我的馬？」以前雲岫不會騎馬，何人教她的？

程行彧按捺住好奇，來日方長，還是先同雲岫解釋清楚五年前的事要緊。

雲岫坐在床邊，雙腳剛剛踏到地面，就聽見這句問話，瞬間糾結得用腳趾扣地，隨即找了個藉口糊弄。

「這不是被爺嚇到了，腦子一懵，就想著跑了，還能順匹馬兒，給俺男人補貼家用。」

她說著，腦海裡立刻浮現了一個故事，真實與虛假混合在一起，開始滔滔不絕。

「這位爺，是俺的錯，俺再也不敢了。求求您，家裡還有男人和兩個娃等著俺回去，要不俺把身上的銀子全賠給您，您讓俺回家吧。」

一個婦人為養娃而盜馬的故事，被她說得差點感動了自己。

只是，連說數個「俺」字，加上特意嗲著嗓音，雲岫的腮幫子開始發瘆。見程行或垂頭低眸不說話，她舒了一口氣，朝門邊走去。

門沒插門閂，更沒上鎖。

雲岫心一橫，把門拉開，卻對上一張飽滿的水光臉，四目相視，頓時被嚇得心臟一跳。

她按捺住破口大罵的衝動，再掃一眼，看見兩個佩刀黑衣人站在門兩側。

洗去一身塵灰的汪大海咧著嘴，笑著問她。「夫人需要什麼，吩咐老奴就成。」

「俺要回家了，你家的爺答應讓俺走了。」

話落，兩個黑衣人依然無動於衷地站在門前，她出不去。

「你們認錯人了，俺不是你們要找的人。家裡還有兩個娃等著俺，你們放俺回去！」

她看見一條空隙，想鑽出去，但眼前的人手一晃，把她推回了房間內。

「既然夫人沒有吩咐，那還是早些休息吧。」

砰！門又被關上了，這回任憑雲岫怎麼拉都拉不開。

「這位爺，你這麼對俺……」她準備和程行彧說道說道，結果一轉身就瞧見程行彧像個暴露狂似的，直接從浴桶中跨出來。

她雖然當了五年的喬夫人，但喬長青是個女的啊，突然讓她看見這麼令人血脈賁張的一幕，著實嚇到了。

她連忙背過身去，幾番閉眼平復激動的心情，還幫自己洗腦，這是大號的阿圓。

但那衝擊性的畫面，哪裡是她閉眼就能忘記的。

精瘦的軀體、流暢的線條、輪廓分明的胸肌與腹肌，深深印入她的腦海和心裡，甚至還和五年前的他比較。

她的心跳聲大得連自己都能聽見，臉像一下子湧上熱氣似的，燙得不得了。

「這位爺，您把衣服穿好，別對俺耍無賴。」

身後傳來窸窸窣窣的動靜，程行彧應該是在穿衣服吧？

「岫岫，我不會認錯妳的。」程行彧披上一件銀色綢緞長袍，腰間鬆垮垮地繫著帶子，露出小半個胸膛，一副慵懶愜意的模樣，光著腳走到雲岫身後。

「哎呀，有好多人說俺長得像貴人，真的是認錯了。俺……」

「岫岫，我不瞎，從來都不瞎。」

雲岫發哆的嗓子彷彿被一隻手猛然用力掐住似的，瞬間沒了聲音。

她瞳孔一縮，不敢置信，什麼叫不瞎?!

「妳的嬌笑吟語，哭泣哀怨，所有的喜與樂，悲與痛，我都記得清清楚楚。妳的左胸上方有一顆紅痣，還有……」

不給程行彧繼續說的機會，雲岫低喝打斷他。「閉嘴！」

原來，一直是她自欺欺人。但此時，她更多的是羞怯。

以前很多事情，都是她仗著程行彧眼瞎，才敢胡作非為。別的不說，有阿圓的那些過程，都是以她為主，畢竟她知道的肯定比程行彧多。

思及她曾主動索歡，還像棵食人花一樣搖來搖去，恨不得立刻奪門而出。

此刻，雲岫深深後悔了，她就不該來青州。不來這兒，就不會遇到程行彧，就不會知道令她恨不得把頭埋進土裡的真相。

程行彧當真是好樣的，竟然裝瞎。

「所以，我不會認錯人的，岫岫。」

曾經覺得動人悅耳的聲音，現在就像催命符似的。他每說一句話，便提醒著雲岫那些年被他逗弄的日子，裝瞎窺探別人很有意思嗎?!

「程世子，你想如何？」她壓著內心怨氣，打開天窗說亮話。

程行彧眉間緊蹙，聽著她聲音清脆卻冷漠的反問，彷彿有刀割在心口上，渾身發疼。

「岫岫，不要這樣，叫我阿彧。」

他想拉住雲岫的手，卻被她一把揮開。「程世子畢竟是程世子，我可不敢造次。」

「岫岫，為什麼要跑？」

「為什麼不跑？」雲岫橫眉豎目，不願再裝，嘴上說出來的話更是刺疼程行彧。「你我既然已經分開，往事如煙，散了便是散了，如今裝出這副模樣，又想如何？想讓我回去替你守著臨光別苑，當你見不得光的女人？那我明白地告訴你，我不願，我不想，更不可能跟你回京都。」

他的大紅喜服不是為她穿的，他騎著高頭大馬繞行京都，是為了別的女人。如今憑什麼他想要她回去，她就得回去。

現在她有阿圓、有安安、有喬長青、有快馬鏢局，還有縉沅書院的夫子名頭，腦子進了水才會放棄瀟灑自在的生活，跟他回京過受人白眼、委曲求全的日子。

她雲岫，孤女一個，高攀不上京都的世子爺！

第十一章

散了？便是他死了也絕無可能。

程行彧假裝聽不出雲岫話裡的嘲諷之意，明明心裡一團亂麻，仍急著解開當年誤會。

「岫岫，妳聽我解釋，五年前我是有苦衷的。我裝瞎，是為了讓仇家放鬆警惕；我成親，是為了謀取瓊華冊，尋找害我母親身亡的證據。

「我母親是雍州曲家二小姐，自小備受家人寵愛。姨母入宮為妃後，她進京探望親姊，結識了當時還是景明侯世子的程晉，兩人私定終身，她嫁入景明侯府。

「但事實是，程晉花言巧語誆騙我母親，他早已和先帝合謀算計曲家，娶曲家二小姐只是為了雍州鐵礦及冶煉秘技。我八歲那年，外祖父和外祖母死於礦洞意外，姨母出不了宮，我母親趕回雍州治喪，不想路上遇到山匪，馬車墜落懸崖，落得屍骨無存的下場。

「母親去世不滿三年，程晉續娶新婦，明面上不曾苛待我，吃穿用度如舊，暗地卻對我百依百順，任我予求，欲將我養成紈袴子弟，得姨母和兄長相護，才沒有讓奸計得逞。因此，程晉開始對我下毒，意圖拖垮我的身子。」

提及少時中毒的事，程行彧敏銳地發現雲岫神色微變，甚至指尖因用力收緊而泛白，但是尚不自知。

他再接再厲，繼續賣慘，只為再博得雲岫幾分憐愛。

「中毒後，我的身子逐漸變得虛弱，跑不得，跳不得，是寧姑姑及時發現，才未造成大患。兄長見我遭此罪，遂尋機把我送出京都。

「岫岫，我不是故意騙妳的，裝瞎是因為除了程晉，我不知道還有哪些人牽涉曲家鐵礦案，哪些人為我母親設了死局，只能裝瞎，暗查其中內情。與徐沁芳成親也是假，是為了得到瓊華冊，揪出相關人等，我對她絕無男女之情。

「我曾對妳說的那些絕情惡語，皆是違心之言。當時別苑裡有他們的探子，我不得已才那麼說的。」

他以為自己有能力保護雲岫，只要不告訴她實情，就能避免她被牽連。畢竟，那時候的兄長也有所圖謀，若失敗便是殺頭重罪。

但是最後的結果告訴他，他錯了，大錯特錯。他的自以為是，令他與雲岫分別五年。

「岫岫，我愛的人是妳，我的妻子也只有妳，唯妳一人。」

「岫岫，妳同我回家。妳想知道什麼，我都告訴妳。」

他語無倫次地說了很多舊事，雲岫靜靜地聽，不搭話也不回應，等他說完，才不緊不慢地出了聲。

「所以呢？你大仇得報了，想要我回去，我就得回去嗎？

「那時候，我問你，當真要與別的女子成親？你斬釘截鐵地說，必定娶之。

「我問你，你對我的那些許諾是不是假的？你果斷乾脆地說是。

「我問你，你是不是有苦衷？你不願告訴我，也不讓我同你一起面對。

「你說苑中有探子，不得不那麼做，但夜裡床榻間，僅你我二人時，你寧可讓那些人聽見纏綿之音，也不願與我輕談耳畔之語。」

雲岫牽了牽嘴角，冷笑著說：「身分瞞著我，家世瞞著我，報仇瞞著我，你想做的事，只要是不想讓我知道的，就命整個院子的人閉口不談。你知道我在聚興樓看見你娶親那一幕，心頭是什麼滋味嗎？

「是，你有你的血海深仇，你有你的深謀遠慮，我雲岫指手畫腳不得。既然當初在瓊華冊和我之間，你選了瓊華冊，如今也請你繼續棄了我。」

她最恨的就是程行彧不信她，那張嘴跟沒長一樣，自以為是為她好，卻插她一身亂刀。

程行彧氣得目眥盡裂，再也憋不住，不管不顧地動手把雲岫扯進懷中，緊緊環住她。

「什麼叫棄了妳？我尋妳五年，不是為了得妳這一句話。妳是我的妻子，是我未來孩子的母親，妳怎麼忍心再離我而去？」

五年別離之苦，他後悔了。

「我知道錯了……岫岫，妳不能因為我五年前犯的錯就拒絕我。以後我有什麼事，都同妳說，絕不再欺瞞妳。」

雲岫想從程行彧結實的臂膀中掙脫出來，程行彧鬆開她，捧著她的臉蛋，兩額相抵。

「岫岫，我重新修建了我們的家，收集許多書籍孤本，還搜羅幾十箱珠子。妳同我回京都看看，可好？」

他在乞求她？那張嘴是五年前沒有，五年後才長出來的嗎！

雲岫聽了這一席話，心裡不是沒有觸動，但依舊不想隨他回去。

寧姑姑的刻薄之語言猶在耳，在他們看來，能當程行彧的女人是她的福氣，是她高攀。這次回去，她或許仍是臨光別苑的女主人，可下次呢？程行彧出身京都名門，若再來一本瓊華冊，當她與其所謀之事衝突時，他還會站在她身邊嗎？誰也不知道他會如何選。

當今德清帝以民為本，為政以仁，王朝繁榮發展。這種環境下，她不僅要努力為自己和阿圓賺錢財，還要去縉沅書院當夫子掙名聲。

她絕不會像五年前那樣單純好騙，身無分文，沒名沒分地就跟程行彧在一起。

雲岫把程行彧的手拿開，離開纏繞惑人的氣息，凝視眼前的男人。

令人著迷的臉龐落入她眼眸深處，俊美之色猶勝五年前。此時，他鬢間散落著濕潤的髮絲，眉眼間隱含忐忑憂色。

他不僅僅是她喜歡的人，也是阿圓的父親。

此刻，雲岫腦海裡忽然萌生出另一種想法，想為阿圓爭取一次，想讓程行彧跟她走。

「那你不要回京，明日和我離開青州，我帶你回我們的家。」回有我，有你，還有我們孩子的家。

雲岫心底浮出一絲暗喜，程行彧堅持不懈地找了她五年，肯定是願意的。但看著他臉上的憂色被遲疑代替，那顆熱誠的心慢慢冷卻下來。

「你不願？」她自嘲般哼了一聲。看來，所謂的深情，所謂的唯她一人，不過如此。

雲岫連退幾步，退至門口，指著緊閉的木門，無悲無喜道：「既不願，那就開門，放了我。」

她就不該抱什麼期望。

「岫岫，我願意跟妳走，但我們先回京向兄長辭行。之後，天涯海角，妳想去哪兒，我生死相隨。」兄長待他仁厚，他做不到不辭而別。

「那我在雲水等你回來也行。總而言之，京都，我不願去！」

程行彧依然不肯。歷經千辛萬苦，好不容易才找到人，怎能安心任她留在此地。

「不行，妳得和我一起回京。」

雲岫心底的期盼忽然泄得一乾二淨。男人再好再帥有什麼用？道不同，不相為謀。

「我家與京都，你選哪處？我與你兄長，你要選誰？」她站在房中，說著令人難以抉擇的話，好比她和他兄長掉進水裡，他要救誰一樣。

明知是為難人，但誰又來放過她？憑什麼都要她做出犧牲與妥協？

看著程行彧那張臉，她就想到阿圓，憶起懷阿圓時的辛苦，生阿圓時的凶險，必須堅持到底，堅決不跟他去勞什子的京都。

程行彧陷入兩難，但既已找到人，他就不怕雲岫再跑，暗暗下定決心，要把人帶回去。

「明日我要去青山寺尋人，辦完事，我們就一起回京。告別兄長後，我與妳攜手一生，不再分開。」此話是決定，不是商量，這也是他目前能想到最周全的法子。

還是要回京，還是要回去面對那些人。只怕回去了，就不是他想走便能走的。

雲岫只看實際行動，絕不吃程行彧畫的餅。雖然失望至極，但她不會選擇硬碰硬的方式和程行彧對著幹，何況門外還守著那麼多人，遂輕聲再問一句。

「非回京不可？」

程行彧見她軟下，以為有了轉圜餘地，重新牽起她的手，放在唇下輕吻，深情道：「只回這一次，以後都聽妳的。」

雲岫定定地望著他。程行彧，你別後悔。

她不願再多聊回京的事，只想堅守初心，抽出手，挪著有些無力的身體，坐到圓桌旁。腹中空空，飢餓難忍，雲岫不願委屈自己，不冷不熱地對程行彧說：「我要吃飯。」

程行彧聽了，光著腳衝到門口，要叫人送上飯食，卻拉不開門，難得面有窘色地朝外呼喚著。「海叔，是我，開門。」

吱呀一聲，門從外面被人推開。

雲岫偷偷瞄了一眼，果然還是剛才那張水光臉，那人笑嘻嘻地探出半個頭，看看程行彧，又扭著頭瞅瞅她。

「公子，夫人，這是談好了？」

自認為誤會解開的程行彧心情舒暢，愉快地回道：「嗯。」

一副春心盪漾的模樣，看得汪大海也跟著歡喜，總算是和好了。

「海叔，上菜吧，我們在屋內用飯。」

「好，老奴這就去端，都在灶上溫著呢。」汪大海屁顛屁顛地退下。

雲岫暗自觀察，發現門邊的侍衛依舊守在原處沒有走，嘴角抽搐，真是可笑又可悲。低頭瞧見程行彧還光著腳，諷刺的笑意微微收斂，沒好氣地說：「把鞋穿起來。」

程行彧的心瞬間柔軟如棉，雲岫還是關心他的，趕緊把鞋套好，坐回雲岫身邊，倒了兩杯茶放在各自面前，像隻歡快的小狗，開始碎碎唸。

「岫岫，妳這五年來，過得如何？可有吃苦，可受委屈，可……」

此等狗腿行為，與阿圓一模一樣。

雲岫面色平和。「過得很好。」

話一出，便令程行彧無語凝噎。因為，他過得不好。

可他今日欣喜，不願提起過去那些酸苦，日後再找機會一點一點講出來，讓雲岫心疼他就成。

「那妳知道，我在找妳嗎？」

「知道。」

平平淡淡兩個字，卻猛地擊中程行彧的心，如細針刺入一般，綿密無盡的疼，不由苦笑連連。

知道他在尋她，卻不願回來，果然是惱他氣他，但終究是他有過在先。

再多聊這個便是自討沒趣，總歸人找到了，那些事過去就過去了，得知她五年來過得很好就行。

程行彧岔開話，和雲岫說起自己的事。

「我把院子拆了重建，種了妳喜歡的扶桑花和枇杷樹。唯一保持原樣的只有書房，裡面的書籍，我每年讓人翻曬除蟲，一本都沒壞。

「聚興樓新推出許多特色菜，水晶餚肉晶瑩透亮，味道醇厚；酥骨魚骨刺酥爛，魚肉鮮香。還有蘆筍蝦餅、黃酒葵花鴨、蟹黃白菜和羊舌簽，回京就帶妳嚐個遍。」

一日未進食，他每說一道菜，雲岫就饞上一分，幸好那個被程行彧喚做海叔的人終於端來了飯食。

三葷三素一湯，她吃得有滋有味，偶爾嗯一聲，應付著程行彧。看他興致高昂，沒再口出惡言敗他興致。

填飽肚子，雲岫總算恢復些氣力。見程行彧不肯離去，老圍著她轉，心生煩躁。

「再去開間房。」

「只有一間房，妳只能和我同住。」

雲岫知道爭不過他，懶得再為房間的事費神，但去錦州的計劃一再因他耽擱，心頭實在不爽。乾脆閉眼躺回床上，想著該從青山寺的哪條道離開。

程行彧步步緊逼，跟著側躺在她身邊，手中繞著她的頭髮，玩得不亦樂乎，眼睛一眨不眨地凝視她。

即便雲岫閉目養神，也依舊能感覺到那股熾熱的目光，把那縷頭髮從他手中搶回來，他卻又挑過另一縷。

雲岫被惹得煩了，乾脆翻身面牆，就是不願搭理他。

她剛側過身，程行彧立刻跟著貼上。這回不玩頭髮了，他把手搭在她腰腹間，整個腦袋埋在她後頸處，蹭蹭又嗅嗅，弄得她煩躁得不得了。

為了回家大計，她一忍再忍，動手動腳就算了，整個人緊緊黏在她身上，腰間還被某物抵著，饒是她不想與他起爭執，也無法再忍耐。

「退開。」雲岫氣哼哼。

五年相思之苦，哪是嗅嗅就能緩解的。但驛站簡陋，程行彧不願委屈雲岫。五年後的第一次，他一定要給雲岫最好的。

這幾日在雲水縣折騰，他也甚是疲憊，只是所愛在懷，情難自禁，有些難以控制。

他禁錮住雲岫，就是不撒手，喘著氣，固執說道：「不退。我就抱抱，不做什麼。」雲岫才不信。男人在床上的話最是聽不得，況且她都被擠得貼牆了。

她掙扎著想要躺平，孰料程行彧誤會了，竟伸手把她攬入懷中，面對面抱在一起。

雲岫羞紅了臉，雙手抵在他胸前，作勢要把他推開，但根本推不動，甚至被困得動彈不得。扭動間，反而把程行彧的慾望勾得更旺。

明日還要去青山寺，雲岫再這般下去，又要耽擱了。將來還有大把時光，而且這裡的驛站粗糙簡陋，絕對不行！

程行彧往雲岫臀股處一按，隱忍道：「岫岫，乖乖的，不要再亂動，讓我抱著妳就好。妳再掙扎，明日我們便不去青山寺了。」

不去青山寺？這怎麼行。

雲岫定住，不再亂動，在心中安慰自己，暫且由著程行彧。若是錯過青山寺，憑程行彧這股黏膩勁，她怕是再難逃脫。

「把手拿開。」

見懷中人真的平靜下來，程行彧才不甘心地挪開手，搭回她腰間，手指卻隔著衣裳，輕輕摩挲著她的軟肉。

五年時間，她應該真的過得不差，性子活潑不少，身材也豐腴些許。

怎麼辦，他好似更喜歡如今的她。真想和她在吟語樓，共享人間極樂。

雲岫被他攬入懷中，自是看不到他眼眸中慾念張狂又流光溢彩的深情。

一股淡淡的香味縈繞鼻尖，讓睡了一天的她有些昏昏沈沈，總覺得有哪裡怪怪的，遂開口問他。「你做了什麼，我怎麼覺得身上過於痠軟無力？」

程行彧的手輕輕拍著，十分享受目前兩人的狀態，就像一棵交纏盤繞的樹。

「我從一位能人那裡學到一門技藝，發現人體經脈十分有意思，人皆有暈穴、啞穴、死穴、麻穴、笑穴、咳穴等，一切如銅人圖法所記。只要點了正確穴位，便能令人麻木或痠軟，或疼痛難耐，失去反抗能力。」

雲岫意識越發模糊，但還是隱約聽明白了，喃喃道：「你點了我的穴？」

「輕輕一點，便能讓妳乖巧地倒入我懷中，這是最省力，也是最不傷妳的辦法。當然，經脈穴位奧妙頗深，日後若妳有意，我願與妳一起研習。」

程行彧後面講了什麼，雲岫已聽不清，迷迷糊糊地昏睡過去。

綿密柔長的呼吸聲傳來，程行彧輕輕喚了幾聲，懷中人都沒有絲毫回應。

確定雲岫睡著後，他才挪了挪身子，含著她的唇，又不敢過度用力，只吮吸探索，不再深入妄動。

他不會在這裡動她，但也需解思念的毒，畢竟沒有飢餓之人不食佳餚美味，更沒有身處荒沙中的行者能忍住不喝甘泉之水的。

何況，這是雲岫，是他的妻子。

他也不怕雲岫清醒過來，被點中肩井穴的後勁十足，得好好睡上一夜，才能逐漸恢復。

再者，屋內還點了他平日用的安神香，更是催人好眠。

今日，他終於覺得自己又活過來了，甚好！

第十二章

隔日，陽光從窗外射進來，屋裡十分亮堂。

沒想到一覺居然睡了這麼久，雲岫惺忪醒來，發覺程行彧正目不轉睛地凝視她，看見他眼底的青黑消散不少，面上神采奕奕。

但她被他緊緊環抱，非常不好受。青州早晚天氣涼，夜間被他抱著，權當有個暖爐，勉強不和他計較。天亮了還不撒手，那股溫熱，她實在吃不消。

「鬆手！天都大亮了，你要睡到什麼時候？」不是要去青山寺嗎，再不起來，就吃不到寺裡的早齋了。

「這便起。」程行彧慢悠悠地起身穿衣。

他還穿著昨晚入睡時披的銀色長袍，綢緞貼身。一起來，雲岫就把他整個身姿輪廓看入眼中，這才發現，他全身上下只有這一件長袍。

雲岫連忙別過臉，羞惱萬分。這豈不是明晃晃地告訴她，昨晚程行彧不僅黏著她，還半裸睡了。

本就無名無分，這種行徑都說不清是不是在耍無賴。但思緒一轉，漂亮的男色不看白不看，何況是自己送上門的。

程行彧本有逗弄之意，看雲岫羞惱的模樣，覺得挺有趣的，故意慢慢脫袍穿衣。沒承想脫了一半，她竟轉回頭，睜大雙眼，光明正大地看，不禁啞然失笑。

這才是膽大狂野的岫岫，是令他著迷眷戀而無法釋手的岫岫。

「如何？」

「更甚從前。」

程行彧又是一聲輕笑。「那回京慢慢看，任妳看。」

繾綣魔音下的一句「回京」，令雲岫猛然恢復神智。

不肯跟她回家的男色，不吃也罷。

「快點，不是還要去青山寺嗎？」

程行彧將她的催促理解為迫不及待，欣然應道：「是，這就收拾。」

等眾人拾掇好，出發前往青山寺時，已過辰時。

青山寺是青州赫赫有名的寺院，也是南越最大的比丘尼修行之地。

不像其他古剎廟宇，或修於高遠山峰之頂，或藏於繁茂樹林叢間，青山寺名中雖帶青山二字，卻不在山中，就建於官道之旁，白澗之畔。

清晨的山野皆是清新氣象，越過一片樹林，便能看見掩映在林間的寺院。杏黃色的院牆、青灰色的屋脊，還有來往不絕的善男信女。

程行彧要進去尋人，卻不願讓雲岫離身。汪大海深知其心思，主動提議。「老奴聽驛丞說過，青山寺的素齋十分有名，不如大家一道進去品嚐品嚐。」

正中下懷，雲岫自然不會拒絕。

她和程行彧一起去了寺內齋堂，汪大海安排好侍衛輪值，也跟上去。

「這位大伯是你新招的管家？」食宿行程、人員值守、打聽消息等等，面面俱全且盡善盡美。如果他不是程行彧的人，單是被她遇上的話，一定會想盡辦法招為己用。

雲岫不會像大部分南越女子那樣，行走時跟在男子身後，保持兩步之距，而是和程行彧並肩而行。

程行彧只消輕輕側頭就能看見她，聽見問話，不敢再有隱瞞，如實交代。「是宮中大監，勞苦功高，得兄長恩典後，特許他出宮。但他身邊除了一位姑姑，再無親人，遂跟在我身邊謀個差事。」

汪大海機警細心，功夫也不弱。雲岫不在這幾年，多虧了他和許姑姑悉心照顧，程行彧四處奔波，才沒累垮身子。

對程行彧而言，海叔和許姑姑已經算得上是他半個親人。

走在青石板上的雲岫聽了，忽而駐足站定，再也邁不出下一步。

程行彧察覺到，也跟著停下腳步。「怎麼了？」

以前住在臨光別苑時，雲岫就常常聽到程行彧口中提及兄長，但她從未見過，只以為是他在外做生意時認識的兄弟。昨日再次提到，她也沒有當回事，猜想是新帝即位後封的王侯，沒有料到他的兄長竟然會是宮裡掌實權之人。

有權允准太監提前離宮的，除了皇帝之外，還能有他人？

雲岫難以置信，眉眼間是無法遮掩的吃驚。「你兄長是當今皇帝？」是那位守土開疆，掃平蠻夷，廣施仁政，開啟政治、經濟、農業的改革，讓沈痾日重的南越王朝重新煥發生機的德清帝？

雲岫所問，程行彧已不敢再怠慢，道：「是，兄長是姨母所出，是先帝七子，也是如今的德清帝。我與兄長感情深厚，平日都喚他兄長。」

答應以後什麼都不再欺騙雲岫的他，心裡忐忑不安。以前他自稱是做買賣的普通商人，不僅沒有表明侯府世子的身分，也隱瞞了兄長的身分。

「岫岫，這事是我疏忽，沒來得及向妳坦白。妳有什麼疑問，盡可問我，我不會再欺瞞妳。」

他很怕雲岫再因此與他置氣，幸好雲岫只是若有所思地頷首，雖沈吟不語，卻沒有冷臉以對。

思索片刻，雲岫已對程行彧五年前的行事所為有所推斷。

「走吧。」她本存下帶他回家的心思，得知他兄長是德清帝後，不得不作罷。

她與程行彧，無非兩種結局。

其一，她嫁給程行彧，和他回京。但以後免不得要與官家和世家夫人打交道，學習宮中規矩與持家本事，然後被困在後宅，被各種條條框框束縛。

程行彧愛她惜她，但也會有他顧不到的地方。五年前，她就曾被寧姑姑奚落，何況是那些和她非親非友的夫人跟小姐。她雖然有能力應付，亦會疲憊心累。

她好歹是個穿越者，不去拚事業，而是搞宅鬥或宮鬥，也太浪費她一身本領與學識了。五年前一時戀愛腦跟著狗男人回家便罷，五年後她有錢有名有能力，還要放棄目前所有，再跟他回京重新開始，她實在是做不到。

其二，是另一種結局。程行彧和她去錦州，她當夫子，他可做官也可為商。雖然遠離權力中心，日子平淡，卻自由瀟灑呀。

可是，就算她再有財有名，也無法讓當今皇帝的親表弟當她的上門女婿。這點自知之明，她還是有的。

她不肯妥協和他回京，當今皇帝也不會容許皇家子弟給身分不明的孤女當贅婿。所以，難啊，狗男人怎麼會是天子表弟呢！

雲岫心裡頗為感慨與惋惜，看來她還需盡快脫身，要不然糾纏久了，阿圓的存在瞞不住。到時候，程行彧來硬的，她根本無力與皇室對抗。

她打定主意，先行一步朝齋堂而去。

落後她半步的程行彧，竟未發現絲毫端倪。

青山寺香火鼎盛，不僅是善男信女眾多的緣故，也有齋飯爽口的原因。以前的飯菜也尚可，但自從五年前青山寺推出特色齋飯後，吃過的人無不稱讚。

在此處修行的都是比丘尼，女居士也可以靜居數日，燒香拜佛做功德。因為少了些普通寺廟的避諱，又能吃到口味獨到的素齋，因此吸引了不少富貴人家的女眷前來。

此時早已過了用早齋的時辰，不知汪大海怎麼說的，廚房還是幫他們做了一桌菜，有雜蕈湯、小春捲、糖醋藕排、梅菜蒸冬瓜、三絲豆乾、翡翠玉卷、紅燒豆泡、三色薯球、麻婆豆腐、酸筍馬鈴薯絲，還有兩碟鹹菜。

除了一些因為時令而無法取得的菜品，當令的招牌素齋全都上了。

「岫岫，這是青山寺特有的金銀飯，妳嚐嚐看。」程行彧把有黃有白的玉米飯遞到雲岫手中。「聽海叔說，這金銀飯色香味美，亦有『有金有銀，金銀滿盆』的好寓意。」

往來寺廟的香客也有求富貴的，金銀飯具備這樣的寓意，不少士紳也願意花錢嚐嚐，圖個吉利。

「嗯，你也吃。」她記得程行彧的口味重，喜歡食辣，幫他舀了一勺色澤紅亮又軟嫩多汁的麻婆豆腐。

汁水浸入米飯中，在她的注視下，程行彧端起碗，吃下一口帶湯汁的米飯。

他多年未沾辛辣，麻婆豆腐的鮮辣感才入口，就咳嗆不止。

在外面吃飯的汪大海聽見動靜，立刻進來，盛上一碗雜蕈湯送給程行彧，看見他碗中的麻婆豆腐，不由念叨起來。「公子，您即使想吃辣，也得循序漸進，怎能直接食用呢？」

他剛剛嚐了一口這道名為麻婆豆腐的菜餚，豆腐軟滑鮮嫩，不僅沒有豆腥味，配上獨特的料汁，稱得上是一道非常完美的下飯菜。麻麻辣辣，刺激味蕾，能讓人恨不得多吃下兩碗飯，卻不適合飲食清淡的程行彧。

雲岫沒料到會發生這種事，以為喜辣的程行彧會喜歡這道經典川菜，就像以前那樣。在汪大海盛湯的時候，她也匆忙為他倒了一杯寺裡特有的花茶。

等程行彧緩過來，揮手讓汪大海退下後，她才忍不住問他。「你現在不吃辣了嗎？」五年前，她留下許多辣味菜餚的食譜，不知他找人做了沒有。

程行彧怕雲岫誤會，顧不得滿口辛辣，解釋道：「沒有，我吃辣，我一直喜歡吃辣的。只是……」

他一副欲言又止的模樣，令雲岫好奇追問。「只是什麼？」

「岫岫，我喜歡妳做的水煮肉片、蒜泥白肉、剁椒魚頭和香辣排骨。只是，在妳離開我後，我便逐漸不吃辣了。」

沒有雲岫的那些日子，每一道辣味菜餚都提醒著他，他把自己的心愛之人弄丟了，怎麼還有胃口吃得下。若非兄長信誓旦旦地說，他和雲岫有再聚之緣，他都想絕食求死。

這話說得委婉，但雲岫聽得明白，心裡亦有擔憂。程行彧這般執著，若是她再次離他而去，不知他會做出什麼事來。

清風朗月的少年郎竟有她以前從未曾發覺的偏執，雲岫不願再多猜想，沒有追問其他，幫他添了些其他不辣的素菜。

「吃清淡的吧。」

程行彧心底暗樂，昨夜雲岫與他同眠，今日又替他挾菜，想必已原諒了他。也許再過幾日，她就願意叫他阿彧了。

「岫岫，我喜歡妳做的菜餚。日後得空，妳再做給我吃吧，幾年吃不到那味道，我想念得很。」

米飯中的麻婆豆腐已被汪大海扒出來，但飯裡還是沾到不少湯汁，程行彧吃到少許，誇讚連連。

「青山寺的素齋確實不錯，這豆腐滋味和妳當年做的有八分相似。」

雲岫吹豆泡的動作頓了頓，未再言語，把吸滿料汁的豆泡送入口中，靜靜享受。

雜蕈湯是用泡發的乾蘑菇燉煮的，裡面除去菇類，還有幾片青菜葉，只加鹽調味，卻自有一股特殊的鮮甜。

程行彧喝下幾口湯後，又吃了一塊雲岫挾給他的糖醋藕排。這藕塊是切成條狀的，上面掛著一層炸得酥脆的麵糊，麵糊外又裹滿亮紅色醬汁，口感脆爽，酸甜適中。

他覺得味道不錯，幫雲岫挾了一塊。「岫岫，妳嚐嚐這個藕排，是酸甜口味的。這寺院的素齋確實別有風味，恐怕有不少香客信眾是衝著素齋來的。」

「嗯。」雲岫悶聲應了他一聲，繼續默默吃飯。

這頓飯，兩人吃得相安無事。程行彧沈溺在找到人的喜悅中，並未察覺其他，便是汪大海也疏漏了。

汪大海極為喜歡那兩道下飯鹹菜，捐贈不少香火錢，找寺中師太要了一罈麻辣蘿蔔乾和豆腐乳。

等小尼姑把東西送來，汪大海又和藹可親地打探道：「這位小師父，叨擾您一會兒，老朽想向妳打聽一位法號靜慈的師太，可否為老朽傳話，讓我等和她見上一面？」

汪大海臉上一團和氣，小尼姑狐疑不解地上下打量他，隨即拒絕。「青山寺沒有靜慈師太，這位施主尋錯地方了。」

她說完，就要離去，卻被人再次叫住。

汪大海混跡宮中多年，察言觀色的本事練得如火純青，沒錯過小尼姑的眼神變化。若是尋常人被問到不認識的人，眼中會充滿迷惘，且不需猶豫就會說不認識，不會出現小尼姑眼中的不解。他揣測，那種眼神應該是對他的不解，不明白他為什麼來找靜慈師太。

「小師父，我等自京都而來，確實是來此地尋人的。」汪大海光滑的臉龐上笑咪咪。「我們只想與靜慈師太見上一面，還請您通報一聲。」

汪大海行事客氣，出手又大方，本不想惹事的小尼姑聽見他自稱從京都而來時，突然出聲詢問。「京都而來？是官是商？何故尋人？」

此話一出，汪大海便知，靜慈師太必定就在青山寺。「是官亦是商。至於緣故，恐怕要相見後才能得知。」

為避免官商勾結，為官者不得從商是自古以來的規矩，就是當今皇帝也沒有廢除。什麼人為官的同時，還能從商？

小尼姑想不通，但也不敢得罪人，於是又問：「可有信物證明爾等身分？」

信物肯定是沒有的，他們僅有一只錦囊，錦囊中也只有一張字條，再無其他。總不能對小尼姑說，他們是當今皇帝派出的人，來尋訪有識之士的吧。

汪大海略一思索，掏出程行彧放在他這裡的巡撫令，伸到小尼姑眼前。

小尼姑圓眼一睜，看清這塊白玉令牌上方雕的是雙龍戲珠紋，下方刻的是「南越巡撫之令」的字樣，頓時合掌施了個禮。

「煩勞施主等候片刻，容貧尼前去稟告師太。」

瞧著小尼姑離去後，汪大海回齋堂找程行彧。

兩人說話沒有避開雲岫，雲岫這才得知他們是來尋靜慈師太的，那位臉上有刀痕、曾令她印象深刻的師太。

一會兒後，小尼姑再次回到齋堂，對他們說：「靜慈師太在竹林等候諸位，請施主隨貧尼前往。」

程行彧牽著雲岫跟上，汪大海隨行。

三人走過遊廊，來到後院。有一間竹屋藏在竹林中，只要有風拂過，就能聽見竹葉沙沙作響。

小尼姑聲音清脆，合掌道：「師太，人已帶到，弟子先行告退。」

得到屋內人一句「煩勞」的回應後，她便留下雲岫等人，逕自離去。

汪大海滿腹疑慮，這位師太好像在避世修行，不知此人能耐如何，會不會跟他們離開青山寺？

他伸長脖子看向竹屋，滿腹疑雲，卻瞥見一道身著灰色素衣的身影緩步從小屋內走出。

這一刻，饒是見多識廣的宮中大監，也不由神色大變，眼眸中全是震驚。

汪大海眼力不差，記性也尚可，絕不會認錯眼前人。口中一聲「侯夫人」，炸得雲岫昏頭轉向，不知所措。

同時響起的，還有程行彧大惑不解的呢喃聲。

「母親？」

第十三章

雲岫差點以為自己聽錯了，五年前有過一面之緣的靜慈師太，竟然是程行彧的親娘?!

昨日才聽他訴說舊事，今日就親眼見到他早亡的母親倖存於世，還成了出家人。連她都驚詫萬分，何況是程行彧。

靜慈師太頭無青絲，臉上有一道深而長的淡紅色疤痕，自左臉眉骨而下，直到右嘴角才止。本該是猙獰可怕的面龐，卻因她那雙無波無恨的雙眸，和一身灰布素衣，反而透著平靜祥和的氣息。

靜慈師太沒料到來人會是親子，僅訝然一瞬，便恢復心情，不疾不徐地開口邀請。「晏之，既然已到此處，便去室內飲盞清茶吧。」

久別重逢，必有諸多疑團要解。之前陸清鳴尋來時，她就料到，早晚會有這麼一天。

靜慈師太看看站在一旁的雲岫和汪大海，一視同仁地說：「兩位施主也可一道。」

話雖如此，但雲岫和汪大海都不是缺根筋的人，藉口推辭。

「聽聞寺內有一棵千年高山榕，許願很靈，我想去綁紅帶，拴竹牌，為家人和好友許願祈福。」雲岫說得誠意十足。

在場之人都是聰明人，汪大海跟著附和。「千年的高山榕？那真是難得一見，也不知這榕樹多高，樹圍多少，老奴也想去見識一番。」

兩人一拍即合，向靜慈師太告辭後，抬腳便要離去。

程行彧一聲「慢著」，叫住兩人。

昨日喜，今日愕，心緒尤為波盪。

雖然他也有很多疑問想弄清楚，但不放心好不容易找到的雲岫就這麼離開他眼前。

程行彧奔到雲岫身側，輕聲商量。「跟我一道進去吧。無論如何，她是我母親，妳應該拜見她。」

在他看來，雲岫就是他的妻子，不必避諱。但對雲岫來說，這番談話必定會牽扯侯府、曲家，甚至皇家的陳年舊事。既然她不願和程行彧進京，這些秘聞，還是少知道為好。

「不了，你和伯母久別重逢，想必有很多話要說。我和海叔就在寺裡轉轉，等你處理好事情，再來與我們會合。」

見她堅持己見，程行彧不願再逼迫她，遂了她的意，吩咐汪大海。「海叔，替我照顧岫岫片刻。」

「岫岫」兩字咬得極重，汪大海心領神會。就算小公子不說，他也明白，好不容易尋到的夫人，他怎能讓人又在眼前消失，豈不讓程行彧再瘋一遭。

「是，老奴必不負小公子所託。」

雲岫聽得很不舒服，這麼光明正大的監視，是把她當傻子看嗎？卻又無能為力。

哎，算了算了，總歸她一時半刻還走不掉。

於是，汪大海和雲岫再次拱手，向靜慈師太告辭，才一前一後離去。

一時間，竹林裡只剩程行彧和靜慈師太。

竹葉沙沙作響，靜慈師太站在程行彧身後，看著記憶中不到她腰間的小男孩，如今已是身形頎長的翩翩少年，自知虧欠良多。

見他一直背對著她，還默不作聲，靜慈師太主動開口。「進來吧，你想知道什麼，我都告訴你。」

靜慈師太先行一步，程行彧沈寂心緒，也轉身跟著她踏入那間小竹屋。

小屋與寺廟裡的其他建築不同，裡外都是用竹片搭建的，飄著淡淡的竹香。陳設也不複雜，一張方桌、兩張小凳、一張床，以及一個用來存放物品的櫃子。

另外，屋內朝北朝南各開了兩扇窗。朝南的窗前，擺著小矮桌和蒲團。

靜慈師太在桌前沏茶，哪怕她的手法去繁就簡，但動作依然行雲流水，令人賞心悅目，與京都世家夫人相比毫不遜色，甚至極具雅趣。

沏好茶，她抬頭看向程行彧，道：「坐。」

茶湯清亮，茶香裊裊。

坐在桌前的程行彧並沒有端起母親為他倒的第一杯茶，僅垂頭看了一眼，便望向坐在他對面的人。

他心中有幽怨、有思念、有憤恨、有不解，但他克制著情緒，沒有當場發洩出來，用低沈又毫無起伏的聲音開了口。

「您活著，為什麼不回去找我？」

他沒有立即詢問當年事情的經過，沒有細問為什麼馬車翻落山崖她卻沒死，更沒有追問她為什麼選擇在青山寺出家，只是想知道，她身為母親，為什麼不回去找他？哪怕他長大了，也不曾寫過一封信，就算是報聲平安也好。

但是，什麼都沒有，沒有書信，沒有口信。如果不是兄長，他要被瞞到何年何月？

「晏之，你恨嗎？」靜慈師太聲音輕輕，有一種虛無縹緲的淡漠與無畏。

恨誰？恨什麼？

靜慈師太並不需要程行彧的回答，只是自顧自地說：「不管你恨或不恨，那些事與人，如今都與貧尼無關了。曲瀲已死，貧尼法號靜慈。」

程行彧輕嗤一聲。所以，她是了斷塵緣的出家人，即使活著也不會再回去找他，不願再沾染任何凡塵俗事。

就算知道程晉的真面目，她還是選擇把自己的兒子留在那個狼窩虎穴。誰說天下沒有會拋棄自己孩子的母親？這裡不就有一位棄子人嗎！

既已是出家人，那他的諸多往事何必再與她說。今日來此，便是解惑，而非訴苦，他們的關係只會是師太與施主，再也不會是母子。

終究，是辜負兄長一番好意。

靜慈師太發現，程行彧發出嗤笑後，周身氣場起了變化，變得漫不經心，不以為然。

程行彧端起那盞茶呷了一口，而後放下茶盞，不冷不淡地說：「如此，那便請師太解惑吧。」

他沒有提問，卻要求解惑，靜慈師太也不追究，端坐著，說起了她出京後的經歷。

「陛下登基三年，以你們的關係，你應該知曉部分內情。」靜慈師太有所感慨。「悲劇的緣由都是因為一個字，利。」

曲家把持雍州鐵礦，就是最大的禍源。曲家人以為，只要向皇家進獻九成，自己得一成便知足。殊不知，人家一成也不想給，連曲家的煉鐵術也要奪去。

曲家嫡系沒有男丁，只有一對雙生姊妹花，如果用情愛引誘，曲家鐵礦遲早會落入他們手中。

偏偏，乾埈帝和程晉各有所愛。

曲灩被禁錮宮中，已是籠中鳥，不足為懼。但曲瀲還在宮外，程晉又不能無故要妻子禁足，最好的方法就是讓曲瀲母子身亡，一了百了，還能給心愛之人騰位置。

後來，礦洞崩塌，曲家夫婦身殞，簡直是天賜良機，程晉怎麼能不心動，立即布局。

「出京趕路十餘日，在雍州藤子溝山匪出現，圍住馬車的時候，我以為你父親會保護我。可是，他竟跳出馬車，要為那些畜生把風。」

明豔動人的曲家二小姐被人踩進了泥潭，生不如死。與其承受那些無盡的苦楚，還不如一刀給她一個了結。

明明說著最為痛苦不堪的事，但靜慈師太的神情仍舊平和淡然。

她曾經捶胸懊悔，痛恨年少的自己為什麼要去京都探望親姊，為什麼要不顧爹娘反對嫁給程晉那個欺世盜名之徒。

如今，俗塵已於她無關。如果不是陸清鳴找來，她這輩子都不會再思及這些舊事。

程行彧手背青筋暴起，聽得不是滋味，沒想到裡面還有如此內情。但是，能對親子下毒的人，又怎麼會是良善之輩？程晉和乾堎帝是名副其實的偽君子，裝得太深沈、太完美，騙了那麼多人，害了那麼多人。

他胸口沈痛，彷彿有塊巨石碾得他無力喘息。

是啊，他身上流著那人的血，他又有什麼資格在這裡質問。

竹屋內一陣寂然，無人言語，連喘氣聲都輕得幾乎聽不到。

「除了和我一同待在馬車裡的嬤嬤，我的心腹全死了。」靜慈師太聲音幽幽。「嬤嬤身受重傷，左臂被刀活生生斬斷。我的身上，嬤嬤的身上，被血浸得濕透。」

那樣令人驚懼的紅，她從來沒見過，彷彿是浸入眼底的血色，掙脫不掉，也忘不掉。

「嬤嬤懂我知我，不忍讓我受辱，用最後一口氣，拿簪子接連猛刺馬臀，致使馬兒癲狂奔向藤子溝斷崖。

「天旋地轉，一片昏暗，等我醒來後，發現自己躺在一戶山野人家家中。他們說我命好，只有臉被木刺劃破，身子掛在半山腰的樹上，沒掉入崖底，是村裡的老大夫採藥時發現，才救下我。

「傷勢半癒後，我曾回過雍州一趟，親眼目睹家產被分奪乾淨，族人們失勢受害而四散奔逃。矜己任智，是蔽是欺，終得滅門之禍，這就是我與人私定終身的代價。晏之，你說，我還有什麼臉面乞求他們幫我，我這樣的罪人又還能去哪兒？」

國不是國，家不是家，夫不是夫，天下之大，卻無她的立身之處。最終，她選擇遁入空門，四大皆空。

「你是我兒子，也是程晉的兒子，如果我當年回京找你，那我又該如何面對你？」靜慈師太眼角微微濕潤，卻仍然鎮定自若地端坐，情緒未曾失控半分。

為母，她不想放棄自己的孩子，但為人子，她愧對爹娘，再也不能用一顆慈母之心陪伴程行彧。對程晉的恨已深入骨髓，她真的做不到。

此生，她最對不起的人就是程行彧。幾年前，還沒有登基為帝的陸清鳴尋到她，一聲「小姨」勾起無數往事，那時候她才知道，她的晏之是多麼孤苦伶仃。

「對不起，晏之。」害你中毒，害你孤身長大，害你受盡委屈苦楚。

靜慈師太看著眼前器宇軒昂的兒子，目中浮現些許憐愛，那是她身為母親的愧疚。

「餘生我已決定長伴青燈古佛，無力彌補你，唯能為你祈願，望你將來平安和樂，諸事順遂，早日找到故人。」

程行彧聲音沙啞。「故人？」

憶起當日陸清鳴所託之言，靜慈師太唸了一聲阿彌陀佛，道：「便是我，你都能尋到，何況是她呢。晏之，相信你自己，也相信你兄長，勿自暴自棄，勿輕生尋死。」

從雲岫走後，程行彧一直有種感覺，兄長深恐他為愛尋死。

上一世，他和雲岫的結果或許未必那麼圓滿。

但那又如何，人已找到，他只要今生。

雲岫和汪大海閒來無事，逛起了青山寺。

從竹林出來後，他們先去主殿叩拜佛祖，到講經堂聆聽佛經，又去茶院品嚐禪茶，然後一路逛到鐘鼓樓。

青山寺的鐘樓與鼓樓建於東西兩側，相對而立。整間寺院是四層閣樓式建築，四角立柱，上置斗拱，樓簷舒展，翼角如飛。

兩人登上鼓樓第三層，欣賞樓內壁畫，汪大海感慨連連，道：「想不到青山寺雖是比丘尼修行之地，卻有如此建築。殿前香火鼎盛，客堂香客如流，禪堂清靜莊嚴，到了鐘鼓樓，又有另一種古剎滄桑之感。」

雲岫含笑以對。「海叔文采斐然。」

「哪裡哪裡，都是跟著公子學來的。」

下了樓，雲岫見汪大海還有意把話往程行或身上引，腳步不由加快，想趕緊離開鐘鼓樓，到高山榕樹下偷得片刻清靜。

她已經快摸清汪大海的意圖了，接下來不外乎是為程行或賣慘訴苦求憐愛，既要替皇帝辦事，又四處尋她，這些年來吃了不少苦頭云云。

「公子學富五車，遙想當年在越州與人鬥詩，那英姿和文采惹來不少女……」

「海叔，千年高山榕到了。」

汪大海聞言，話語一頓，朝著雲岫指的方向望去，看見樹姿穩健壯觀的高山榕。

這幾年，他隨程行或走南闖北，也長了不少見識，但如此高大的榕樹，當真是這輩子第一回見，即便把頭仰得高高的，也看不到榕樹頂梢，驚嘆不已。

「這棵樹怕有十餘丈高，也很難分辨出哪一枝才是主幹。依老奴看，這棵千年榕樹的樹圍，大概得十餘人才能環抱之。」

蒼老、古樸，這棵樹猶如鎮守廟宇的老者，接住了無數信眾的祈禱。一根根紅布條正隨風輕輕飄蕩著，帶子下方的小竹牌也跟著微微晃動。

雲岫昂首看著依舊掛在樹梢最高處的紅布條，心裡輕輕說了句：好久不見。

前來這裡許願掛紅布的人很多，但井然有序。

想許願的香客先到偏殿的功德箱投入一文錢，就能找小尼姑領取紅布條，然後借用一旁筆墨寫下心願。待墨汁乾透，再把紅布條和木牌往榕樹上拋，拋得越高，越能被寺中的佛祖和菩薩看到。

「走吧，海叔，我們也去許願。」

「請。」為吉祥事討個好兆頭，是汪大海最愛做的，他要替皇帝求，替小公子求，替他和許姑姑求。

汪大海在功德箱裡放入一張銀票，惹來小尼姑注目，眼裡滿是不可思議，雙手合十，欣然道：「阿彌陀佛，多謝施主，願佛祖保佑您心想事成。」將一串紅布條遞予汪大海。

汪大海笑得合不攏嘴。「小師父，五條足矣。」

他取了兩條給雲岫，雲岫只要了一條。

偏殿人多，沒一會兒，他們倆就被人群擠開，越拉越遠。幸好雲岫還在汪大海目光所及之處，稍稍放心。

不過，他先前和善慈愛的雙眸，現在猶如蒼鷹緊盯獵物般望著雲岫，然後慢慢挪動身軀，朝她那邊擠過去。

時間不多，對雲岫來說卻已足夠，一把拉住正在幫香客拿雞毛筆的小尼姑如音。

如音猛然被人拉住衣袖，以為又是一位心急的香客，慢悠悠地勸道：「施主稍等，這就替您取筆。」

她手裡拿著一把吸飽墨汁的雞毛，轉身正要遞給對方，沒想到抓住她的人竟然是故友，頓時喜出望外，臉上是壓都壓不住的激動與開心。

「楊施主，您什麼時候來的？」

瞥見汪大海正朝這邊擠來，雲岫忙不迭說：「如音小師父，事發突然，我只能長話短說。西苑居士寮房那邊的第七間房，是否有人居住？」

第七間房？

如音的喜笑神色一收，急促地問雲岫。「楊施主遇到了什麼難事？需我稟告庵主嗎？」

她作勢要放下雞毛筆，想把雲岫拉到殿後弄清事情的來龍去脈，卻被雲岫一把拽住。

「多謝小師父，但此時不便，煩勞小師父就像往常那樣分發雞毛筆，動作不要太大，仔細聽我說。」

汪大海盯著她，她不能和如音躲到一旁說話。宮中的人不好糊弄打發，若是被汪大海發現端倪，她醞釀好的逃脫計劃就只能夭折了。

雲岫藉著擁擠的人群，飛快和如音交談。話剛說完，汪大海便擠到她身邊。

「夫人，真沒想到這邊的人這麼多，可要注意，別擠散了。若是要做什麼，吩咐老奴去就成。」

吩咐他去做，讓她離開他的目光，可能嗎？雲岫沒有那麼天真，笑吟吟地回答。「知道了。這不是想趕緊把願望寫下，拋到樹上，一時情急擠到人群裡，勞您擔憂。」

「夫人，您客氣了，都是老奴分內之事，咱們這就寫願望。」汪大海也是宮中人精，客套來客套去的，一點都不得罪人。

如音遞了一根雞毛筆給汪大海，乘機打量他一眼，立刻被汪大海察覺，道：「這位小師父有事？」

雲岫握住雞毛筆的手指用力收緊，剛才搭上話的工夫太短，如音又是性子活潑，藏不住事的人。她怕如音說漏嘴，要是被汪大海發現兩人相識，那就不好收場了。

「阿彌陀佛。」如音雙手合十，收回目光，不再看兩人，很快從人群中離開。

汪大海望著如音離去的身影，覺得有些不對勁，想追過去，就被雲岫打斷。「海叔，我們寫祝詞吧。」

她舉了舉手中的雞毛筆，故意大聲誇讚。「青山寺的筆墨真有意思，竟然是用雞毛做的，我還是第一次見呢。」

用雞毛做筆？她這一打岔，汪大海的心思便跑偏了，收回目光，看著手中的雞毛筆。

雖然叫做雞毛筆，但只有一根大公雞的雞毛，根部沾了墨汁。墨水不多，可寫個祝詞還是夠的。

「這位大叔，你要是不寫，就讓我先寫吧。」一個小姑娘忽然在汪大海身側出了聲。這兩個人，女的站在這裡好一會兒，男的從後面擠進來不說，還占著一張桌子，自己不寫又不讓別人寫，她實在是忍不住了才開口。

見有人發話，後面排隊的人也開始嚷嚷。

汪大海回首一瞧，人還真不少。以前在宮中，誰見了他不得恭敬喚一聲大監，哪敢催促他。但他不氣不怒，反而歉意連連，笑著回答小姑娘。

「這就寫，姑娘稍等。」

雞毛筆的底端雖硬，但硬處短，還沾滿墨汁，令他無從下手。想握住上端，軟趴趴的捏不住，他竟不知該如何下筆。

他彆扭的拿筆姿勢，讓小姑娘哈哈一笑。「大叔，您是外地人吧？這雞毛筆，要像拿毛筆那樣立著拿，握住中下方就成，最好跟小竹牌垂直，這樣墨汁會順著毛管流下來，才能寫字。」

來青山寺許願的香客多，要是都用毛筆寫祝詞，就要準備很多筆墨，可是一筆不菲的開銷。用雞毛挺好，除了省錢，還能在小竹牌上寫小字。

雞毛又細又硬，寫起字來比毛筆快，就是第一次用的人不太能掌握技巧。

小姑娘說著，指著另一人道：「您要是聽不明白，就看看那位大哥的動作。」

「多謝姑娘。」汪大海道了謝，仔細觀察正在寫祝詞男子的下筆姿勢，模仿那人動作，寫下第一個竹牌：國泰民安，天下太平。然後是第二個：程晏之心想事成。

最後一個竹牌，他剛寫出一個許字，突然停住手，面上挺不好意思的，偷偷往雲岫那邊瞄了一眼，發現她專心寫祝詞，沒在意他，嘴角輕揚，繼續寫下第三個竹牌：許靈秋和汪大海白頭偕老。

汪大海寫完後，見雞毛筆裡還有墨汁，順手遞給方才的小姑娘。「姑娘，請。」

小姑娘向他道謝，拿過雞毛筆，用筆熟練，站著就寫下祝詞，然後把筆傳給其他人。等墨水寫乾，再去找小尼姑更換。

第十四章

片刻後，雲岫和汪大海拿著寫好的紅布條擠出偏殿，看見正在榕樹下尋人的程行彧。

這世上，總有那麼一個人，就算相隔很遠，也能穿過茫茫人群找到。

那瞬間，程行彧心有所感，忽然停下腳步，轉身看去，只消一眼就在人群中尋到雲岫。

殿門前，雲岫手拿一根紅布條，嘴角凝著淡笑。

程行彧回頭看她，澄澈的雙眸裡泛著無盡柔情，粲然一笑，朝他們奔來。

「岫岫！」

陽光灑在他臉上，彷彿疊加一層柔光似的，襯得白潤如玉的面龐越發俊朗無儔，讓雲岫的呼吸不由為之一緊。

「許願了嗎？」程行彧開口問道，見雲岫眼神迷離，神遊太虛，沒有及時回應，登時會心一笑，湊到她耳邊，用只有兩人聽得到的聲音呢喃。「我自知這張臉深得岫岫喜愛，但寺廟莊嚴，大庭廣眾之下，還望岫岫多忍耐一下。待我們出了青山寺，妳想如何都依妳。」

炙熱的氣息噴灑在耳畔，雲岫驚得回神，就聽見程行彧沒臉沒皮的話語，拿他無可奈何，嗔了一句。「佛門重地，慎言！」

她往旁邊邁開一步，朝著榕樹走去，準備找個好地方，拋出手中的紅布條。

程行彧緊隨其上，與她相伴而行。

汪大海跟在兩人身後，笑嘻嘻的。這麼意氣風發的小公子，他還是第一回見。年輕就是朝氣蓬勃，得了情愛滋潤的戀人更是令人歆羨，他也想自家老伴了。

榕樹高大，遠望似一把繡著紅邊的綠色巨傘，近看卻盤根錯節，枝繁葉茂。

靠近下方的樹幹和樹枝上，已經掛了不少紅布條。畢竟有的人力氣小，拋不高，那就往容易掛上布條的地方丟。總歸是上了樹，遲早能被佛祖和菩薩知曉。

「岫岫寫了什麼願望？不如讓我幫妳，一定能拋得高高的。」即便佛祖與菩薩沒看到，他也能為她實現。

程行彧骨節分明的手向雲岫展開，眼底凝著繾綣情意，笑容恣意灑脫。

附近的香客瞧出點名堂，見兩人郎才女貌，起鬨聲漸起。

「好般配的一雙璧人。」

「姑娘，妳要是不讓他幫忙，那讓他幫我拋吧！」

「哎喲，妳看看妳自己和公子配嗎？這兩人眉目含情，一看就是一對，妳可別胡來。」

出聲的姑娘可不怯場，早兩年官府已發布政令，抵制盲婚啞嫁，允許民間百姓自由婚配，好不容易瞧見一個中意的，怎麼也得試一試。

「公子，小女尚未婚配，家中也小有薄資，不知公子可有成家娶妻？」

來青山寺的香客大多是來祈願的，除了求平安、求前程，最多的便是姑娘家求姻緣。

姑娘的一番言語，既讓在場的女眷們讚賞她勇氣可嘉，又覺得挺害臊，換成她們可不敢。但大夥都愛湊熱鬧，也不管自己會如何做，先看了別人的熱鬧再說。

「那位姑娘真勇敢，不知公子是何想法？」

「你說，他身邊的姑娘是他什麼人？」

「瞧不出年紀大小，但看著不像姊弟或兄妹。」

「看，那公子收了笑，怕是要發怒了！」

儘管婚嫁自由的政令是德清帝發布的，但在京都，可沒有哪家閨女敢向程行彧吐露心意，誰不知他是有主之人。

姑娘還在等著回覆。不管成不成，總之她嘗試過，就不算辜負自己。

程行彧見雲岫偏過頭，一副不參與，更不宣誓主權的模樣，心中輕嘆一聲，她還在生他的氣。

就在旁人以為他要發怒時，卻聽他對姑娘說：「我已娶妻，這位便是夫人。姑娘勇氣可嘉，令人欽佩，祝妳早日尋得如意郎君。」說話間，還不忘牽過雲岫，引得眾人嘖嘖讚賞。

見人家果真是一對，姑娘也不糾纏。「那就借公子吉言了。」說罷後就離開，沒一會兒便尋不到身影了。

程行彧緊握著雲岫的手，任她掙扎也不放，認真道：「真不讓我來拋？」眼中流光四溢，話鋒悄然一轉。「難不成，岫岫寫的心願不可告人？又或者有秘密要瞞著我？」

猜來猜去，就怕他歪打正著，詭計多端的狗男人。

只是一根紅布條和一個小竹牌而已，她有什麼不敢讓他知道的，乾脆順勢而為，將手中的紅布條遞給他。

「喏，你來拋。」

程行彧拿起小竹牌，定睛一看，上面無名無姓，只有「一路順風」四個字，沒頭沒尾的，一時讓他摸不著頭腦。

這是何意？是祈求他們回京之路一路順風嗎？

他手指輕輕觸碰那四個小字，真是許久未見雲岫筆墨了，眼中懷念未散，便說：「有海叔和眾侍衛在，此次回京路上不會生出波折，一定如妳所願，平安到家。」

嶄新的雲府，她應該會喜歡吧？

他牽著雲岫，往後退去幾步，看準最佳位置，一手拿住小竹牌，暗自運功，朝榕樹高冠處射去。

只見紅布條勾住一根樹枝，繞了樹杈兩圈，緊緊掛在上頭，就像打了個結似的，即使遇上風雨，也不怕被打落。

汪大海也迫不及待地把兩根布條拋上去，僅留下程行彧那條。「公子的，便由公子自己拋吧。」

「多謝海叔。」

好一個心想事成，程行彧再次往上一拋，布條纏在與雲岫的紅布條相隔不遠的樹枝上。兩根布條在一片翠綠間輕輕飄蕩著，宛如他和雲岫，亦是成雙成對。

願佛祖保佑他心想事成，與雲岫姻緣美滿，兒女雙全。

許完願，拋完紅布條，三人沒繼續停留，慢步去往他處。

「你的家事處理妥當了？」

程行彧站定，深深看雲岫一眼。「也是妳的家事。」

隨後，他將竹屋內的事向兩人簡要道明。

「青山寺一行，我本計劃最多耽擱兩日，但沒想到兄長讓我尋找的人會是我母親。往事如煙，既然她決定在青山寺長伴青燈古佛，我便遵從她的意願。

「只是，身為人子，以前沒在膝下盡孝，往後也再無機會，我想趁此機會，在青山寺多停留兩日。岫岫，妳怎麼想？」

好事啊！更是好機會！

雲岫按捺住內心激動，極力贊成。「確實應該如此。」

「我們約莫要停留五天，若妳覺得太久，我們也可以提前動身。」他是在與雲岫商量，也是在徵求她的意見。

昨日在客棧，程行彧就知曉雲岫不想回京，但其中緣由，她又閉口不說。分別五年後，她有自己的主意，他也想藉這幾日與她傾心交談，了解這些年來她遇到的事與人。

雲岫不假思索，欣然應下。「都聽你的。」

程行彧待一日，待十日或待一月，對她來說差別不大，她只想在寺裡西苑的第七號寮房裡待上兩個時辰。本要請如音暗中幫忙，但看程行彧的打算，她的機會來了。

啟程前往錦州的時間已被延誤十餘日，她不能再耽擱了，不然喬長青那邊沒有她的消息，肯定會擔憂，派人尋找，到時候動靜鬧大，反而容易多生事端。從商的人，最好還是別跟皇家對上。

再者，她十分想念阿圓和安安，還是要盡快脫身，自尋瀟灑去。

兩人心中各有打算，暫時沒提那些引起爭執的煩心事，氣氛竟然異常和諧，宛如五年前沒生出誤會那般。

程行彧更是喜不自禁，伸手漫不經心地把玩著雲岫的手指，貼近她的指縫間，直到嚴絲合縫，十指相扣。

「今日天色已晚，明日清早妳和我去見一見她，可好？」

她是誰，大家心知肚明。

程行彧想把雲岫帶到靜慈師太面前，告訴她，這是他的妻子，雲岫就是他在尋找的故人。他想讓她放心，餘生他有相愛之人相伴，再也不是景明侯府中孤苦伶仃的孩子。

「好。」

從偏殿出來後，雲岫一直很好說話，程行彧便提及晚上的食宿安排。

他做了兩手準備，如果雲岫不願意在寺中寮房留宿，那他們返回青山客棧也成，只是路上費時些罷了。

「我們停留青山寺這幾日，委屈妳在寺中寮房休息。若住不慣，妳就同我說，我們還是回驛站。」

雲岫指尖微微觸動，怎麼辦，好激動，還是激動得要克制不住的節奏。程行彧居然主動讓她住寮房，嗷嗷，蒼天厚愛啊！

「寺中都是女居士，且寺規禁止男客留宿，所以我會在寺外搭帳篷野宿。如果妳害怕，我就去和寺裡的人商量，把海叔留下陪妳。」

汪大海是太監，算不得男客，若是道明身分，寺裡應該能通融。

此乃天賜良機，雲岫又怎麼會願意在身邊放一雙眼睛。

她先是含情脈脈地睨程行彧一眼，然後朱唇一掀，嬌俏地勸阻。「佛門重地可不興胡來。你讓海叔住到寺裡，他既不自在，還要擔心你，不如讓他在外伴你左右。我在寺裡能照顧好自己，有吃有喝有住的，比和你露宿山野舒服多了。」

雲岫一通風言俏語，哄得程行彧心花怒放。「都依妳。」

戌時為定更時分，先擊鼓，後撞鐘，青山寺閉。除了留宿女客，外男依序出寺。

雲岫把程行彧送到寺門口，站在寺內，等待寺院大門緩緩閉上。

程行彧望著雲岫燦笑的臉龐逐漸消失不見，悵然若失，側頭吩咐汪大海。「海叔，讓人盯好青山寺，別出差錯。」

汪大海應下，夫人一離開，公子又開始患得患失了，可真是一物降一物啊。

雲岫與青山寺的不解之緣，得從五年前離開京都後說起。

當年，她和喬長青扮成回鄉探親的小夫妻，男的緊抱幼子，女的懷有身孕，硬是躲過官府的嚴細盤查，一路順利南下。

某日，忽逢天色突變，騾車上的篷布過於簡陋，難以抵擋風雨侵襲，他們只能沿路尋找能避雨的落腳處。

烏雲壓得很低，白日的天色猶如夜晚般昏暗，眼見瓢潑大雨即將落下，幸好遇到要回青山寺的如音小師父，載了她一程，也因此讓雲岫和喬長青在大雨落下之前，於寺中暫得歇腳之地。

雲岫還記得，那晚喬長青險些因為男子身分不得留宿寺中，但當日的大風與濕冷再次引發喬今安身上的寒症，讓她不得不道明自己的女子身分，以便能留下照顧孩子。

出門在外，尋常人都要時刻保持警惕，何況是兩個被官府通緝的人。

雲岫依然是楊雲繡，唯有喬長青做回喬松月。

喬長青說的話真假摻半，向青山寺住持解釋，因為哥哥病故，只留下病弱的姪子和身懷遺腹子的嫂子，日子過得艱難，他們要去盤州投奔親戚。為了路上少生波折，她才女扮男裝和嫂子同行，畢竟家中有個「男丁」在，遠行更安全、更方便。

住持聽完，見小孩是個病重的娃娃，雲岫確實懷有身孕，喬長青也真是個姑娘，才讓他們留宿青山寺。

大雨連下不停，這一住就住了一個月，養病的養病，養胎的養胎。

臨走前，雲岫為感謝她們給予的幫助，特地整理了一份素食方子贈予青山寺，算是結個善緣，為腹中孩子和喬今安積善積德。

沒想到，這個善緣最後還是回到自己身上。

雲岫目送程行或出寺後，待寺門一關，便立刻轉身去西苑尋如音。

西苑寮房是寺院特意為女香客們準備的，以前有十八間小房舍，十八即表示十八界，為六根、六塵、六識，其中以第七號寮房最為特別，距離寺院的西外牆也最近。

雲岫回憶著路線找過去，發現西苑寮房改變頗大，房舍數量增多了。

如今每間寮房一房一舍，外邊圍著竹籬笆，與其他寮房區分開，路面上鋪著鵝卵石。

如音早已在第七號寮房外翹首等候，手中還捧著一套素衣，眼尖的她看見雲岫的身影，立即迎了上去。

「楊施主，這邊。」之前在偏殿談話匆促，容不得她細問，如今見雲岫孤身一人，身後沒有跟著那位虎視眈眈的男施主，態度親暱又熱情，笑著問：「相別許久，楊施主與喬施主可安康？」

雲岫心裡也頗為輕鬆，道：「一切安好，煩勞如音小師父記掛。」

「阿彌陀佛。」寒暄完，如音直接提及雲岫所託之事。「今日住持要同門下弟子講經，不能前來相送，但她已知曉施主難處，把鑰匙交託於我，由我送楊施主出寺。」

「煩勞師父，不過走之前，我需要借筆墨一用。」她要留封信給程行彧，以免替青山寺招來麻煩。

「好，我這就去取，楊施主先到房中更換衣服。」

「多謝。」

雲岫換上寺中的師太素衣，戴好僧帽，儼然一副帶髮修行的小尼姑模樣，在第七號寮房裡等待如音。

房間一如五年前他們入住時那般簡陋，不過如今除了床、桌、椅，還多了一個以前沒有的櫃子。

櫃子所在的位置曾是喬長青最愛倚靠的牆角，當年如果不是連日大雨，造成寺裡排水不暢，導致土牆坍塌，她也不會知道青山寺還有一條不為外人所知的密道。

不一會兒，如音取來筆墨紙硯，還有一個小包袱，全遞給雲岫。「楊施主，裡面裝了一竹筒清水和五個窩頭，妳帶著路上吃。」

「多謝師父。」雲岫再次感謝如音，不僅要送她出寺，還貼心地準備吃食。

「哪裡的話，多虧您五年前給的素食方子，讓青山寺的素齋逐漸小有名氣，不少香客信眾為之慕名而來，捐獻不少香火錢。那些善銀不僅可以修繕寺廟，維持寺中日常開銷，也能每月施粥，接貧濟困。此乃大恩，阿彌陀佛。」

素食方子於青山寺恩澤深厚，所以住持才會不問緣由，就允准雲岫借用寺中密道，並讓她護送雲岫出寺。

雲岫寫好信，交託給如音，叮囑她。「我不知此舉是否會給青山寺帶來麻煩，但若有人為難貴寺，就煩勞師父交出此信。」

如音妥善收起信件，問道：「楊施主真的不需要報官嗎？寺中也有會拳腳功夫的弟子，應該足夠保護施主等待官府來人。」

雲岫不好告訴說穿程行彧的身分，他是天子表弟，她報官根本無用，只能謝絕。

「他權勢不小，官府幫不到我的，不然我也不會選擇借密道離開。」

如音尊重雲岫的選擇，拿起備好的燈籠道：「楊施主，我們這就動身吧。從密道出寺約莫要走半個時辰，我會把妳平安送到附近的快馬鏢局。」

不等天明，趁夜色昏黑，雲岫從青山寺逃了。

第十五章

晨鐘響過，寺門初開，天色大亮後，青山寺西苑寮房外圍，一行人氣勢洶洶，咄咄逼人，只差拔刀相向。

有侍衛輪守，居然還能讓人在寺中消失，程行或臉色黑沈如墨，連汪大海也面若菜色。

「把人交出來。」程行或啞著嗓音，卻是無悲無喜，平靜得宛若一潭死水，偏偏這副模樣最令汪大海心顫擔憂。

其他小尼姑已經在西苑中找了三圈，都沒有找到人，只能怯生生地回覆。「確實沒有施主所尋之人。」

「昨日閉寺時，她就在寺中。今日開寺後，人卻不見了。妳說，她去哪了？」

幽幽之聲讓汪大海渾身打寒顫，急切道：「小師父，昨日入住西苑寮房的女客中，有一位女施主正是我家夫人，身穿淡黃色素錦衣裙，身高約到我家公子下顎處，身形圓潤但不瘦不胖，走路不像尋常女子會把手交疊於腹前，而是雙肩下垂，手臂自然擺動。您再想想，是否見過她？」

他形容貼切生動，但小尼姑還是搖頭，表示沒看見。

程行或耐性耗盡，右手一翻，身子未轉，就從身後侍衛腰間拔出長刀，鏘一聲，寒光劃過，渾身迸發出凌厲氣勢，把刀直接架在小尼姑脖間。
刀刃鋒利無比，只要他輕輕轉動手腕，便能讓小尼姑血濺當場。
汪大海臉色突變。「公子，不可！」
但程行彧此刻除了雲岫，誰的話都聽不進去，被欺騙的痛意充斥著內心。
「說！人究竟被妳們藏去哪了？」
小尼姑身子顫巍巍的，但不知道就是不知道，出家人不打誑語，一聲「阿彌陀佛」後，竟然緊閉雙目，口中誦唸起經文。
這副不怕死的模樣令程行彧厭煩至極，握緊刀把的手指猛然收緊，當真以為他不敢殺人嗎?!
斷不能讓小公子揹上無辜性命！汪大海見情勢不對，要出手制止，一根棍棒卻從後面突然朝程行彧襲去。
程行彧聞風而動，臉色駭人，右手一揮，以迅雷不及掩耳之勢朝身後劈去。彈指工夫，那根棍棒已斷成兩截，掉在地上，發出沈悶的墜落聲。
「佛門重地，何人膽敢放肆！」嚴肅厚重的聲音響起。
閉眼不敢動彈的小尼姑睜開雙眼，眼睛濕漉漉地望過去。「師伯……」
跟在她身後的其他幾位小尼姑，指向程行彧，紛紛告狀。
「師伯，就是他帶人硬闖寮房。他們不顧勸阻，帶刀入寺，找不到人就脅迫師妹。」

汪大海見狀，心想事情越鬧越大，可不能再傷和氣了，畢竟曲瀲還要在寺中修行。臉上忙掛起歉意，態度誠懇地解釋。

「師太，我家公子尋人心切，絕非故意擅闖西苑寮房。昨夜留宿寺中的夫人不見了，惶惶不安之下，冒犯了諸位，老奴替我家公子賠不是。」

這位師太是個暴脾氣，更見不得寺中晚輩受人威脅，但汪大海誠心實意道歉，她不得不暫且壓下怒意。

「找不到，那就是她自己離去了，休要在此鬧事。煩請諸位立即離開青山寺，否則別怪貧尼不客氣。」

沒有找到人，如何能離去？汪大海自己也不願意。

「師太，我家夫人必定還在寺中，還請允准我們搜查寺院。」汪大海確信雲岫還在寺中，他安排侍衛從昨夜守到今早，十分肯定這期間未曾有人離寺。

一邊是帶刀侍衛，一邊是舉著棍棒的寺中人，雙方人馬對峙而立，互不相讓。

汪大海看著一位位小尼姑，腦海中忽然冒出一張臉，面色變得越發難看憋屈，萬般沒料到，居然有人在他眼皮子底下動手腳，他大意了！

他瞬間一改和善的態度，氣勢變得強硬尖銳，不再對眾人客氣，道：「這位師太，請將昨日在偏殿中發放雞毛筆的小師父找來，老朽有事相詢。」

程行彧倏然抬眼瞥向汪大海，寒聲質問。「昨日究竟還發生了什麼事？」

除了在寺後竹林裡的那段時間，他一直和雲岫在一起，並沒有發現任何端倪。她到底做了什麼，居然能從他們的眼皮子底下消失得無影無蹤。

汪大海心裡苦得似吃了黃連，責任全在他，但此時不是含糊其辭的時候，遂先道出內心猜測。

「夫人恐怕早與寺中師太相識。昨日在偏殿的小尼姑曾與夫人有過短暫交談，是老奴疏忽大意，被人群所隔時，並未立刻回到夫人身側，所以也未聽清她們的談論內容。」

那位小尼姑離去前，曾看了他一眼。當時以為是隨意一瞥，如今回想，怕是另含深意。

汪大海犀利的目光掃向為首的師太。「請師太把人找來，問一問便知。」

師太不肯，寺中人豈能隨意任他們使喚。「若貧尼不願，你等又當如何？」

汪大海擋在程行彧身前，做出一個手勢，所有侍衛隨即拔刀相向。

眾人劍拔弩張之際，聽見人群外傳來一道女聲。「我有信要轉交給這位男施主！」

如音手中高舉著一封信，越過眾人，來到師太身邊。

「師伯！」

「如音？」

「昨日有問題的小尼姑就是妳！」

三道聲音同時響起，一時間，所有人的目光都向如音匯集而去。

如音卻不以為意，平和地看向程行彧，雙手將信奉上。「楊施主昨夜已離寺。」

程行彧眸色變幻莫測，厲聲喝斥。「妳再說一遍?!」

「你們要找的人，昨夜便已不在寺中。楊施主託我把此信交給你，不得為難寺中眾人。是真是假，你看信便知。」

此時，如音也慶幸雲岫留了書信。要不然以今日這陣仗，事情恐怕難以善了。

程行彧抬手撥開擋在身前的汪大海，邁著沈重的步伐，一步一步走到如音面前。

他渾身彷彿積滿可怕的情緒，卻被他竭力壓制著，那氣勢令如音不由自主屏氣凝神，待他將手中書信取走後，才輕輕吐出一口氣。

程行彧顧不上在場之人，直接把信展開，瞧清上面的內容，控制不住地紅了眼。

阿彧，我已離去，勿為難青山寺的師太們。

五年一別，時移世異，我已不再是五年前的雲岫，不願再受繁文縟節束縛，也不想被困於高門後宅。我有了新的追求與抱負，願自強不息，此生也有所作為。

我於你情深未變，青州相逢亦有驚有喜，原想誆騙你跟我回家當贅婿的，但得知兄長身分後，自知你我身分懸殊，猶如天上鳥與海中魚，此舉便行不通了。你有你捨不掉的責任，我有我想追求的夙志，有緣無分，說的便是我們這般。

所以，請原諒我的不辭而別。往後餘生，祝你前程似錦，人發禎祥運，天開富貴花。珍重，雲岫留書。

「哈！哈哈！」程行彧啞笑數聲，想將書信撕得粉碎，又捨不得。

「公子？」汪大海滿含憂慮，他看不到信上內容，但見程行彧腮幫子緊咬的模樣，就知道絕不會是好消息。

程行彧笑完後，收好書信，下令讓侍衛收刀。

如音繃緊的肩背微微一鬆，正要和師太說話，卻見程行彧又轉身回來，步步逼近，臉色桀驁不馴，眼角之下一抹猩紅，目光冰冷如刀刃般刺向她。

程行彧氣勢駭人。「妳之前叫她什麼？楊施主？」

那種令她心顫不安的感覺又來了，渾身細毛登時豎起，如音心慌，卻一絲一毫都不敢表露在面上。

「那位施主姓楊，自然喚一聲楊施主。」

有什麼東西被他忽視了。程行彧抓住思緒中那抹一閃而過的可能。「妳與她認識！」

不是詢問，而是肯定。他被那封信擾亂心神，再想起方才汪大海的猜測，憬然有悟。

雲岫早有圖謀，青山寺眾人是幫凶。他把她帶到這裡，親手送走了她。

怪不得抗拒回京的她，態度忽然變得百依百順；怪不得她選擇留宿寺中，真是好算計！

那他呢？他究竟算什麼？憑什麼因為一封信，就放過這些幫凶！

程行彧眼底掠過一抹幽然神色，忽然低笑連連。

汪大海暗叫一聲不好，來不及出手制止，就見程行彧一把掐住如音的脖子。

如音腦袋一片空白，呼吸不暢，沒有掙開的半點可能。

程行彧力道不輕，令如音動彈不得，低沈的聲音裡，帶著讓眾人毛骨悚然的寒意。

「她怎麼出寺的？妳把她送到哪去了？」

「大膽！」誰都沒想到局勢會變成這樣，師太容不得寺中弟子受人欺負，拿過身旁弟子手中的竹棍，挺身而上。

眼見竹棍就要打到程行彧身上，汪大海急忙出手攔下，兩人開始過招。

程行彧頭都不偏，冷眼看著如音不撒手，口中繼續逼問。「說不說！」

「師姐，汪公公，快停手！」人未到，聲先到。

看見來人，汪大海和師太皆收了手。

師太被嚇到了。「你是太監？」

汪大海滿面歉意。「對不起。」

一群小尼姑全傻了。

「晏之，快鬆手，有話好說。」靜慈師太急奔而來，想把程行彧的手拉下，發現根本無法挪動半分，見如音臉色開始發白，怒道：「你這般掐她，讓她如何開口說話？快鬆開！」

昨日母子倆才促膝長談，得知程行彧已尋到所愛女子，今日會攜她來拜見，靜慈師太替他開心，一早便在竹屋等待。誰知沒等到人，卻等來他大鬧青山寺的消息。

程行彧聽到靜慈師太所言，輕輕卸下力道，沒有完全鬆手，態度一如先前那樣強硬。

「說！」
靜慈師太見狀，又去勸說如音。「如音，此人乃我……乃這位施主的妻子。妳放她離開，致人夫妻分離，還不快說出其中詳情。」
如果如音不是出家人，此刻定要翻個白眼，破口大罵。哪有人死掐著她，還要她說話的，即便她想說也開不了口啊！
她剛覺得脖頸處的力道鬆了兩分，急促呼吸緩解胸腹疼痛，卻又聽到靜慈師太所言，不由面色大變。
「是不是認錯了？楊施主明明是盤州樂平縣的喬家夫人，怎會是這位施主的夫人？」
若說之前程行彧只是怒氣填胸，想問出雲岫去處。此刻聞言，是真的生出殺人之心。
「妳在胡說八道什麼?!她與我的婚書乃當今天子親手刻的，怎麼可能另嫁他人！」
天子親刻的婚書？在場之人倒吸一口涼氣，此人青山寺惹不得啊。
這下，如音又被掐得眼前一片模糊，差點昏過去。
靜慈師太一巴掌抽到程行彧臉上，聲音響亮，立刻起了紅印。
趁他失神之際，汪大海趕緊上去把人拉下，勸解道：「公子，且聽她如何說。」
「晏之。」靜慈師太想觸摸他紅腫的臉，卻被程行彧側頭避開。
他凶狠地看向如音。「她是我的妻子，也只會是我的妻子。把妳知道的說出來，若有隱瞞，我必蕩平青山寺！」

所有人的目光集中到如音身上，眼見事情越來越亂，如音趕緊解釋。

「我只知道您找的那位施主名叫楊雲繡，是五年前到寺中避雨的路人。當年暴雨，他們曾在寺中住過一個月。我記得她，是因為青山寺的素齋方子是她給的，她夫君是住持唯一破例允准留宿的男施主。」

提及素食方子，方才持棍的師太也想起來了，見程行彧的臉色越來越黑，急忙反駁。

「不對，那人也是女子。那位男施主其實是女扮男裝，所以住持才讓他留下的。」

如音搖搖頭，不敢確定，那段時日她被派去雲水縣幫忙救濟婦人孩童，常常不在寺中，但對雲岫和喬長青印象深刻。

「但我記得，他們駕騾車送我回寺的時候，輪子陷入泥坑。那位男施主個子高壯，力氣還大，騾車是他推出來的。」

師太明白如音的意思，一般的女子確實沒有力氣能把騾車從泥坑裡推出來，但她仔細回想，斬釘截鐵地說出所知道的事。

「確實是兩位女子，其中一人懷有身孕，另外還有一個病重的男娃。他們要去盤州樂平，在青山寺住了一個月後才離開的。」

程行彧聽到師太的話，雙腿差點一軟，全靠汪大海扶著才沒有倒地，心卻越收越緊，充斥著喜與怨，憂與怕，顫聲問道：「是誰懷有身孕？」

是不是雲岫？她懷了他們的孩子？他當爹了?!

「貧尼記不清了，但能肯定的是，兩人都是女子。」青山寺不許男客留宿，便是住持破例也不行，所以她才想起這件事。

師太見程行彧心神已亂，大概猜到些許內情，只怕是如音好心辦了壞事，道：「如音，妳把女施主送去哪裡了？」

「楊施主是在昨夜寺門關閉後，從密道離開的，我把她送到快馬鏢局，就回來了，不知她是否還要回盤州樂平。」如音沒想到雲岫的身分會是假的，長嘆一聲後，對程行彧說：「這位施主，我知道的只有這些了。楊施主是我送走的，施主要怪罪，儘管衝著我來，不要牽連寺中無辜之人。」

一片寂靜，無人言語。

程行彧沈默半晌，沙啞話語從他喉間低低逸出。「海叔，我們走。」

靜慈師太眼角泛紅。「晏之！」

程行彧頓住腳步，片刻後，轉身向她告辭。「師太，保重。」頭也不回地離開青山寺。

興高采烈而來，憂心忡忡而歸。

汪大海心裡百般滋味不敢言說，看著程行彧孤寂的背影，更是唉聲嘆氣。

他們趕到快馬鏢局時，早已過了出鏢時辰，雲岫究竟去了哪兒，問也問不出，查也查不到，一行人只能回到驛站，重新籌劃。

天氣不好，雷雨陣陣，時晴又時陰，雲岫會被雨淋到嗎？

「暗查快馬鏢局，把我們的人安插進去，暫時按兵不動。」

滴答！一滴雨落在程行彧臉上，他用指腹擦去，收起心底萬千愁緒，心已謀定。

「海叔，我們啟程去盤州樂平。」

贅婿而已，怎知他當不得！

雲岫隨快馬鏢局出了青州後，換馬奔赴錦州。

她日夜兼程，哪怕腿根軟肉被磨紅，也不敢在路上多停留，就怕被程行彧發現追過來。

八月末，她終於風塵僕僕地來到錦州，距離她預計歸來的時間已晚了半月。

雖然沒趕上中秋宴，但能平安到達錦州蘭溪，她已心滿意足。

縉寧山位在蘭溪縣以東，那裡是一片小矮山，最高的那座，只需步行三個時辰便能登頂。山頂便是縉沅書院，是錦州享有盛譽的書院，也是南越招收女學生的五家書院之一。

她好幾日未曾好好休息，不急著上山，一路問人，總算找到自家在蘭溪置辦的宅子。

藍花楹樹下，白牆灰瓦的青磚小院，待明年春夏開花，紫色花瓣紛飛下，又是一幅詩情畫意之景。

她仰頭，看見小院門楣上方懸掛著一塊黑底金字的牌匾，上面是大大的雲府鎏金大字，輕嘆一聲。說了要寫喬府，喬長青又擅自更改。

雲岫身心疲憊，懶得再糾結，只想回家好好睡一覺，牽著馬上前拉住獅頭銅鑄門環，叩響大門。

「來了來了。」

一道渾厚的女聲傳來，令雲岫眉頭輕蹙，這聲音她沒聽過，很陌生。轉念一想，喬長青要帶安安和阿圓兩個孩子，恐怕分身乏術，多請一個嬸子幫忙，也是可能的。

思及兒子，雲岫臉上滿是暖洋洋的笑意。

嘎吱一聲，門從內被拉開。

身著水藍色羅裙的婦人探出半個身子，眼中浮現狐疑，隨即臉色微變，緊盯著來人細看，心裡暗驚。

「姑娘？」

真的太像了，但她還沒說出後半句話，就聽雲岫說道：「嬸子，我都有兩個孩子了，還叫什麼姑娘。喬長青呢？」

許靈秋即將脫口而出的話不得不嚥回去，穩住心神，又問道：「夫人找誰？」

雲岫以為這是喬長青新招的人手，不認識她也是正常的，解釋道：「找這家的主人喬長青，他不在家嗎？我是他夫人，今日才從外地回來，他去哪裡了？」

剛搬來的隔壁人家好像就是姓喬？原來是找錯門了。許靈秋告訴她。「這裡是雲府，不姓喬，夫人要找的喬家應該是隔壁院子。」

雲岫面上一陣窘意，真是尷尬，連自家家門都能找錯。

此時，她身後忽然傳來一聲清脆的叫喚。「岫岫！」

雲岫回眸一看，來人是喬長青。這下好了，跟著他就能找到家了。

喬長青來到她身邊，牽過韁繩，拉著她上下打量。「妳總算回來了，沒出什麼事吧？走，回去燒水洗澡，看妳這一身髒兮兮的樣子。」

雲岫身上確實黏糊糊的，有汗漬，還有塵土，她也想洗個澡再睡覺。

於是，她看向門後婦人，道：「嬸子，是我認錯了門，叨擾了。」說完，準備和喬長青回家，卻被叫住。

「夫人，且慢。」

許靈秋打開大門，邁下石階朝她走來。

「我瞧著夫人與我一位故人相似，敢問姑娘是哪裡人？」面貌相仿，也叫岫岫，容不得許靈秋多想。

這種類似的問話，喬長青與雲岫早就習以為常了，兩人神色不驚，喬長青更是怡然自若地代雲岫回答。

「嬸子，我夫人是越州人，前幾年也有人來問，都說她長得像某位貴人。但官府幾番查驗我們身分戶帖，確實長得相似而已。」

「是有幾分相似，不過年紀對不上，我那位故人若活到今年，也該有四十來歲了。剛剛夫人一回眸，神態真的太像了，才失言叫住您。」還沒摸清底細，萬不能驚動對方，許靈秋和藹可親地笑著說：「看樣子我們也是鄰居，以後有事少不得互相幫助。我姓許，你們叫我許嬤子就成。」

雲岫也客氣道：「許嬤子，我家剛剛搬到蘭溪，以後還需您多照拂。」

喬長青附和。「大家都是鄰居，以後來往的時候多著呢。我們剛搬來，待收拾好家中，再登門拜訪。今日我夫人剛剛歸家，認錯了門，著實不好意思，便不叨擾您了。」

「是是是，你看我，看見像故人的女子，就想多瞧兩眼。小夫人一身風塵，早些回家休息吧。」

「多謝許嬤子，我們先告辭了。」

許靈秋目送兩人往隔壁院子而去，那顆突突直跳的心卻一直沒有平復下來，準備回家寫密信，但腳步一頓，又猶豫起來。

她正是和汪大海一起出宮的許姑姑，程行彧所尋之人，她只看過畫像一次，從沒見過真人。若是找到人了，那是皆大歡喜；若是找錯人，小公子又要經歷一番低沈失意。

她思來想去，決定再觀察一段時日。既然喬家才剛搬來，應該不會立即搬走，她還有機會試出他們的身分。

第十六章

路上，雲岫跟喬長青說：「偌大一個雲府的牌子，還以為是我家，沒想到只是同姓。」

馬兒跟在兩人身側，馬蹄噠噠作響，喬長青無奈道：「妳一直叮囑我小心，不要張揚，我怎敢打造那麼大的牌匾，還毫不顧忌地用雲姓？」

旁邊就是他們家，沒幾步路，喬長青手指小牌匾，僅掛在牆上，大小只比成年男子手掌大兩圈，刻有「喬府」二字。

牌匾又小又薄，就算是阿圓也拿得動。

雲岫撫額失笑。「挺好。」

她和喬長青回到自己家，看著收拾乾淨的兩進小宅院，頓時不想再動彈。發現院中還擺放著一張搖搖椅，立刻躺了上去。

陽光透過藍花楹的枝葉照下，斑駁光影落在她臉上，也不覺刺眼，晃著晃著真是舒服。

她半瞇著眼問：「安安和阿圓呢？」

喬長青把馬安頓好，回道：「都在縉寧山唐大夫家。安安已經開始泡藥浴了，阿圓陪著他，不願跟我回來。」

她忙進忙出的，搬來柴火，準備替雲岫燒熱水。「錦州的快馬鏢局裡也一堆事，我不方便帶著阿圓在人多眼雜的地方忙。他們兄弟倆做個伴也好，這幾年從沒分開過，分開了反而互相惦記。妳呢？原本說最晚八月初就能回來，怎麼晚了這麼多天？」

嘩啦啦，一桶又一桶的清水被喬長青倒入大鍋中，準備燒熱。

「我在青州遇到阿圓他爹，誤了回程。」不知是哪句話撥動了雲岫的心弦，猛然坐直身子，搖搖椅也停下來。「喬爺，隔壁的許嬸子是蘭溪人嗎？還是和我們一樣，最近才搬來的？」平時她也如鏢局的人一樣，喊喬長青為喬爺。

不怪她如驚弓之鳥，實在是程行彧的手段太多，一路被查得心驚膽戰，就怕隔壁也是狗男人給她下的套。

青州一行，得知不少秘密，但光天子表弟這層身分就令她心生退意。本想抓程行彧來當上門女婿的想法，也不得不落空。

唉，好吃的男色吃不到了，可惜！

喬長青把乾淨衣物找出來，放在新蓋的浴室裡，又準備好帕子、香皂等各種用得到的沐浴之物。

她看著突然呆坐在院中的雲岫，自然明白雲岫在擔心什麼，安撫道：「放心，當初我買宅子的時候就打聽好了，相鄰人家裡沒有生面孔，都是住了很多年的當地人。隔壁那位許嬸子的主家，雖然不是蘭溪人，但五年前就搬來住下。妳的老相好應該沒有能力未卜先知，早早安排人過來守著吧。」

她與雲岫搭夥過日子，彼此的那些秘密往事，都是知根知底的。再者，五年相持相守，她們之間的情感早已超越搭檔，用情同手足來說也不為過。

雲岫挺直的身子又軟乎乎地躺回去。「妳說得也有道理，如果他能料事如神，又怎麼會讓我輕易逃脫。」

熱水還在燒，喬長青突然蹲在雲岫身邊，一副感興趣，想聽八卦的模樣。

「妳的老相好還對妳念念不忘，那妳就沒有什麼想法？不想再續前緣？」

雲岫睨她一眼，自然是想，但是和德清帝搶人，她搶不過啊，頗為可惜地搖搖頭。

「想，但是不行。」

喬長青一臉不懂。「此話何解？」

雲岫閉目養神，但狗男人英姿勃發的模樣總是在腦海裡浮現，想忘都忘不掉，悶聲說道：「我不想再嫁他，只想招他為婿。」

幸好現在沒喝水、沒吃東西，要不會被嗆死。

喬長青支支吾吾地低聲道：「我記得，妳家那位好像身分不低吧？那有沒有別的辦法？比如，妳好好在縉沅書院當夫子，成為一代大儒，然後收了他。又或者，我們努力賺錢，高價聘請高手，把他綁過來？」

雲岫被喬長青逗得笑語不停，果真是近朱者赤，近墨者黑，喬長青和她在一起久了，說話跟行事之風頗像後世那一套。

思緒萬千，她忽然感慨道：「我原先也有這種想法，但青州再遇後，便不可能了。」

喬長青還以為兩人能有個圓滿結果，但看雲岫也無能為力，更何況是她，努了努嘴，不無可惜。

「準備去洗澡吧。」她推了推搖搖椅上的人。

沒贅婿就沒贅婿，雲岫還有她，還有阿圓和安安。

古代騎馬可比後世開車更加累人，哪怕雲岫選擇水陸交替而行，都覺得渾身痠痛，恨不得在床上躺上半個月。但她太思念她家阿圓，第二天大清早便要去縉沅書院。

縉沅書院依縉寧山而建，上山得走三個時辰的山路，騎馬也不止一個時辰。因此，雲岫內心是非常抗拒的，要不是自家胖兒子在山上，她一定要再緩兩天才上去。

初來錦州，鏢局裡的事情又多又雜，喬長青只能把雲岫送到山腳，拉著轡繩，又問了一句。「真的還要騎馬上山啊？」

雲岫的大腿內側已經磨得破皮，與其再磨三個時辰走上去，不如騎馬。

「妳在馬鞍處墊了軟布，舒服多了，沒有大礙。我這次上山，沒有個把月是不會輕易下來的，如果有事，妳就只能上來找我們了。」

一來是因為她答應縉沅書院授課的日子已經晚了好幾天，不好再厚著臉皮請假；二來，上山下山的路程雖不遠，但是對於她這種大腿內側有擦傷的「半傷患」來說，還是老實一段日子，把傷養好吧。

「當然是我來啊。儘管安心待在山上，妳和孩子們的衣物用品，我都準備齊全放在夫子小院了。等我忙完這幾日，就來找你們。」

兩人正說著話，便看見有不少人朝山上而去。

喬長青想起這兩日的書院比試，扯了扯雲岫的裙角，低聲說道：「忘了提醒妳，因縉沅書院招收女學子的緣故，集賢書院向縉沅書院下了拜帖，對外雖說是書院間共同舉辦會講，要交流論辯，但實際目的是反對縉沅書院招收女子。妳……」

感覺似乎不好形容，喬長青換了個說詞。「妳過目不忘的天賦，還是先別張揚。」

雲岫不太贊同，伏低身子反問她。「然後他們就會發現縉沅書院不僅招收女弟子，還有女夫子，妳不覺得這是我打響名聲的絕佳機會嗎？」

那場面一定精彩絕倫，喬長青嘖嘖兩聲。「那妳不藏了？」

雲岫眼底流光溢彩，語氣自信而堅定。「藏？以前是不合時宜，妳我無財無勢，所以才要低調行事。現在嘛，有財可保小事無礙，再去賺個好名聲，才能保大事無憂。若是我有學生千萬萬，桃李天下時，就算有人要動我們，也不得不權衡利弊一番。」

「那妳不怕妳的老相好找過來？」

「我在山上書院多與學生打交道，很少會遇到官府搜查。再者，他找的是雲岫，我又沒打算用真名，到時候取個別號就行。」

喬長青對她拱手，稱讚道：「真不愧是我的夫人，果然機敏聰慧呀。」

雲岫被她此舉逗樂，也不甘示弱。「真是我的喬爺啊，幸得您讚許支持。」

兩人相視而笑，一切盡在不言中。

喬長青回快馬鏢局，雲岫騎馬上山。

一路上不乏結伴而行的學子，頭戴儒巾，身著靛青色襴衫與黑色布鞋，應當就是喬長青口中所言的集賢書院學生。

雲岫騎馬而行，偶爾有人斜眼而視，雖然沒有口出惡言，但臉上的鄙夷不屑仍是一覽無遺。她已有感，這次書院論辯會講不簡單。

行至縉沅書院石牌坊時，已經有縉沅學子在此處接待，身上皆穿著紫色襴衫，顯而易見的藍花楹色調。

「姑娘，之後的路程不能騎馬了，需要步行前往書院。您可以把馬牽到一旁馬廄，那裡有清水和乾草伺候，還有專人照看。等您下山時，再來牽走即可。」說話的學子年紀不大，口齒清晰，又有禮相待。

雲岫看著石牌坊後面的兩條岔路，下馬問他。「我要去後山的唐家藥廬，馬匹也是留在此處馬棚嗎？」

原來是尋藥的，紫衣學子若有所思後，溫聲解釋。「倒也不是，去書院論辯需往右邊山路而去，若是上後山藥廬，則走左側山路，可騎馬前往，行至盡頭即是。但姑娘不是來縉沅觀摩會講論辯的？」

「暫時還不是。我要先去拜訪唐家，多謝小郎君。」雲岫重新上馬，朝左側山路而去。

暫時？紫衣學子撓撓頭，不甚明白，但聽她要去後山藥廬，還是予以放行。

大概是雲岫以女子身分騎馬上山，還直接越過石牌坊，引來了他人不忿。論辯尚未開始，就有人嘟囔難聽之言，意要為難牌坊下的縉沅學子。

「喂，不是說書院內禁止策馬嗎，怎麼那個女的能騎馬上山？」

「我們遠道而來，沒想到你們縉沅如此區別待客。」

「就是，我們男子都要走路，女子怎麼能騎馬上山？」

「對啊，就算要騎馬，也該是我們男子騎。再不濟，也要用你們縉沅所謂的公平而論，男女皆可，怎麼就讓她騎？」

見有人起鬨，縉沅書院的學子也不慌亂，解釋道：「那位姑娘是來此地問藥，非我縉沅學子，所去之地也非縉沅書院，何以用書院章則約束。」

大概是這幾日沒少見這種情況，有沈不住心氣的學子諷刺道：「諸位學友若要進縉沅，便往這邊步行而去。若不願遵守書院章則，還請儘早下山吧。」

講學論辯尚未開始，更沒論出個名堂，誰願意下山？

被人簇擁的集賢學子聽了縉沅學子所言，扇子一搖，見風使舵道：「原來如此，那是我等狹隘了，失敬失敬。」

縉沅學子也不甘示弱，面上掛著笑。「哪裡哪裡，學友請。」

等他們一行人離去後，石牌坊下的學子才抱怨道：「這集賢書院不過是一家籍籍無名的小書院，竟如此狂妄自大。」

「注意言詞，書院已開始招收女學子，免不得招人說長道短。我們只管做好分內之事，莫給書院添麻煩。」

「集賢書院想踩著縉沅追逐聲望名利，也得看看有沒有這個本事。」

「是也。」

不久後，又來一波人，紫衣學子們再次迎了過去。

雲岫順著山路而行，從石板路到碎石路，小路越來越窄，走到道路盡頭，才看見一座院子。

唐家，終於到了。

「唐小鳥！」雲岫看見籬笆牆內正彎著身子忙碌的唐晴鳶，當即下馬高聲大喊，整個人洋溢著激動與喜悅。一年未見，她也十分想念這位知己。

林間鳥被驚到，紛紛振翅而飛。

唐家院子大門一開，她家胖兒子東倒西歪地直衝她而來，口中嗷嗷叫喚著。一名紅衣女子跟在他身後，面容清麗，正是唐晴鳶。

「娘啊，妳終於回來了，嗚嗚～～」

雲岫蹲下身，一手攬住阿圓，抱了個滿懷。這小東西，真是她的心肝寶貝，任由他環著脖子，賴在身上不下來。

雲岫笑著嫌棄道：「阿圓，你又長胖了，是背著娘偷偷吃了多少好東西？」

小傢伙立刻氣哼哼的反駁。「沒有，阿圓是長高、長大了，娘可以問姨姨的。」

雲岫抱著他起身，看向唐晴鳶，笑容滿面，語氣愜意自在。「好久不見啊，唐小鳥。」

唐晴鳶掐著腰，氣呼呼地齜牙咧嘴。「雲小岫，妳晚了半個月！」

雲岫故意撇嘴逗她。「是晚了幾日，但妳如此嫌棄我，那全冊的《藥典圖鑑》還要不要了？」

「當真全背下來了？」

「妳說呢？」

唐晴鳶滿心期待，神情越發生動，就差猥瑣地搓手了。「來來來，快到屋內歇息，路途遙遠，一路上不容易。」像是才剛看見她身後的馬匹似的，又巴結著笑道：「哎呀呀，騎馬而來，怕是渾身上下痠痛不止，不如我幫妳疏經活絡，舒緩舒緩？」

見唐晴鳶一副討好模樣，雲岫可不願就此放過她，得了便宜還賣乖。

「八月了，縉寧山上應該出蕈子了吧？」

兩人相熟，打的什麼注意，大家心知肚明，唐晴鳶應下。「今晚就吃蕈菇火鍋！我娘養的山林雞，肉質緊實噴香，各種鮮蕈風味獨特，還有新鮮蔬菜。再配上冰鎮過後的青梅酒，喬夫人可滿意？」

聽著懷中阿圓嘸口水的聲音，哪怕雲岫還想再裝模作樣，也難了。

「尚可。暫且如此，先進去吧。」

「是是是，喬夫人請。」

雲岫笑意不止，抱著阿圓進了唐家小院，望著隨處栽種的藥材，不解地問：「既然縉寧山全是妳家的，為何還要分兩條路進山？」

「哦，妳在石牌坊下遇到縉沅學子了吧？」唐晴鳶走在前頭，解釋道：「我爺爺是縉沅書院山長，他老人家生了兩個兒子，一個是我爹，一個是我二叔。本來按規矩，在爺爺之後，應該是由我爹繼承山長之職，但我爹年少外出遊學時，被我娘迷了眼，好好一文人跟著我外公學醫去了，從此醉心醫藥，再無塾師之心。因此，我爺爺只能把山長之位傳給二叔。

「起初，一家人都住在書院裡，但我爹的藥草越種越多，又聲名遠播，有不少病患上山問診求藥，待在書院多有不便，就決定搬到後山。這樣，一家人還在一起，卻不影響書院學子求學。

「對了，妳的夫子小院已灑掃乾淨，後邊藥田有條小路，步行一刻鐘，便通往書院齋舍。念妳不喜人多，我也想離妳近些，才擅自把妳的小院安排在藥廬和齋舍之間。」

雲岫對此安排沒什麼意見，正合她意。「我很喜歡。安安在妳這裡泡藥浴，我少不得要經常過來。再者，若是騎馬，還能把馬留在妳這裡，省得我還要從石牌坊步行至書院。」

唐晴鳶心想，好友不辭辛苦，遠道而來，受她之邀到書院開班授課。如果安排不妥，那她才是有失禮節，招待不周。

見雲岫認可她的安排，唐晴鳶樂得喜上眉梢，嘻笑著回應。「是的是的，這樣很方便，要是妳不想吃書院食堂的飯食，還可以來我這裡開小灶。當然，食材全由我提供，只是少不得要勞妳親自動手。」

醉翁之意不在酒，讓雲岫順便為她開小灶，才是她的真正用意。

兩年前，她曾隨父親去盤州拜訪羅師叔，精研醫術，因而有幸結識雲岫和喬長青。那日，恰逢羅師叔與羅師母到喬府做客，她受邀一起赴宴。在安安的生辰宴上，她第一次吃到一種名叫蛋糕的點心，還有許多她不曾聽過，更不曾見過的菜餚，至今深刻不忘。

如今喬家遷家至錦州，她便有了蹭飯之機。

不過，雲岫還沒安頓下來，她就惦念人家的手藝，也挺不好意思的，又補充道：「我在縉寧山算是個小頭頭，有什麼事，妳儘管吩咐就是。即便我辦不成，我家也能辦成的。」

雲岫忍俊不禁，但有靠山，誰不會靠，何況這是她的好友。「知道了，唐小鳥。」

阿圓確實重了不少，抱了一陣子，雲岫便臂瘐乏力，只能把他放在地上，牽著他。

「阿圓，看看你的小圓肚，你要多跑多動啊。」

阿圓吃得比安安多，又喜歡整日黏著安安，多吃少動，怎麼可以呢？

阿圓想吸氣收小肚子，卻紋絲不動，老聲老氣地嘆了一聲。「岫岫，阿圓每日都有跑動的，幫爺爺拔草，追了小兔子，還養了小白。」

唐晴鳶也在一旁心疼反駁。「阿圓不胖，明明是妳力氣小抱不動，怎能怪他。你們母子許久未見，難不成還不許阿圓長壯了。」牽過阿圓的另一隻手。「你說是不是？阿圓。」

阿圓小雞啄米似的點頭。「就是。」

雲岫失笑，兩人統一戰線，敢情還是她這個做娘的不對了。「行行行，是娘錯怪你了。」但還是要剋扣一半零食。

看過阿圓，雲岫又問起喬今安。「安安呢？」

「和我爹去巡藥田了，安安的身子還是要適當活動才好。妳放心，有我爹娘在，不會有事的。」

唐晴鳶領著人來到廂房，安排雲岫躺在軟榻上，又去找了金針。

雲岫看這陣仗，像是要施針，急道：「妳不幫我按摩緩解，而是要扎針啊！」

唐晴鳶拿來金針，瞅她一眼。「妳看看妳眼下那片青紫。聽我的，扎針更快，保證一套針灸下來，疲憊盡消，一覺醒來神清氣爽。」

阿圓又點著小腦袋附和唐晴鳶的話。「就是就是。」

雲岫看著他，忍不住在他小肚子上輕輕戳了一下。「小胖子，應聲蟲。」又問：「安安的藥浴效果如何？能把毒解了嗎？」

唐晴鳶搬來矮凳，坐到軟榻旁，替雲岫診完脈後，回道：「有所緩解。我爹覺得有點像寒泗水，可又和安安的中毒時間對不上。」

第二次聽到寒泗水，雲岫覺得，喬今安中的毒應該就是它了。

「妳在青州參加胡椒花大賽時，沒見到藥典閣的主人？」

提到此事，唐晴鳶便氣呼呼。「沒有，特地去拜訪也沒見到，那老頭脾氣古怪得很。」

古怪嗎？好像和一般老頭差不多。

「那我有個消息要告訴妳，這位古怪的老頭，今年年底會來縉寧山，為安安看病。」雲岫說完，發現唐晴鳶手中的金針突然顫個不停，身子一個激靈。「唐小鳥，針拿好，妳可不要扎錯地方。」

「妳，妳……」唐晴鳶語無倫次了。

看著她的樣子，雲岫無奈笑道：「別妳妳妳的，典閣主與我有約，一定會來。好好準備吧，唐大夫。」

唐晴鳶只差沒有感恩涕零了。典閣主是藥典閣的主人，能得他指點，足以讓她醫術更上一層。早知道，她就和雲岫一起去青州。

「別人是碰運氣，妳是運氣碰妳，真是羨慕死我也。」

雲岫躺在軟榻上，昏昏欲睡，但笑不語，大概是一種名叫穿越光環的好運吧，哈哈。

第十七章

待雲岫清醒過來時，已是午後，暑氣漸消。

她聽見屋外傳來的說話聲，微微睜開眼睛，就和一對綠豆大的小黑眼睛對上，差點以為有隻白老鼠趴在她胸前。

雲岫驚得縱身而起，胸前的小東西也因此掉落在軟榻上，立刻蜷縮成小小的一團，像個刺毛球似的。

她仔細一瞧，才發現，這哪裡是老鼠，明明是一隻拳頭大的小刺蝟，還是隻白化刺蝟。除了眼睛，全身通白。

刺蝟受到驚嚇，抱住頭和四肢，渾身豎起棘刺。不過，牠是隻幼崽，刺還沒長尖利。

這就是阿圓口中的小白？不是她以為的小白狗或小白兔？

雲岫把白刺蝟捧在手心，朝房外走去。

兩個孩子待在院子裡，翹著屁股，彎腰看人清洗山雞。

正在洗蘑菇的唐晴鳶看見雲岫的身影，開心喊道：「雲小岫，妳醒啦？感覺如何？」

「甚好。如妳所說，神清氣爽，一身輕鬆。」

喬今安聽到聲音，轉身朝身後看，立時像顆小炮彈似的往雲岫襲去，抱著雲岫的腿，嚶嚶哭泣起來。

「娘，安安好想妳。」

「不哭不哭，娘不是回來了嘛。」

因為生病的緣故，喬今安細膩敏感，不像阿圓大大咧咧，幾句話就能哄好。雲岫蹲下身子，抱住他，溫柔道：「安安真厲害，娘不在的這些日子，把自己和弟弟照顧得好好的。」

懷中抽噎聲不停，雲岫耐心等喬今安把情緒發洩出來。

「娘還走嗎？」

「不走了，以後都要陪著家裡的兩個小寶貝。」

雲岫一手捧著小刺蝟、一手輕輕拍著喬今安的背，等他緩過來後，才對阿圓道：「阿圓，你的小白還要不要？」

「要！」阿圓聲音響亮，從雲岫手裡接過小刺蝟。

大概是聞到主人的氣味，蜷縮成團的小白慢慢舒展身姿。阿圓把牠往肩上一送，竟然乖乖地趴在他肩頭上，不會掉，還不會亂跑。

正在處理雞肉的唐夫人瞧著兩個孩子圍繞在雲岫膝下，沒好氣地喝了閨女一聲。「沒大沒小的，楊夫子比妳年長，怎麼能那樣稱呼。」

「娘，那是我們之間特有的稱呼方式，您不懂，您可以直呼她雲岫的。」一開始，她也不太懂，但比起唐晴鳶，她更喜歡雲岫叫她唐小鳥，總有種親切自在的感覺。

雲岫朝唐夫人行禮。「伯母好。」她是第一次見到唐夫人，雖一身粗布，但整個人精神矍鑠，幹活動作俐落，應當是個乾脆果斷的人。

唐夫人也暗自欣賞雲岫，不卑不亢，眼神清明乾淨，應當是個直爽了當的小姑娘，點頭應下後，又和藹道：「今晚吃雜蕈鍋，有忌口否？」

雲岫搬來一張小木凳，和她們坐在一起處理食材，溫聲回話。「謝謝伯母關懷，我不忌口的。之前就聽晴鳶說，縉寧山雨季盛產蕈菇，一直想嘗試。青州偏遠，只能吃到乾蕈，總覺得缺少一股鮮的滋味，今日倒是滿足口腹之欲了。」

藥廬許久沒有這麼熱鬧了，唐夫人對雲岫印象不錯，有來有往地聊起家常。「現在八月，若妳喜歡，還能吃上兩個月。縉寧山就蕈菇多，等到書院休沐，讓晴鳶帶妳去山裡採。」

「是啊，除了採蕈子，還能撿栗子、摘果子，山裡可好玩了。安安，阿圓，你們說是不是？」唐晴鳶還不忘拉上兩個小的。

兩個孩子開心應道：「是，好玩！」

看來，這段時日他們沒少在山林裡瘋跑，連喬今安的臉色都紅潤不少。

「這些日子，煩勞伯母和伯父照顧兩個孩子了。」雲岫也幫忙清洗蕈子上的泥土。

唐夫人看見她的動作，低頭笑道：「妳、長青與晴鳶既是知己好友，便要相互幫扶，哪裡煩勞不煩勞的。再如此生疏，伯母就要生氣了。」

三人一邊處理食材、一邊聊天，兩個孩子在一旁嬉鬧玩耍。

整整一大盆蕈菇、兩隻山雞，還有各種蔬菜，足夠他們享用了。

唐晴鳶湊到雲岫身邊低語。「薑、蔥、蒜、芫荽、辣椒、腐乳等物，我都準備妥當了，但我有一要求。」

雲岫哪能不知道唐晴鳶的小心思，眨眼應下。「懂，我來調。」

雞肉早已切塊燉上，滿院飄香，要上桌前再把蕈子倒入鍋中煮沸，才能保持鮮美，不至於因為提前熬煮，讓味道被雞湯掩蓋。

刺蝟嗅覺靈敏，小白大概也聞到了，雖然還安分地待在阿圓手裡，鼻頭卻聳動不停。

「阿圓，你從哪裡找來小刺蝟的？為什麼沒有放歸山林？」

阿圓靠在雲岫身旁，嘟囔道：「牠娘不要牠了，我要牠，我養牠。岫岫，我可以養吧？」怕雲岫不讓他養，聲音有些低沈。「是之前下雨在田裡看見的，白白的，我一眼就看見。岫岫，我有把牠送回去，但是沒有其他刺蝟回來找牠。小白沒有家，那就可以是我家的。」

唐晴鳶聽阿圓說不全，替他解釋。「他們在藥田裡發現了一窩刺蝟，每天都去看。前幾日，那窩刺蝟走了，只留下這一隻。起初以為母刺蝟會回來，就沒動牠，但是隔了兩日，這隻白刺蝟都餓得奄奄一息了，母刺蝟還是沒有回來，我才讓阿圓帶回家養。」

這隻刺蝟也挺稀奇，明明她也給牠餵食餵水了，卻最黏阿圓。

雲岫看著這隻通體純白的刺蝟，猜測應該是白化了，才被拋棄。若強制放回山林，反而會讓牠成為其他動物的口糧，不如讓阿圓養著。

有寵物陪伴孩子一起成長，也能讓他們學會照顧小動物，有愛心，懂責任。

「那你要好好照顧小白，包括但不限於餵食餵水跟洗澡哦。」

阿圓開心，笑得眼睛都瞇成縫了，露出小白牙。「謝謝岫岫。」

三大兩小排排坐，手裡捧茶的、嗑瓜子的、玩刺蝟的，等著唐大夫回來一起用膳。

夕陽西落，夜幕降臨，院中剛掛起燈籠時，人終於回來了，卻是兩人同行。

「爹，二叔。」

「大爺爺，二爺爺。」

雲岫本想第二日再去拜見唐山長的，沒想到他今晚突然上門。雖然因阿圓和安安的稱呼愣怔片刻，但還是很快反應過來，一同上前。

經過一下午的相處，唐夫人很喜歡雲岫，拉著她就向兩人介紹。

唐硯辭與唐硯淰面容相仿，但膚色大不相同，一人黝黑，一看就是勞作於藥田間的大哥；一人白淨，顯然是坐鎮於書院的二弟。

「唐伯父，唐山長。」

唐硯淰面上蓄著鬍鬚，一身文儒氣質，定睛看著雲岫，忽而大笑。「久仰大名，不知喬夫人青州一行，書背得如何？」

為舉薦一人入書院為夫子，姪女唐晴鳶喋喋不休纏他數月，對此女誇讚不絕，說她不僅識文斷字，亦有過目不忘之能，靈心慧性，高才遠識……聽得唐硯淰耳朵都起繭子了。但最終讓他有意延請雲岫的原因是，聲名大噪的快馬鏢局，極有可能真是由她創設的。

去年他帶書院學子下山遊學，曾見識過一場快馬鏢局的「招聘會」，裡面頗有門道。鏢局招人，不限男女之別，只要有意願都可報名。通過考核與招工培訓後，便能上任。會識字書寫的人可以當文書；善炊者可做廚子；不識字又年紀大的，只要願意，也可在鏢局幹些打掃活計。除此之外，還有裝卸、跑腿等差事。

不看重家族、出身，招用的人皆因其材以取之，審其能以任之。用其所長，掩其所短。這種識人、斷人、用人的方式，看似前所未聞，但其中又有理可循，於鏢局和雇工都大有裨益。更重要的是，與當今皇帝施行的新政似乎同聲相應。

前幾日，喬長青送孩子上山時，兩人曾小聊片刻，飲茶三盞，他有七分把握能斷定，雲岫應如他心中猜想那般有本事。

不管是巧合，還是雲岫於朝堂有著非比常人的敏銳，她既有才且意入縉沅，而縉沅也開始招收女弟子，那麼自可入書院育人，傳她之所才，授她之所道。

若與他所想有違，以她過目不忘的本領，也能教授學子帖經。

雲岫面上微笑不改，自然察覺其意。唐山長對她的稱呼是喬夫人，而不是楊夫子。

唐晴鳶心頭急得火燒火燎，關於她舉薦好友入書院當夫子的事，明明是半年前就說好的，也再三確認了，二叔為什麼臨時變卦？這麼稱呼人，明顯是不認可雲岫的夫子身分。

她面色不安，被唐夫人看在眼裡，道：「二弟，不如用飯後再詳談。」

自家老妻都開口相勸了，唐大夫不敢再跟著試探，一副和事佬的模樣。「我好像聞到雞湯的味道了，先吃飯吧。」

「岫岫……」唐晴鳶看向雲岫，眼中焦急越顯，她是真的不知道為什麼會這樣。

雲岫朝她輕輕頷首，示意無事。

整座縉寧山，整個縉沅書院，與她相熟相知的僅唐晴鳶一人。好友舉薦她入書院為夫子，已是盡心盡力，她感懷於心。

撇開她倆的關係，單是聘任夫子一事，若按正常規矩來，應該有諸多考核，經過層層選拔，確認其才學、性格、長短及授學科目後，才能留任。

身為山長，要為書院負責，要為學子負責。而雲岫對唐硯淰而言，不曾打過照面，也不曾深入交流，所以他有自己的考量，也是應該的。

雲岫想憑自己的實力，堂堂正正地拿到夫子身分，毫不怯場，與唐硯淰四目相視，眸中一片坦然。

「背得尚可，已記下藥典閣二十之一二。」

唐晴鳶聽了，只差沒鼓掌慶祝了。唐家夫婦和唐硯淰也難掩驚訝，弄不清這說詞究竟是真的還是假的。
唐家兄弟擠眉弄眼，使起旁人看不懂的眼色。
唐硯滄：你曾去過藥典閣，憑她一人，真能記下那些？
唐硯辭：不知道，但我記不下。
唐硯滄：她當真過目不忘？
唐硯辭：不知道，但晴鳶說她可以。
唐硯滄攢眉蹙額，臉上滿是自家大哥為何什麼都不知道的嫌棄。
雲岫把兩人的神色看在眼裡，等他們動作停歇後，才微笑著說：「藥典雖記下，但即便我全數背誦出來，也不能核實內容的真偽。所以……」
她說到一半，語氣停頓，正想賣個關子引出後話，卻猛然被激動而亢奮的唐晴鳶抱住。
「雲小岫，我絕對信任妳啊！不必再查了，妳什麼時候把那些藥典抄給我？」
雲岫心中輕嘆一聲。罷了，不裝也罷。
「唐小鳥，妳暫且鬆手。」
唐夫人心思細，上前拉開女兒。「妳別添亂，讓雲岫把話說完。」
唐晴鳶不好意思地咧嘴一笑，她是高興極了。
雲岫朝唐夫人投去感激的目光，轉而看向唐硯滄，侃侃而談，引出後話。
「所以，不如當場考核。我推測，晴鳶應該曾向山長提過我的過目不忘，這是晴鳶舉薦我的理由之一，也是我能成為縉沅夫子的主要緣故。」

唐硯淰點頭，暗中讚許。心思通透，虛懷若谷，還通情達理，確實不錯。她的那些特殊之才，今日不便細究，但記性究竟如何，確實可以先探一探。

「如此，那妳可願接受我的考核？」

雲岫等的就是這句話，雙手一拱，彎腰行禮，鄭重說道：「請山長考核。」

唐硯淰虛托一把，待她站直身子後，從懷中掏出一本清冊，笑咪咪地遞給雲岫。

「這是書院今日重新整理撰寫的學子名冊，妳成為夫子，應當記得每位學子的姓名、成績、長短。這就是妳的考核，請。」

雲岫雙手接過，冊子不大，卻有兩指厚。翻開後，裡面所有內容皆用蠅頭小楷書記，名錄訊息並不少。

天色已暗，眾人還未用膳，就算大人挺得住，兩個孩子只喝了一點雞湯，根本忍不了。

唐夫人站出來打圓場。「先用飯，吃完再看。」又使喚唐晴鳶幫忙把小火爐、鍋子、碗筷、蘸料等器物和食材搬到院裡的小亭子中。

四周掛上了燈籠，燈火通明。

唐晴鳶和唐夫人正在擺放碗筷與蘸料，安安和阿圓坐在雲岫的一左一右。唐大夫和唐山長坐在雲岫對面，看似在飲茶，眼神卻時不時往她這邊掃來。

蕈子放入雞湯中，還需要熬煮一刻鐘，此刻鍋中正發出咕嚕咕嚕的沸騰聲。

蕈子和野雞相互融合的香氣已被激發，如此美味可要用心品嚐，若心中有所牽絆，亦會影響品鑑口感。

所以，一刻鐘的時間足矣。

等唐晴鳶在喬今安身邊坐下時，雲岫朝她頷首一笑。「晴鳶，幫我照看孩子片刻，小心火爐及熱湯。」

唐晴鳶反應不及，雲岫又對她眨眨眼，她頓時會意，重重點頭，表示知曉了，心中充滿豪氣與驕傲。

雲小岫不露一手，你們都不願相信的，是吧？嗯哼，走著瞧。

那副洋洋得意的模樣生怕別人看不見，唐硯淴含笑不語，啜一口茶湯，任茶湯在口中翻滾，感受其滋味。

除了鍋裡的咕嚕聲，藥廬一片安靜，連阿圓也不鬧騰，抱著小白，小胖手上下來回地替牠順刺。

一刻鐘的時間不長，連兩盞茶的工夫都不到。

雲岫使用圖像記憶法，把冊子上的名錄訊息，以圖像的形式默記於腦海裡。

因此，她翻得極快，讓唐硯淴看得喝完了茶水都忘記再續，看著她似翻書一般把這本冊子翻完，然後那冊子又回到他手中。

蕈子未煮熟，她就已經背完了？

「請山長考核。」雲岫相信唐晴鳶，也願意展示她的誠意。她是真心實意想成為縉沅書院的女夫子，才會正大光明地在他們眼前速記，接受所謂的「考核」。

唐硯淰清咳兩聲，掩飾心中驚詫，隨意翻開冊子一頁，道：「便從學子申奇開始吧。」

雲岫語速不緊不慢，像是誦讀一般，背出那一頁所記內容。

「申奇，柳州金水縣人，年十三，性喜動，外舍學子。上學年課考為乙二等，不善策問，專長詩詞歌賦。」

學子讀書，有人識字明理即可，有人卻是為了入世做官。就以這位學子來看，如果他在三年內於策問上沒有開竅，便不適合走為官之路，要麼回家繼承家業，要麼得另尋生計。

若她為夫子，倒是還能為這人再指一條路。

「學子王朔鐸。」

「王朔鐸，錦州孟縣人，年十四，性平，上舍學子。上學年課考為甲三等，善辯，善書，書法小有所成。」

「學子林岑雪。」

「林岑雪，錦州蘭溪人，年十三，性靜，新進學子。」

唐硯淰翻開冊子，隨意挑選十餘人抽問，她卻背得一字不差。

他的心已落定，此人縉沅書院必招之。

清冊被他合攏收起，雲岫見狀，輕笑反問。「山長只考核這幾人嗎？」

「足矣。」真如唐晴鳶所說，若錯過此人，他定一生懊悔，又溫和笑問：「楊夫子何日開始到書院授課？又打算教授哪一門學科？墨義、帖經？策問、詩賦？」

以他所見，雲岫最適合去教授帖經。從經書中任意選取一頁，取一節，取一句，她都能立即找到其出處與前後文。

偏偏雲岫行事就愛劍走偏鋒，出人意料。「我想開設一門課程，名為『職業規劃與就業指導』。」

職業？就業？不只唐硯淰沒轉過來，連唐晴鳶也是第一次聽到這兩個詞。

但聽不懂才是正常的，所以她才要引入這門課程，又賣了個關子。「山長，此事說來話長，不如飯後細聊？」

蕈菇火鍋的香味讓她心神蕩漾，實在是有些忍不住了。

「行啦，先用膳。諸事飯後再議，不得抗駁。」有客到訪，吃頓飯不僅要等人，還要被考核，唐夫人已對唐家兄弟頗有微詞，只是礙於情面，沒有打他們的臉。

她臉色嚴肅，唐硯淰也自知先前行徑頗有不妥，親自幫雲岫重沏一盞茶，深表歉意。

「楊夫子，老夫行事過急，今日舉措失當，還望見諒。」

雲岫恭敬回道：「山長太客氣了，您也是為書院考量，雲岫深表理解。」畢竟是以後的上級老闆，該有的態度還是要端正，況且她是走後門進來的，人家不放心實乃正常。

兩人你一句、我一句的相互客氣，再這麼客套下去，今晚這頓飯不知要吃到什麼時候。

唐夫人取走鍋蓋，瞬間白霧縈繞，一鍋湯汁金亮的蕈菇火鍋已成。

她先準備兩個孩子的，用大瓷碗裝盛放涼。然後舀了一碗給雲岫，裡面有湯、有蕈子、有雞肉。

「雲岫，縉寧山的蕈菇火鍋要先喝湯，再吃肉。妳吹涼了再喝，小心燙。」

「謝謝唐伯母。」

眾人這才開始吃今日的晚飯。雖晚，卻值得。

雞肉燉得脫骨，輕輕一咬，飽含鮮美湯汁的雞肉就在口中爆開。還有軟滑多汁的蕈菇，鮮美得舌頭都要一起吃掉似的。

蕈菇適合直接吃，原汁原味，鮮香十足。但雞肉除了吃原味的，也能沾蘸料，是另一種滋味，鮮、香、麻、辣，一層層口味的層疊，令雞肉不只鮮嫩可口，還辣爽迷人。

尤其是雲岫調製的蘸料，味道更是恰到好處，唐晴鳶吃得停不下來，雲岫的手藝可以去開酒樓了。

酒足飯飽，天色已黑。

唐夫人和唐晴鳶收拾鍋碗，唐大夫幫安安配藥浴，阿圓在餵刺蝟。

雲岫與唐硯淰待在唐家書房晤談，其餘人不曾進去打擾。屋內時而安靜，時而有人說話，時而聽到她輕笑，時而聽到他朗笑。

如此看來，雲岫和唐硯湌相談甚歡，不必憂慮，唐晴鳶終於鬆了一口氣。

月掛枝頭，泡完藥浴的安安和阿圓都已睡下，雲岫才跟唐硯湌從書房裡出來。

唐硯湌還要回書院，雲岫和唐家夫妻將人送至門外，看著他提燈籠離去。燭光在山間若隱若現，最後在山頂上晃了三下，光影熄滅，他們才重新回到院中。

唐晴鳶送雲岫去客房的路上，興致勃勃地追問。「我二叔沒為難妳吧？」

雲岫對她嫣然一笑。「萬事俱備，約定好三日後到任，教授兩門學科。」

「哪兩門？不是只有妳那什麼就業一門嗎？」

雲岫挑眉。「多了一門，妳猜猜？」

「帖經？」畢竟雲岫的背誦最為厲害。

「不對。」

「詩詞？」

「也不對。」

「總不會是騎射吧？」

「再猜。」

桃樹已栽，只待開花結果。

第十八章

翌日清早，唐硯浛讓長隨五穀送來了縉沅書院的夫子令，由五穀帶領雲岫熟悉書院環境，包括講學的講堂、學生居住的齋舍、祭祀的祠堂，還有飯堂、藏書樓等處所。

沿路走下來，各處的夫子與管事也知道書院新來了一位女夫子，可惜只有一面之緣，未能攀談相交。

雲岫與五穀來到書院明心樓時，已經有很多學生聚集於此，她還以為是原訂於明日的論辯會講已經開始。

可是旁觀沒一會兒，她才發現，這只是一次小論辯，而且是由縉沅書院與集賢書院的學生們臨時發起的，論題為：女子該不該讀書。

明心樓內，雙方學子站成兩派，縉沅書院的紫衣學子主張女子應該讀書，而集賢書院的藍衣學子主張女子不該讀書，爭辯得很激烈。

雲岫和五穀站在外圍後方，暫時未引起注意。

「論辯將於明日辰時開始，楊夫子雖然是三日後才到任，但也可以來旁觀。」伴在雲岫身旁的五穀淡笑道。

五穀是唐硯浛的長隨，性子沈著穩健。

「多謝五穀先生告知。」雲岫拱手回禮。

不想，一句先生竟引來五穀側眸相望，他並未多言，只是眼底的笑意更深了些。

「楊夫子，請。」

雲岫隨五穀離開時，身後還傳來學子們清晰的辯論聲。

能，還是不能？該，或者不該？

雲岫胸有成竹，當然可以！

除了熟悉書院，雲岫也在陪伴安安與阿圓，一起動手幫小白做了一個刺蝟窩，一起在山林中找好看的樹葉。

回了唐家的藥廬院子，她把各種樹葉攤在桌上，與兩個孩子玩找葉子的遊戲，順便把《藥典圖鑑》背誦給唐晴鳶聽。

幾人坐下，一邊是其樂融融的親子遊戲，一邊是奮筆疾書的筆墨記錄。

「慢點慢點，蒿芩清膽碧玉需的下一句是什麼？」一心兩用的雲岫背得太快，唐晴鳶差點跟不上。

「陳夏茯苓枳竹茹，更用黃芩加薑棗，少陽百病此為宗。」雲岫又背了一遍。照這速度，沒有一個月，怕是記不完的。

這時候，一個縉沅學子突然來了藥廬，看著像是從書院直接跑來的。

學子氣喘吁吁地說：「唐大夫，書院裡有女學子受傷了，煩勞您過去看看。」抬手抹去臉頰兩側流下的汗滴，雙手撐膝，一路跑來，明顯是乏累了。

唐晴鳶立刻放下筆墨，拿起家中藥箱，對雲岫道：「妳看著孩子，我先過去瞧瞧。」她說完，帶著小學子抄起近路，從藥田後方的小道而去。

雲岫目送兩人離開，猜測怕是學子間起了爭執，而且和集賢書院的人脫不了干係。但唐大夫和唐夫人不在家，兩個小兒無人看顧，不然她也得跟著去瞧瞧。

雲岫沈下心來，決定等唐晴鳶回來，再問問究竟發生了什麼事。

「阿圓，安安，來，我們繼續玩找樹葉的遊戲。」

只是，等了一下午，唐晴鳶沒回來，卻等來了喬長青。

「爹！」

喬長青抱起迎面衝過來的阿圓，咧嘴笑著，故意逗弄阿圓，然後又牽慢了一步的安安。

雲岫抬眸望她一眼，打趣道：「怎麼來了，鏢局事情安排妥當了？喲，喬爺還帶了不少東西呢。」馬背上掛了兩大個包袱，看不出來是什麼。

喬長青抱著孩子，對雲岫無奈搖頭。「妳可別貧嘴了，準備了些東西給你們帶上來，還有件事要同妳商量。」

雲岫坐到唐晴鳶的蒲團上，拿起兔毫替她默寫《藥典圖鑑》，聽出喬長青言語中的不確定，神定神閒，緩緩問道：「怎麼了？」

「這幾日，我可能要去途州一趟。」

雲岫筆下流暢，不曾停頓。「途州不是南越最西邊的州府嗎，去那麼遠幹什麼？」

「那邊開放互市，已有一些小商販過去，我也想帶人走一遭，如果有機會，就在那邊開設一間分局。」喬長青想去，但是又怕自己考慮得不周到，畢竟邊境不僅路途遙遠，事情能不能成也很難說，只能先把心中考量同雲岫道明，讓她幫忙拿主意。

此次朝廷開互市，也是有緣由的。

德清帝還是七皇子時，榮恩聖寵之下，仍選擇遠赴途州與蠻夷交戰。他智勇兼備，不到兩年，就把蠻夷打退了，打怕了。

蠻夷與南越苦戰後，又內亂數年，今年六月，新的蠻夷王才殺出重圍，得以繼位。他上位不滿一個月，便整頓蠻夷內部，並宣佈歸順，甘願成為南越藩屬國，每年朝貢。

如此，德清帝自然滿意。

畢竟蠻夷地處偏遠，大片土地都是鹽鹼地，並不適合讓南越百姓遷徙種植。其次，他們的政務、法令、文化等也與南越有所不同，短期內更是難以教化。

蠻夷人極善於牧馬放羊，倒不如收個附屬國，替南越養殖牛羊，培育良駒。

「聽說蠻夷那邊物資缺乏，侵犯南越就是為了搶吃的穿的。為了彰顯南越大朝風範，當今陛下特地下令，在途州開三處互市。

「除了每年朝歲的貢例之外，蠻夷人可以到互市做買賣，用皮毛、活畜交換南越的鹽米茶糖、布疋藥材等。只要雙方說好，想換什麼就換什麼。」喬長青快言快語，把她打聽到的消息如數告訴雲岫。

「岫岫，妳怎麼想的？風險如何？我此去可不可行？」

雲岫聽著，莞爾一笑。這一看就是她老鄉的手筆，有皇家背書，幾乎等同於零風險。開互市，與蠻夷通商已成定局。

不過，雲岫揣想，應該還有一些大商賈在猶豫，觀望不前。那麼，喬長青不僅要去，還要趕緊搶得先機，占領市場。

「去！此行妳不僅要在三處互市設立快馬鏢局分局，還要添置家業，買房置地。」雲岫的語氣十分篤定，給喬長青吃下一顆定心丸。

如今已是九月，到了途州將近年底，不僅南越百姓需要採買年貨，蠻夷人也要購置各種生活所需。再加上互市初開，必然盛況空前。

喬長青只要敢去，不僅能設立快馬鏢局分局，還能額外血賺一波。

雲岫繼續向她建議。「既然都要去，那就多帶些糖、茶，可以出售給蠻夷貴族。至於糧食和布疋，妳量力而行，那些東西運過去，只要沒有太大的瑕疵，不難脫手。」

她一心二用，一邊默寫、一邊繼續提點喬長青。「對了，既然妳從錦州出發，車隊可以空出部分位置，沿路上採購各地特產。只要有本事運過去，此行便是一本萬利。」

喬長青本就躍躍欲試，聽她一席話，心情更是澎湃，恨不得立刻出發。

「我也是這樣想的，聽妳這麼說，心裡就越發踏實了。」

只是思及雲岫在書院當夫子，還要照顧兩個小孩，恐怕精力不濟，喬長青和她商量道：「我想在出發前找位嬸子，幫妳一起照顧阿圓和安安。」

這話正中雲岫下懷，她本來也要同喬長青說，沒想到喬長青先提了，停下筆淺笑道：「我正有此意。那這幾日妳抓緊工夫，尋一尋有沒有合適的，走之前把人帶到山上安頓好。」

她的夫子小院是唐晴鳶幫她搭建的，有兩間房，多一人應當是夠住的。若是住不下，那再另想辦法。

食宿不是問題，最主要的是人手要可信可靠，能夠幫她帶好孩子。

「行。妳放心，走之前，我一定把這件事辦妥。」

雲岫望著喬長青和兩個孩子一起玩耍的慈父模樣，安定不了幾日又要外出奔波，忍不住問她。「妳就不想恢復自己的身分嗎？」

做回喬松月，與人相識相戀，與人成親生子。

喬長青抿嘴搖頭。「岫岫，我初心未變。」

她自小身體多毛髮，皮膚粗糙，又黑又油，只要不扒她衣服查驗，就是一副男人模樣。

雲岫猜測，喬長青應該是有多囊性卵巢症候群。雖然她不清楚如何醫治，卻是知道，若不仔細調養，以後恐難有孕。

如果喬長青這輩子沒有遇見雲岫，那她真可能會對將來憂心，害怕自己孤身一人，無娘家庇護，害怕夫家苛待兄長遺腹子，害怕自己無法生育而遭人嫌棄。

但她認識了雲岫，見識到另一種人生，原來女子並不是一定要以夫為天，也不是什麼事都要依靠男人。只要她想，她敢，也可以與商賈酒樓聚談，也能夠與鏢師們奔走四方，也攢得下萬貫家財，讓自己、讓孩子不愁吃穿，不懼風雨。

與其想方設法恢復女子身分，安於後宅，她寧願繼續當讓人羨慕敬仰的喬總鏢頭。

雲岫聞言，嫣然一笑，不多加評判。「嗯，隨心做妳想做的事吧。」

一生為人，不應當辜負自己。

唐晴鳶回來時，天色已晚，絢麗晚霞也遮蓋不住她的一臉鬱色。

見喬長青也在，唐晴鳶努力揚起唇角，同她打了聲招呼，卻還是氣呼呼的。

喬長青與雲岫相視一眼，快步上前，取下她手裡提著的藥箱，聲音低低地問：「發生什麼事了？把妳的臉氣得又圓又鼓的。」

唐晴鳶現在確實就像隻氣呼呼的河豚，雲岫繼續默寫，沒有起身，只道：「那位女學子可還好？」

唐晴鳶跺腳，聽雲岫一提，那股稍稍壓下的怨氣又湧上心頭，和喬長青在院中坐下後，那嘴就跟倒豆子似的，把下午所遇不公之事說出來。

「集賢書院不講規矩，他們此次前來拜訪，書院有禮招待。拜帖上說好的是論辯會講，可如今他們辯不過，便使蠻力為難院中女學子。」

喬長青雖然跟著雲岫識字，也在鏢局和各色人等打交道，但文人論辯，她著實一竅不通，便問：「怎麼為難的？妳說來聽聽。」

「前日，兩院學子在明心樓爭論女子該不該讀書，今早集賢書院的夫子又以此為論，讓兩方學子論辯。縉沅本就招收女學子，自然是贊同女子讀書的。

「論辯一開始，氣氛尚可，大家互相交流意見。到了後半場，集賢學子卻說，讀書不僅是識字那麼簡單，也要從書本中學會思考。只學不思是死讀書，學而能思才是活讀書。」

雲岫覺得這番話說得沒毛病。「治學確實該這樣，記性幫助學，悟性幫助思。」

唐晴鳶一急。「雲小岫，妳且聽我說後續。」再看雲岫一派泰然自若持筆書寫，又恨得牙癢癢，早知道就比背書，讓雲岫去爭口氣。

「集賢學子認為，女子讀書是廢時失事，除了識幾個字外，一點用都沒有。這話自然引得女學子忿忿不平，順著人家的算計，掉進坑裡了。」

繞來繞去的，喬長青聽得費勁。「什麼坑？」

「他們要比試，如何用最少的力氣搬動明心樓樓前的水缸。那口缸是一口石缸，本就不輕，蓄滿水後更是能達幾百斤。

「集賢學子早預謀好了，拿著一根粗實的大木棒就把石缸撬起來，把縉沅學子弄得不知所措，那缸還能怎麼搬動？」

槓桿原理？看來集賢書院真是臥虎藏龍，挺厲害的。但唐晴鳶正在氣頭上，雲岫暫時沒吭聲，仍然繼續自己手上的事。

喬長青終於聽明白事情經過，本來是雙方論辯，但中途去比舉缸了。

「那縉沅有人挪動那口石缸了嗎？」

說起這事，唐晴鳶就氣，凡事量力而行就好，非要逞強。

「院中有位女學子嚥不下那口氣，仗著家裡是殺豬的，力氣大，非要一試，結果閃了腰，疼痛難耐，直不起身。我已經針灸過了，可還是少不得要臥床休養十餘日。」

有她在，腰傷倒是不嚴重，她愁的是學子鬥志！

那口石缸不挪回原位，縉沅書院就士氣難振，接下來的論辯，誰還能慷慨激昂，振振有詞？甚至部分學子還可能因此怨恨書院招收女學子。

唐晴鳶長噓短嘆，第一回覺得明心樓前面的大石缸礙眼。越想越來氣，喝下好幾碗涼茶，還是悶悶不樂。

舉缸這事，喬長青也幫不上忙。儘管她力氣不小，但數百斤的重量，她是真的做不到。雙眼忍不住朝雲岫瞟去，不知道雲岫有沒有法子。

這真是一件簡單又複雜的事。對他們難，於雲岫易。

若她沒記錯，《墨經》中就有關於力和運動的見解，比如車梯、滑車這類器械，就有滑輪早期的雛形。還有《天工開物》中也曾記錄轆轤等物。

雲岫落筆神速，寫完筆下最後一個字的最後一撇，完美收筆。然後抬起眼眸，見唐晴鳶一臉愁容，喬長青一臉期盼，緩緩開口。

「辦法是有，但要看有沒有人能做出來。」

此話一出，唐晴鳶霍然起身，如魚得水般精神煥發，活力滿滿，追問道：「什麼辦法？要做什麼東西？」

她就是看不慣集賢學子故意挑釁的模樣，縮沅招不招女學子，干他們屁事？來到別人的地盤上，還整日指手畫腳，斜眼看人。來論辯就論辯，非要生事。

她若是吞得下這口氣，就不是唐晴鳶了。

喬長青一副果然如此的神情，雲岫思緒敏捷，博覽群書，就知道她有辦法。「岫岫，要怎麼做？」

「只要舉起石缸，並不需要移動方位嗎？」

唐晴鳶不解為何雲岫這麼問，道：「只要能挪動就行，沒有時長、方位、高低要求。」

雲岫點頭，這樣或許行得通，說出她需要的東西。「首先，要有夠硬實的木頭，比如紫檀木、雞翅木、楠木或者是黃花梨。

「然後，還要找到能鏤、鑿、鏟、銼、磨，切削處理硬木的手藝人。」她同唐晴鳶實話實說。「山中木頭雖多，但硬木難求，且那東西製作不易，耗時不短，妳還堅持要做嗎？」

唐晴鳶不想放棄，咬牙說道：「要。我去找木頭，至於木工，書院裡有位學子家中就是幹這行的，等會兒我就去找他問問。還需要什麼？」

「最後，便是結實的繩子嘍。」

唐晴鳶又豪飲了一碗涼茶，用袖口抹去嘴角茶漬，頗為瀟灑地說：「我這就去書院飯堂尋人。」

她剛撒開腿衝出去，又突然停住，回眸看向雲岫，高聲道：「雲小岫，今晚妳做飯？」

「知道了。」雲岫拂了拂手，示意唐晴鳶趕緊去。

阿圓在喬長青懷裡玩樹葉，聽見雲岫要做飯，撒嬌道：「岫岫，我想吃薯餅，要兩種口味的。」

貪吃鬼！雲岫瞅他一眼。「只能一種。」

阿圓討價還價。「我想吃一絲一絲那種，哥哥喜歡吃糯糯那種。岫岫，就做兩種嘛。」

一旁的安安聽見阿圓提到他，靦覥笑笑，望著雲岫。「娘，可以做兩種嗎？」

喬長青也起鬨。「兩種，兩種，我這就幫妳去削馬鈴薯。」放下阿圓，輕車熟路地摸去灶房。前幾日她託人送來不少馬鈴薯，應該還剩下許多。

雲岫望著三人，無語失笑。三比一，兩種口味就兩種口味吧。

「那還不去幫爹爹拿東西。」

阿圓開心，露出一嘴小白牙。安安也跟著笑，兩人蹦蹦跳跳地去找喬長青了。

第十九章

緇沅書院的食材，大部分是學子們在後山種的。至於肉類，每隔三日便會由山下屠戶送上來，給學子們製作葷食。

這幾日，因為論辯會講，書院要接待遠道而來的客人，每日都有人送肉來。不過，因路程耗時，學子們早上吃素，要到晚上才吃得到肉。

此時已是吃飯時辰，但大夥們卻高興不起來，不僅緇沅學子面色沮喪，連飯堂添飯舀菜的嬸子也垮著一張臉。

唯一面上帶笑，還能高談闊論的，只有一群集賢學子了。

「女子就該好好在家打理家務，幫扶父兄，來書院除了識得幾個字，有什麼用？還和一群男子坐在一起吃飯，真是有辱斯文。」

「聽說閃了腰的那位是屠夫家的女兒，不會是緇沅書院想白吃肉，才收女弟子吧。」

「難以琢磨，難以琢磨，難道讀了書，識了字，就能賣出更多肉嗎？哈哈哈哈。」

「招收女學子不妥，被女子迷了眼，哪裡還有心思讀書。這不，偌大的學院，竟無人能把缸舉起來。」

面對如此明晃晃的嘲諷與奚落，緇沅學子又不能明目張膽地在飯堂生事，只能咬牙切齒，惡狠狠地看著一眾藍衣學子。

一名縉沅學子按住沈不住氣的師弟，喝斥道：「顧秋年，坐下。」

「林昭師兄，他們在胡謅亂說，造謠生事！」顧秋年委屈憤恨，他和姊姊顧秋顏到書院求學，家中是屠戶不假，定期給書院送肉也是真的，但書院不是為了白吃肉才收他姊姊，束脩與肉錢算得清清楚楚，容不得他們抹黑。

「忍！」林昭自然也看不慣集賢學子，但此時再生事端，才是中了他們的奸計，丟了書院面子。「付阮師兄已去藏書閣翻查經籍，再忍忍，不能功虧一簣。」

顧秋年下頷抖動，顯然已忿恨到極致，不想再待下去聽那些污言穢語，思及自己姊姊還在齋舍臥床休養，幾口吃完飯食，冷著臉說：「我去幫我姊打飯。」

他一身怨氣，像是個行走的灶爐，那些閒話就像填進去的柴火，噼哩啪啦炸個不停。

「哎喲，那位縉沅學子還生氣了。」

倒也有集賢學子看不慣此等行徑。「師兄，差不多就行了。我們是來論辯，不是結仇。」卻沒人把他的話聽入耳，斜覷他一眼，視若無睹地繼續和旁人譏笑縉沅學子。

一方得意洋洋，一方委曲求全，衝突要起之時，卻見唐晴鳶衝到飯堂門口。

她的眼刀子飛向門口幾人，頓時震得他們言語稍歇。

唐晴鳶暫且不和他們計較，見人頭攢動，一時半刻找不到人，疾步來到飯堂中間，高聲喊道：「紀魯魯何在？」

剎那間，飯堂鴉雀無聲，大家都看向一身紅衣的唐晴鳶。

唐晴鳶淩厲的目光掃射眾人幾圈，都沒看見紀魯魯。

她對紀魯魯有印象，因為這學子明明是個肌肉厚實的大塊頭，取名卻為疊字，反差十分強烈。

看見站在飯桌前的顧秋年，唐晴鳶問他。「知道紀魯魯去哪裡了嗎？」

顧秋年的眼神瞥向她身後。

「唐大夫，您找我？」紀魯魯的聲音怯生生的。

這是粗獷的身軀裡藏了顆嬌軟的心？

唐晴鳶轉身，瞧見紀魯魯高壯的身子擋住大半個門框，手裡還拿著空碗，看來是剛到飯堂打飯。

時間緊迫，顧不得其他，她向前靠近，對紀魯魯道：「你可是會木雕手藝？」

紀魯魯不知道唐晴鳶所為何事，但是提及木活，他倒是行。「會，是家裡祖傳的手藝。

他家的手藝是一代代傳下來的，但木雕式微，好的雕刻要花費很長時間，價錢又上不去，家中有些堂兄弟已尋其他生計，就他爺爺家這一脈還在堅持傳承。

唐大夫需要雕物件嗎？」

唐晴鳶又問：「硬木刻得動嗎？雕刻用的工具是否帶來書院了？」

紀魯魯捧著碗，不敢誇下海口，道：「有工具的，但硬木是哪一種木頭？」

唐晴鳶還沒找好，也說不準。但聽到有工具，又看紀魯魯還沒吃飯，當下決定。「等會兒你拿上工具跟我去藥廬，有事相商，晚飯在我家吃。」

唐晴鳶要出飯堂，見紀魯魯還呆愣愣地攔在門前，又提醒他。「走啊！」

紀魯魯反應過來，連忙側身，讓開一條道。

他剛要跟上唐晴鳶的步伐，不想她突然轉身，他及時剎住腳才沒撞上去，心中慶幸。唐大夫不僅是山長姪女，還是位醫術高超的大夫，萬不能輕易得罪。

唐晴鳶看向飯堂一眾學子，尤其是集賢書院的人。

她動作瀟灑自如，如風微拂，明媚臉龐上早已不見之前鬱色，雍容不迫地朗聲喊話。

「天下千千萬萬事，萬萬千千人，有的事，有的人能做；有的事，有的人做不了。人也不是萬能的，做不到舉世無敵。一場論辯，一次舉缸，有輸有贏，亦有強有弱，諸位應平常心對待，這次輸了，下次努力贏回來，可不興好大喜功，仗勢欺人。」

明褒暗貶，一席話說得紀魯魯差點鼓掌歡呼。

唐晴鳶繼續鼓舞縮沅學子。「接下來還要繼續辯論會講，你們只管做力所能及之事。石缸最後能不能舉起，自有書院操心，難道你們忘了書院院訓嗎？」

紀魯魯腦子一熱，立刻激情澎湃地喊出院訓。「德才兼修，致知力行。盡其在我，不負己身。」

原本唐晴鳶說完話後，飯堂就靜悄悄的，沒料到紀魯魯性子憨，嗓門又大，還十分捧場，讓在場的人被驚嚇到。

看著縉沅學子個個面紅耳赤，眼中滿是堅定熱忱，怕等會兒又有人高聲附和，唐晴鳶連忙輕輕咳了咳，掩飾自身激憤。

「大家繼續吃飯，晚上好好休息，準備明日論辯。」

她叫上紀魯魯，負手身後，闊步而去。

唐晴鳶跟紀魯魯去齋舍取了雕刻工具，隨即趕往藥廬，路上不敢耽擱半分。

他們匆匆回來時，喬長青正在切馬鈴薯絲，安安和阿圓一人拿掃帚，一人拿畚箕，清理馬鈴薯皮。

雲岫還是坐在原處，不過桌上鋪了滿滿當當的宣紙，青蔥手指上還拿著筆繼續書寫。

「這位是書院的楊夫子，等論辯結束，就會幫你們上課。」唐晴鳶又指著身後上氣不接下氣的紀魯魯，對雲岫介紹道：「雲小岫，這位就是懂雕刻的書院學子，妳有什麼要問的快問，問完我好去準備木頭。」

紀魯魯抱緊裝滿刻刀的箱子，平復急促的呼吸，眼睛瞪大了，卻還是兩條又小又細的縫，心裡忐忑，不知道讓他來藥廬幹麼。

「楊夫子好，學生是外舍學子紀魯魯。」他從沒見過這位夫子，而且還是女的，但是跟著唐晴鳶喊，總不會錯。

他又看見另一邊正在洗馬鈴薯的一大兩小，沒見過，不知怎麼稱呼，就微笑著點頭。

喬長青回以一笑，倒是阿圓大大方方地叫人。「哥哥好。」他一說話，安安也跟著叫了聲哥哥。

紀魯魯受寵若驚，臉頰泛起紅暈。

雲岫盤坐在此處一下午，又是默寫、又是畫圖計算，撐著小案桌站起來時，腳尖一點地，霎時又痠又麻，簡直想罵人。

唐晴鳶快步走到她身旁，攙住她。「動動，動動，再跺跺腳。」這副好生伺候的模樣，像極了那些大院裡的小丫頭，恭維程度不遑多讓。

紀魯魯不敢動彈，也不知這位夫子是何方神聖，神遊之際，就聽見她的呼喚聲。

「紀魯魯，你好。你到這邊來，仔細瞧一瞧，圖紙上的東西能做出來嗎？需要多久？有看不明白的地方可以問我。」雲岫聲音清脆綿柔，如沐春風。

「是。」

雲岫和唐晴鳶往旁邊讓出足夠紀魯魯容身的位置，讓他能看清桌上圖紙所畫內容。

在唐晴鳶眼裡，她只看得見圖上畫了一個又一個圓，有的是單獨一個，有的又是兩、三個嵌在一起，有的又有點像車輪，還是兩個車輪併在一起，還有一些零散的小玩意兒，像是杵，又像是軸的。半懂不懂，實在費解。

但在紀魯魯眼裡，這圖紙十分詳盡，堪稱完美。

以前他爺爺曾替村裡人打造過大小不一的桔槔、轆轤、井車，都是靠祖祖輩輩傳下來的手藝和圖紙。但就算有圖紙，零件形狀和尺寸也模糊不清，還是需要由師傅親手帶著徒弟做，才能出師。

哪像桌上這些圖紙，畫了零件的正面、上面、側面，一旁還標注詳細尺寸，他就從沒見過這麼精細、工整的圖紙。

唐晴鳶見他只看圖紙，不說話，催促道：「紀魯魯，如何？能做出來嗎？」

「能！楊夫子和唐大夫著急要嗎？」他一定要好好切鑿，細細打磨。

急啊，火燒眉毛了，還不急呢。

之前飯堂那番話，唐晴鳶雖然說得慷慨激烈，卻留有餘地。若能取勝，她是真想找回場子。女子怎麼了，女子也可以讀書自強。

「急啊，越快越好，明心樓前的石缸能不能舉起來，就看這寶貝了。紀魯魯，你給我交個底，多久能做好？」

舉缸？這些輪軸能把石缸舉起來？

紀魯魯一臉吃驚，卻因臉上肉嘟嘟的，看不出情緒變化，感覺好像只是眼皮微微睜開。

「能做，可是只有我一個人，至少需要十八、九日才能做出來。不如……」他遲疑不決，不知行不行得通。

居然看得懂她畫的圖紙，又是一個人才。雲岫輕輕笑著問他。「不如什麼？」

紀魯魯鼓起勇氣回答。「我家就在縉寧山山底，阿爹、阿爺跟叔伯們都會幹木活，如果大家一起趕，不出兩日就能做好。只是家中人口不少，一大家子上書院，怕是不太方便。」

書院齋舍非學子不得入住，如果人一多，藥廬也住不下，確實難以安頓。但人不多，舉缸的東西又難以及時做出來。

唐晴鳶陷入思考，紀魯魯也低下頭。

氣氛驀然一靜，情況好像不容客觀，但雲岫卻不明白，那麼不好安排嗎？

她側頭看向喬長青，兩人四目相視，喬長青立即心領神會，停下活計，取過帕子擦乾手上水漬，站起身來。

「我去山下接人，等會兒找兩位鏢局鏢師一同上來幫忙。我們經常出門跑鏢，找不到客棧，只能在野外搭帳篷。若是允許，可否在藥廬外搭幾個帳篷，湊合一下？」

唐晴鳶雙手一拍，樂道：「就這樣！」而後又問紀魯魯。「你家怎麼去？寫封信，還是給個信物？」

她從頭到尾都沒想過讓紀魯魯下山，畢竟一來一回，就是騎馬也要兩個時辰，還是留在這裡，跟她去選木頭吧。

紀魯魯從腰間荷包裡取出一只小木雕，是一隻小黃狗。雕工不俗，加上天然木頭的黃色，小狗看起來栩栩如生，蠢萌蠢萌的。

他把木雕小狗交給喬長青。

「大哥，這隻小狗就是信物，你把事情告訴他們，家裡人看到它，就會帶上工具跟你來了。我家在縉寧山下的石門子村，進村第一戶人家就是，門口掛著青色幌子，上面繡了紀字。」他說著，臉上微紅。「我家人比較多，可能得多備車馬。」

喬長青爽朗一笑，拍拍他的肩。「無礙，大哥家裡就是開鏢局的，送他們山上和押鏢沒多大區別。」

紀魯魯欲言又止，但在喬長青信誓旦旦的話語下，還是忍住了。

夕陽西下，霞光萬道，喬長青策馬下山。

她要先去石門子村通知紀家人準備上山，然後再去鏢局取帳篷，調動馬車人手。

這晚，唐家藥廬燈火通明，連書院的學子都能看見層層光影。

藥廬外搭了九頂帳篷，一頂帳篷住四人，勉強容下紀魯魯家的家人。

喬長青一陣後怕，她真沒想到紀家會有這麼多人，差點成了大放厥詞的失信之人。

幸好沒壞事，就是只吃到一個外酥裡糯，抹上麻辣醬汁，撒上蔥花和香菜的油炸薯餅，全靠饅頭墊肚了。

藥廬外的人已打算通宵忙碌，藥廬內，躺在床上的唐家夫婦看著影影綽綽的火光。

「你說，他們行嗎？」

「年輕人，多折騰總不會是壞事。天塌下來，也有縉寧山撐著，怕什麼？」唐大夫攏了攏唐夫人的被角。「早點休息吧。做木活，我們幫不上忙，明日起來替他們做早飯。」

這群女娃，能耐還不小！

唐晴鳶一席話振奮人心，縉沅書院學子的頹喪之氣漸散。

兩院學子依舊論辯，你來我往唇槍舌劍，言詞犀利，爭辯激烈。

紀魯魯被叫走後，就沒再回來，音信全無。

顧秋年要去藥廬幫他姊姊顧秋顏取藥，順便也想問問唐大夫，紀魯魯去哪裡了？

結果，如常而去，振奮而歸。

顧秋年的行走步伐輕快帶風，蹦蹦跳跳，彷彿要上天似的。

饒是平日沈穩的林昭，瞧見顧秋年歡快竊喜的樣子，再也忍不住，把人拉到角落裡，悄悄詢問。

顧秋年也憋不住了，跟他耳語幾句。

林昭頓時又驚又喜，摟著顧秋年的肩膀，一再確認。「真的？」

顧秋年猛點頭，恨不得點到胸口。又豎起手指，做了個噤聲的動作。「保密。」

林昭心中無形的大石被卸掉，恨不得立刻把這個好消息分享給同窗們。

「付阮師兄還在藏書樓查典籍，要不，我只悄悄跟他說？」林昭想到付阮為找尋方法，已經在藏書樓裡熬了兩個日夜，想把這個消息告訴他。

顧秋年略一思索。「行，但只能告訴付師兄，我連我姊都沒說呢。」

林昭朝他無聲比劃，表示知曉，然後昂首挺胸走出去。

淺秋，真美呀。

第二十章

緇沅書院有什麼變了，但哪裡變了，集賢書院的學子又說不清，直到那日在論辯「知難行易，或是知易行難」時，又有人提到舉缸之事。

眼見又要開始新一輪明嘲暗諷，唐硯淰隨五穀出面道，今日申時，緇沅會重新舉缸。他老人家輕飄飄地拋下一句驚雷，然後揮一揮衣袖就走了，留下眾多學子面面相覷。

緇沅學子：究竟是誰來舉，有人知道嗎？

集賢學子：除了撬動的方法，難道還有別的法子能輕易舉起石缸？

兩院學子想不通，也摸不清對方虛實。午飯時候的飯堂難得安然無事，大夥兒平靜地吃了論辯以來最沒滋味的一頓飯。

心思都飄遠了，飯食是什麼味道還重要嗎？隨便吃下幾口，就趕緊跑去明心樓看熱鬧。

還是老位置，還是那口大石缸。

申時不到，已經有人在搬運各種物件，一件件的按順序堆放在空地上，紀魯魯和他爹正在動手組裝。

兩人身邊還圍著好幾位書院夫子，也不說話打擾，就站在一旁托腮琢磨。

顧秋年和紀魯魯交情好，壯著膽子湊過去，先朝夫子行拜禮，又問候紀魯魯他爹，然後才親暱問道：「魯魯，這幾日怎麼樣？」

「受益匪淺，這次我們一定能搬起石缸。」紀魯魯憨笑著，想到這名叫滑輪組的東西是他跟著一起弄出來的，今日還能替學院爭口氣，語氣間不乏驕傲自豪。

「那要我幫忙嗎？」

紀魯魯懷中抱著一個有凹槽的大輪，有木盆大小，分量還不輕。但他歡喜得很，細長眼角微提，笑呵呵地說：「多謝顧哥，但組裝的事，你弄不來，且在一旁等著看好戲吧！」

顧秋年同樣喜不自禁，指著他身後的樹蔭。「好，天氣熱，我在那邊的藍花楹樹下煮了茶，有些已經放涼了，稍後搭好，你叫上伯父一起來喝。」他姊顧秋顏也來了，雖然腰傷，但依然堅持坐在樹蔭下，等著看如何舉缸。

紀魯魯點頭應下，重新投入滑輪組裝中。

誰也沒料到，外舍學子竟有這般手藝，看著打磨光滑又大小不一的圓盤、鉤子、木槽與手臂粗的木軸等物在紀魯魯手中組裝好，內外兩圈竟然還能滑動，紛紛稱奇。

然後，紀魯魯等人又在缸邊用粗木柱搭建好一個四方框架，有明心樓半層樓那麼高，十分扎眼，而且四根柱子底端還配上小輪子，可以自由滑動。

人越來越多，不僅是兩院學子，連唐硯淰和各科夫子都來了。

「唐山長，貴院人才輩出啊。」不管石缸能不能舉起來，集賢的人都先誇讚一番，反正伸手不打笑面人。何況他們確實圖謀不軌，想藉此次論辯揚名。

「哪裡哪裡，貴院學子義理通達，言詞流利，後起之秀頗讓老夫難忘。」客套話而已，誰不會啊，唐硯淰撫著鬍鬚，笑容可掬。

五穀已讓學子在樹蔭下擺放好桌椅，邀請眾師長入座，以便把樓前位置空出來。

雲岫抱手而立，混跡在人群中，旁邊是一身紅衣的唐晴鳶，想不惹人注意也難。

兩位年紀較小的女學子見雲岫敢站在唐晴鳶身旁，悄悄湊到她身邊，柔聲問道：「姑娘，妳也是新來的學生嗎？」

雲岫啞然失笑，搖頭否認，唐晴鳶卻一副看熱鬧不嫌事大的模樣說：「要叫夫子。」

「夫子？」兩個女學子互相交換眼神，有些狐疑，但幾日前才見過唐晴鳶，金針在日光下熠熠發光的場面，令她們印象深刻，唐晴鳶應該不會騙人。

兩人拱手行禮後，慢慢往旁邊挪去，不敢再黏過來。

雲岫哭笑不得。看來，自古學生都敬畏老師呢。

申時末到，紀魯魯和他的家人們已經把滑輪組組裝好，架子搭好。

粗繩打了一個越拉越緊的活動扣，套在石缸沿壁上，又按照雲岫的方法，把另一端繩子從一個個活動輪子的凹槽裡穿過，然後連接木架上的其他滑輪。最後，整整八個滑輪和繩子，全都抹上香油。

紀魯魯嘗試著輕輕拉動粗繩，很順滑，滿意地抹去額間大汗後，信步去顧秋年那邊，接過一大碗涼茶飲下。

瞧見他自信不已的樣子，集賢學子又開始起鬨。

「就那幾個輪子，能舉起幾百斤重的石缸？我拿個錘就能把它敲裂。」

「我賭十文錢，別說省力，根本舉不起來！」

「我也賭十文錢，不行。」

那架子雖然和水井上用的轆轤相似，但石缸可不是灌滿水的木桶，單憑一根粗繩就想拉動？異想天開。

兩院學子衣裳顏色不同，很容易分辨，且又聚在離雲岫不遠的地方，談話自然能入耳。

雲岫嘴角噙著笑，怎麼辦？她也想打賭。

她放下環抱的臂膀，不緊不慢地往那群藍衣學子漫步而去。

唐晴鳶察覺雲岫的動作，眉頭輕擰，這是要去幹麼？

集賢學子正在打賭，你十文、我五文的，都是賭石缸舉不起來。

大家賭的結果都一樣，有什麼意思？正覺得無趣，猶豫要不要撤了賭局時，一道聲音突然插進來。

「我賭能舉起來，賭金十兩銀子。」

爭論的聲音停住，幾張年輕純稚的面孔看向雲岫，眼中疑惑不解尤甚。

其中一人抬起下巴，昂著頭道：「我看見妳一直和縉沅書院的人站在一起，妳是縉沅的女學子？」

「不是。」她要說是夫子，這些小屁孩會不會跟書院裡的女學生一樣，對她敬而遠之？還是暫且隱瞞身分吧。

那人嘟囔兩聲。「那多沒意思，我們要賭也是和縉沅學子賭，妳這樣的，還是算了。」這樣的？是什麼樣的？

雲岫繞著幾人踱了兩步，裙角飄動，很闊綽地說：「可是我賭十兩銀子啊，要是我輸了，你們就能獲得這筆錢，下山去酒樓吃一頓，或者買些筆墨紙硯，也是足夠的。」說著，眉眼微揚，故意嘖嘖兩聲。「算了，我還是不賭了，省下的錢不如自己去買吃的。」

雲岫作勢轉身要走，那人連忙輕喝一聲。「且慢，我和妳賭，可我只賭十文。」多的他拿不出來，但以十文錢搏十兩銀子，怎麼都是他划算。就算輸了，也才賠十文錢；若是贏了，可就有十兩銀子。

旁邊的學子也有意加入。「我也和妳賭。」

鬧鬧嚷嚷的，瞬時引起樹下夫子們的注意。

唐硯泠輕側身子，對身後的五穀說：「去看看，那邊怎麼了？」

五穀得令，舉步往雲岫那夥人走去，須臾片刻便回來，稟告聲音不大不小的，附近的人也能聽清。

「學子們在打賭，賭縉沅能不能舉缸。」他故意模糊雲岫的身分，沒在眾人面前明說。

唐硯淰眼皮一掀，意味深長地看五穀一眼，沒說什麼，置於腹前的手指有規律地點著。

多年默契，五穀怎麼會不知山長此時心情甚好，垂頭微微淡笑，不言不語。

集賢書院的夫子聽見此事，笑得合不攏嘴。前幾日，一個女學子閃了腰，今日又一個女學子要輸錢，縉寧山一行收穫不少啊，皆是談資，皆是墊腳石。

「哈哈，縉沅書院的女學子果然非同凡響。」他又故意裝腔作勢般，嚴聲訓責身旁的集賢夫子。「回去要好好約束院中學子，切記不可沾染賭博，更不可欺壓女子婦孺。與女學子打賭，真是不像樣。」

「是，我等回去，必定嚴加約束。」夫子們的態度極其敷衍，浮皮潦草形容的，便是這般姿態。

縉沅書院的夫子們撇著嘴，渾身的不滿想叫人忽視都難，卻發現自家山長依舊從容自若，一點都不著急的樣子，又把憂心吞回肚中，卻壓不住滿腹疑雲。

這缸，究竟能不能舉？

申時，夕陽絢爛。

紀魯魯彷彿邁向一條陽關大道般，光影從他臉上晃過，襯得他頗有壯志凌雲之勢。

他拉住從最上方垂下來的粗繩，清了清嗓子，大聲又有氣勢地說：「諸位夫子、同窗及遠道而來的學友們，看好了，縉沅書院舉缸，僅一手便可。」

屏氣凝神緊盯石缸的眾人，發出一陣陣噓聲。

「一隻手？好生狂妄。」

「縉沅學子的嘴皮子功夫練得不錯。」

但是，看到紀魯魯僅用一手拉動繩子，就把石缸舉起來時，在場之人無不震驚。

關鍵是，他一點也不累，彷彿沒怎麼使力一樣。

紀魯魯一手拉著繩子，昂首看向圍觀學子，瞟見人群裡的顧秋年，還用另一隻手招呼他。「顧哥，林昭師兄，能幫我推一下架子嗎？」

林昭已經走過去了，顧秋年還呆愣愣的，旁邊半彎著腰、無法站直的顧秋顏狠狠戳了他腰間兩下。

「快去幫忙，發什麼呆呢。」顧秋顏嫌棄自家傻弟弟，要不是她傷了腰，不能使力，早就自己上了。

聽見他姊的咆哮聲，顧秋年立刻回神。「來了！」

頂著眾人的注視，顧秋年跑到紀魯魯身邊。「我要怎麼幫你？」

「顧哥，林師兄，我拉著繩子，你們幫我推兩邊的架子，我們一起把石缸挪回原位。」再耽擱久了，他怕木樁下方的小滑輪會裂。

顧秋年和林昭立即到位，本以為難以挪動的石缸，竟然不費力就能推動。

兩人對視一下，無法掩飾眼中的震驚。

紀魯魯的先見之明是非常正確的，他們推動架子，剛來到以前擺石缸的位置時，就聽見喀嚓一聲，位於架子右前方的輪子已被壓碎大半。

石缸懸於半空中，晃動不停。

紀魯魯的心瞬時驚得七上八下定不下來，早知道就聽楊夫子的話，求穩舉缸，而不是冒險挪缸。都怪他，看見小輪可以滑動，便想利用它們把石缸挪到原位。畢竟架子下方的木輪太小，不夠結實，不足以長久支撐石缸。

付阮見狀，連忙從人群中衝出來，展開手臂環抱住石缸，竭力穩住。

其他三人呼出卡在胸間那口氣，幸好沒壞事。

付阮待石缸穩住後，才退開兩步，轉身幫忙扶住另一根木柱，鎮定地對紀魯魯道：「魯魯，慢慢放。」

紀魯魯嗯了一聲，點頭表示知曉，雙手緩緩鬆開繩子，直至整口石缸被穩穩當當置於地面，揚起淺淺一層塵灰。

四人相視一笑。縉沅的石缸，他們不僅舉了，還挪了，此次比試大獲全勝！

雲岫望著四個學子，率先啪啪鼓起響亮的掌聲，隨後歪著頭，淺笑著對身旁的集賢學子說：「我贏了。」

沒有得意忘形，沒有傲慢不遜，這結果彷彿就在她意料之中。

縉沅學子後知後覺，雀躍歡呼聲不絕於口。

連紀魯魯他爹也朝靠近他的學子激動炫耀。「我們做出來了！紀魯魯是我兒子，我兒子厲害吧！」

坐在藍花楹樹陰下的唐硯浛，眉眼彎彎，頷首微笑。再看另一邊的集賢夫子，臉黑如醬色，如鯁在喉，便是想從喉嚨間擠出一聲誇讚，也異常艱難。

局勢瞬間反轉，真是風水輪流轉啊。

「我不信！」

突然叫囂的質疑聲，讓大家的喝采聲頓住。

紀魯魯剛把木柱底端的四個輪子拆卸下來，就聽到這不服氣的鬧嚷聲，果斷地搓了搓手，站起身，揚頭看著出聲的學子。

「要不你來？」

那學子還傲氣得很。「來就來！」他就不信，一口重達幾百斤的石缸，憑那些木輪和粗繩就能輕易拉動。

紀魯魯等人收起碎裂的小輪子，把位置讓出來。

正當那人的手觸到繩子，要拉動時，顧秋年開口道：「萬一你耍賴怎麼辦？要是明明能拉動，你卻佯裝拉不動，那大夥到底是信你，還是信我們？」

那人的心思被戳破，哼哧一聲。「那你們想怎麼樣？」

付阮心思急轉，出了個歪主意，桃花眼掃向眾人，勾著唇角，甚是真誠地說：「不如，大家一起來試試？」

唐晴鳶掩嘴而笑，勉強壓下笑意後，第一個高聲嚷著。「那我先來。」

她走到石缸前，還不忘調侃戲謔。「大夥想嘗試的就排隊啊，記得讓出位置，讓其他人看清楚，縉沅到底能不能舉起這石缸！」

最後一個字落下，她一雙瑩白素手已經拉住粗繩，往下一用力，石缸再次離地而起，嘴上還頗為誇張地讚嘆。

「咦，竟然不及一隻豬腿重，怎樣都比你們的棒子省力吧。」看見有人瞠目而視，一臉不服氣的樣子，唐晴鳶挑眉。「怎麼，還不信呀？那你們自己試試吧。」

這口氣，舒解！

待她一放手，兩院學子接連上前嘗試，除了年紀小的女學生手上力氣小，實在拉不動之外，誰還拉不動？又有誰好意思裝作拉不動？

看著躍躍欲試而去，卻鎩羽而歸的藍衣學子，雲岫笑道：「怎麼樣？輸了吧？給錢！」

本以為穩賺不賠，誰能料到居然要倒貼錢。

集賢學子猶豫不決的樣子，被雲岫看在眼裡，原來還想賴帳啊。給錢了事是最簡單的法子，偏偏人家不領情，那就別怪她心黑了。

她抬手順了順袖口，矯揉造作地感嘆一聲。「哎呀，說到底，大家都是讀書人，此次論辯會講也算相識一場，多少有些情分，談錢就太過於勢利了。」

「是啊是啊，不知師姐有何高見？」

師姐？小學子可真有趣。雲岫故作沈思，隨後喟然而嘆。「那幫我種棵樹如何？」

縉寧山的藍花楹享負盛名，每年春夏紫色花瓣紛飛時，都有文人士子來此登山踏青。因此縉寧山也會育種一些小樹苗，以贈有緣人。

幾位集賢學子把頭湊在一起，咕咕噥噥小聲討論著。片刻後，其中一人看向她問：「我們種一棵樹，妳是不是就不要賭金了？」咬字很重，刻意強調是一棵。

雲岫輕輕眨眼點頭，十分肯定地說：「當然，只種一棵樹，你們欠我的銀錢便一筆勾銷。不過，我有個要求。」

集賢學子的臉色又拉下來。什麼意思，又是什麼要求？

「妳先說說看。」

雲岫的眼神往唐山長飄去。「還要在樹上蓋上你們書院的院徽印章。」

「我們沒有印章。」想蓋也蓋不了，況且樹上怎麼蓋。

雲岫白潤的指尖往一處指。「喏，不就掛在你們夫子的腰間嘛。」

那人的臉色彆扭得很，夫子與學生本就有尊卑之分，何況那人還不是夫子，是山長，他們怎麼敢開口討要印章，口風忽變。

「此事難以徵得夫子同意，我付錢。」

「別啊，師兄，我可是賭了五十文錢……」可以買好多白麵饅頭的，他想選擇種樹。

看著他們有人想給，有人不願給，雲岫正考慮要不要再添把火。另一個集賢學子向她提議。「這位師姐，聽聞縉沅素有贈樹雅俗，不如我等幫書院種一棵樹，樹上掛個木牌，附上一句雅言，如『縉沅集賢高情厚誼』或『集賢縉沅通家之誼』之類的。若此，我們再去陳請夫子蓋印如何？」

通家之誼倒是不必了，高情厚誼勉強能用。

「此法可行，就寫『縉沅高情厚誼』，蓋上書院印章就成。」雲岫鬆口應下，立即向唐晴鳶招手，對她附耳言語。

今日唐晴鳶揚眉吐氣，找回了面子，極有精神。再聽雲岫的謀劃，那雙眼睛比夜晚的星辰還亮，興奮激昂地丟下一句「等著」，便穿過人流，去了明心樓。

第二十一章

少頃，唐晴鳶端著筆墨紙硯，信步而來。

雲岫和集賢學子來到藍花楹樹下時，引得眾人矚目。

「夫子，事情是這樣的……」集賢學子彎腰，低伏著身子，湊近解釋。

但誰敢湊到夫子耳邊說悄悄話？何況那人還是山長。所以，學子的聲音雖不大，卻也不小，足夠讓大家聽清楚。

眼看集賢夫子皮笑肉不笑的臉越來越僵，雲岫頗為可惜，這樹怕是很難種下了。

孰料，唐硯溦神來一筆，在對方開口前建議。「確實不該收賭金。因為論辯會講，有幸結識集賢書院，已是莫大的緣分。就如學子們的意思，種一棵樹抵債吧，如此既有友誼長存之意，又免去兩院學子糾紛。」

雲岫也跟著道：「此舉大有裨益。古有骨肉緣枝葉，結交亦相因。今後亦有記取藍花楹，縉沅念久交。」

唐硯溦側頭看雲岫，忍俊不禁，真是小機靈鬼。

「這……怕是有些不妥。」要是集賢贏了，他討要一棵藍花楹種在書院中，那就是取勝的功績，可稱讚，可吹捧，自然是求之不得。

但如今舉釭輸了，論辯又處於下風，他還要幫縉沅種樹，且蓋下書院印章，那以後來人是不是都可以指著那棵樹說：看，這是集賢輸了，幫縉沅種下的。

這些兔崽子，賠錢就能了的事，非要鬧出這些風波來。

唐硯淰見集賢山長磨蹭，笑容一收，很嚴肅地反問他。「難不成，集賢看不上縉沅？不願交好？」

扮成夫子的集賢山長啞巴吃黃連，有苦難言。「怎麼會？與縉沅結交，是集賢之幸，這就書印。」

他為什麼要隨身攜帶書院院徽印章？還斷了自己找藉口的一條後路！

筆墨紙硯都已備好，前幾日集賢山長有多得意，此時就有多憋屈。眾目睽睽之下，只要他敢耍賴，明日集賢書院就會臭名遠揚。

如今，只願縉沅手下留情，莫要拿此樹顯擺啊！

可惜那幾個打賭的小學子還看不通透，難以理解自家山長的臉色為何那麼難看，他們又沒有說漏嘴，更沒洩漏他的真實身分，實在費解。

付阮看完熱鬧，回到紀魯魯身邊，口中誇讚不止。「新來的女弟子，我怎覺得面生，是什麼時候入院的？聰明睿智，與其他女子迥然不同。」

紀魯魯差點被嗆到，急忙打斷他。「什麼女弟子，那是我們的夫子！估摸著論辯結束，就要開始授課了。」

「什麼，你怎麼不早說！」

「忙忘了。」

「那教什麼？她一個女子懂科舉？懂策論？」

「不知道。」

顧秋年猜測。「應該是書院特意聘請來教導女學子的吧。」

付阮桃花眼微瞪，略有失落。「琴棋書畫？算了，和我不相關。我是要考科舉的，先回藏書樓了。」

林昭無奈搖頭，感慨道：「能到縉沅當夫子的人，絕非一般人。」側目看向滑輪組，又說：「況且她還想出這樣的方法挪動石缸，便是只教女弟子，我也想去旁聽。」

紀魯魯用力點頭。就算楊夫子不為男學子授課，他也想常去拜訪請教，如今聽到林昭要去旁聽，立即相約一道而行。

舉缸比試，縉沅書院反敗為勝，學子士氣大振，論辯上殺得集賢學子片甲不留。

與此同時，縉沅書院石牌坊下也迎來了第一棵掛牌藍花楹。

舉缸比試結束，集賢書院的學子種下一棵藍花楹樹，此後，學子們未再橫生事端，兩院論辯會講持續了小半個月。

雲岫雖然沒有再去明心樓觀摩，但也從紀魯魯等人口中獲悉論辯之精采。

人才以仁為主，或人才以智為主？

人棄我則取，人爭我不爭，倡否？

男女授受不親，禮也？若有難，救或不救？

通商惠工，或重農抑商？

其實不難看出，德清帝實施的新政也在潛移默化地影響南越子民，各類學術流派相互批評爭辯，指出不同的意見。

但有不同才會有改變，有改變才會改革，有改革才會發展，這是一個朝代想要蓬勃發展的必經之路。

喬長青已於兩日前啟程前往途州。

幫忙帶孩子的人手也找到了，正是紀魯魯他娘紀陳氏，雲岫叫她陳嬸。

滑輪組是紀魯魯他們一家人合力趕製出來的，硬木難切，幸好成品不負眾望，不僅助書院贏得舉缸比試，也讓雲岫在紀家人眼中成為深藏不露，卻甘願隱居山林，當一名普通夫子的大師。

哪怕雲岫再三解釋，他們嘴上答應，但態度還是畢恭畢敬，將她視為一代名匠。更在得知她要尋找人手幫忙帶孩子後，陳嬸立刻自告奮勇，願意留在山上。

原本雲岫計劃把兩間房間用木板簡單隔成四間就成，安安和阿圓也要分床獨睡。如今多了陳嬸，怎麼也要給人家一個能休息的私密空間。

趁著紀家人還在山上，雲岫煩勞他們幫忙重新改造夫子小院。結果紀家人知曉後，居然就地取材，在小院旁邊又搭建了兩間房和一個小灶房，而且還不要工錢，諸多推辭。

雲岫只能佯裝生氣，威脅他們，不要錢就不要陳嬸幫忙，才讓他們收下建房子的工錢。

唐晴鳶還打趣道：「這般也好，若是典閣主到訪縉寧山，我家空下來的客房正好讓他留宿。」到時候她好吃好喝伺候，不僅要幫安安解毒，還要請他賜教，指點醫術。

這算盤打得叮噹響，雲岫老遠都聽到了，念及身在盤州的羅大夫與羅嬸子，又問她。

「那妳要不要寫信封給羅叔他們，也提一下典閣主的事？他們本就打算到縉寧山過年，不如提前兩月出發，說不定還能與典閣主以醫會友，結交一番。」都是醫術高明的大夫，若能相互交流，或許能成為好友。

「妳這主意好，我這就寫信。」唐晴鳶來了興致。「那妳可有什麼事需要讓我代筆？」

「替安安向羅叔報聲平安。唔，桂花巷的桂花應該開了，讓羅叔幫我帶些乾桂花吧。」

唐晴鳶應下。

雲岫望著她離去的身影，忽而有感。山間生活真是舒服自在，就是可惜沒有程行彧，真是命也。

隨著論辯會講結束，縉沅學子開始正常上課。

同時，書院的課表更新了，初露頭角的女夫子所教科目公開。

算科：楊喬。

職業規劃與就業指導：楊喬。

兩門課，一門是不受世人重視的算科？一門是聞所未聞的……什麼什麼？

南越科舉除了進士科、明經科，還有明算科、明法科等七十多科。而縉沅書院根據學生每年的考核成績，以外舍、內舍、上舍劃分，因材施教。

其實雲岫只想為眾學子做職業規劃和就業指導，畢竟科舉流程非常複雜，難度極高，很多人學了一輩子，考了一輩子，還是考不上。

那考不上的人，又該何去何從呢？

所以，她才想借後世眼界，為這些不善科舉的人另尋他法，幫助他們找到自己的天賦，且適合自己的職業。

無奈那夜與唐山長晤談的結果是，這門聞所未聞的課可以開設，但前提是，她需要再選一門科目授課。

唐山長想讓她去明經科教帖經，但雲岫婉拒了。

經義枯燥，背誦諸多；策論涉政，風險不低；明法又不是只考法律條令，還帶著《孝經》、《論語》、《爾雅》等儒家思想內容。外法內儒，對她而言，挺難講清的。

思來想去，得知明算科只有六名學子，她便毫不猶豫地選擇明算科。

在南越，明算科雖然只考算術一科，但由於考中後升官極慢，只能當一些不入流的小官，其冷門程度，相當於後世野雞大學裡的野雞專業，所以考的人非常少。

明算科主要學習《九章算術》、《算經》、《綴術》等，教材固定，變化少。比如《九章算術》有兩百四十六個數學問題，那她根據這些題目的通用計算方法，教會學生基本計算，不成問題。

如此，她就成了明算科夫子。

木鐸金聲響起，雲岫的第一堂課，開始了。

她身穿一套素白色襦裙，裙邊繡紫色扶桑花，外面罩了一層淡紫色輕紗，與這群紫衣學子相互映照。

她提著一塊木板走進明算科甲班。果然，全班男學子只有六人，人少至極。

但是，坐在後排座位的那位女學子是怎麼回事？

雲岫略一頷首，朝眾人道：「諸位學子好，從今日起，我就是你們的算術夫子，本名楊雲繡，號楊喬。在書院裡，可喚我楊喬夫子。」

書院學子不宜直呼夫子名，需以別號相稱，那她便取喬長青兄嫂兩人的姓氏為號。

在這個世界，她一直是個黑戶，若沒有喬家嫂子楊雲繡的戶帖，難以立足。此恩難忘，藉這次的機會，她便以號感念喬家之情。

眾學子起身行禮，口中喚道：「夫子好。」

只是，南越的桀驁之人好似還真不少，偏偏又被雲岫遇上一位。

「你怎麼不落坐？」雲岫看向昂然挺立，沒有入座的男學子。是對她的身分難以接受嗎？還是要發起挑戰？抑或想試探她的本事？他眼裡的倨傲，已經快溢滿整間講堂了。

「夫子算術如何？」

「尚可。」

「尚可而已，如何教授我等考明算科？」

「你又怎知我的『尚可』，考不起明算科？」

「學生這裡有一道題，請夫子解答。」

唐山長考核她，如今學生也要考核她，世人真就認為女子無大才？

雲岫受此輕視，不怒反笑，她喜歡能證明自己實力的挑戰，自信笑道：「請！」

坐在後排的顧秋顏異常興奮，明明不是自己應戰，卻莫名激動。她也覺得弟弟口中稱讚不絕的楊夫子本事頗大，來到書院上學的牴觸心情漸漸淡去，彷彿有楊夫子在的地方，總會發生各種新鮮事，這可比在家賣豬肉有意思多了。

「若有盜賊盜馬而去，跑遠三十五里路後，馬主人才覺悟過來，當即狂追而去，追了一百二十里路，卻還距離盜馬賊二十里。若馬主人的速度是……還要追多少里路才能追到？」

這是《算經》中的一道題，他臨時改了數字，心中也在重新計算。

正當思考之際，就聽見清脆的女聲道：「一百六。」

宋南興抬眸，與那雙清如水的眼睛對上，震驚與欣羨交織，她算得太快了！

雲岫直視他，語氣瀟灑自若。「還要再追一百六十里路。」

看他愣住，雲岫也不管他是服，還是不服，拂手示意他坐下，看了其他人一眼。

「接下來點名，點到的人，答一聲『到』。」

「江令遠。」

「到。」聲音輕輕的，似有不確定，他這樣只說「到」字，應該是對的吧？

雲岫含笑點頭，記下他的容貌，然後是下一個。「宋南興。」

「到。」宋南興應得無精打采，似乎仍沈浸在方才的算術題中。

原來是方才提問的學子。雲岫繼續點名，班上一共只有六名男學子要考明算科，女子暫時不得參加科舉，那後面的女學生是為什麼在此呢？

雲岫走到講堂後方，問道：「妳喜歡算術？」

顧秋顏迅速站起身，差點又閃到才稍稍好轉的腰。「楊夫子，我叫顧秋顏，是前幾日舉缸閃了腰的學生。四書五經，我聽不進去，律典明法也背不下來，但覺得夫子這裡甚好，這算術題算起來，就像我們家賣豬肉算錢似的。夫子，請問我可以一起上課嗎？」

顧秋顏兩頰泛紅，笑容燦爛，眼裡是不加掩飾的崇拜。

雲岫淺笑。「自然可以。」

今年是緇沅書院招收女弟子的第一年，很多適合女子學習的課程還沒有找到合適的夫子，所以入學的女學子可以暫時根據自己的喜好與長處，到講堂旁聽。

此舉一來是要為來年的女子課目設置做評測，二來打算讓書院學子慢慢適應女學子的存在，三來也能鞭策男學子奮發圖強，比如林岑雪的四書五經就比很多人學得紮實，常得明經科夫子讚揚。

明算科甲班，加上顧秋顏，一共七人。

雲岫站立在七人前，突然問神遊的宋南興。「還在疑惑為什麼我算那麼快？」

「是！」宋南興應道。若是讓他擺算籌計算，也做不到那麼快，所以他很好奇，究竟是怎麼算的？

雲岫把學子們驚訝、期盼、充滿求知慾的表情收入眼底，又問：「都會背九九歌嗎？」

九九歌其實就是九九乘法表，很多讀書人都會背。但換了後世叫法後，偏偏沒人去解答快馬鏢局招募令的第一道題，可惜。

六名男學子異口同聲回答。「會！」

顧秋顏一臉懵，輕搖著頭，不敢說話。

雲岫把事先準備好的木板立起，足以讓七名學生都能看見，認真道：「你們六位是要科舉的，既然想快，那就先學習數字，從零到九的讀法、寫法，然後用數字把九九歌譯出來。至於顧秋顏，先一起學習數字，之後我會再教妳九九歌。」

顧秋顏感恩一笑。「謝謝夫子。」

六名男學子看著範本上扭曲歪斜的線條，茫然迷惘而不知所措。

這……這是什麼？

雲岫抿嘴含笑。

正是前世舉世通用的阿拉伯數字。

第二十二章

雲岫開始教授明算科學子阿拉伯數字，一封從錦州縉寧山寄往盤州樂平的信也到了。

今日快馬鏢局剛到了一批貨，鏢局的人跟著鏢頭稱這些東西為「包裹」。信有信封裝，物件則有用粗布包裹的、有用木匣裝盛的、有用大木箱放置的，反正裹得嚴嚴實實，倒是名副其實，挺適合用包裹稱呼的。

「阿雲，這些包裹要盡快登記，明日開始就會有人陸續來取了。」鏢師卸下新到的各種箱子，仔細交代一個月前才來到鏢局的新文書。

這人全名叫什麼，誰也不知道，反正大夥都叫他阿雲。長什麼樣也看不太清楚，一臉的碎鬍渣，但皮膚白皙，一雙眸子漆黑晶亮。

雖是鏢局缺人手，臨時招了他，但阿雲的字寫得又快又好。以前要耗時兩、三日登記的包裹，阿雲不到一個下午就記完，清冊還整潔乾淨，一目了然。

阿雲聲嗓低沈，對來人的態度不冷不熱，聞言後只是抬眸看了一眼，便應下。「嗯，我等會兒就錄。」

若是雲岫在場，哪怕程行或滿臉長鬚，她也能認出來，何況才只是隔了一層鬍渣。

化身為阿雲的程行或把櫃桌上新到的包裹再次核實登記好，然後送去後院倉庫，等待明日由鏢師押走。

午後，暑熱難消。

下午鏢局客人少，程行彧舉著一只大海碗靠在鏢局門口的桂花樹下，喝著鏢局裡熬製好的、俗稱「上工福利」的涼茶，望著街頭人來人往，一雙黑眸神色莫測。

雲岫在這裡生活了近五年，成為了喬夫人，生了孩子，還幫他的情敵開設快馬鏢局。哦，也不能說是情敵，畢竟他至今還沒查清楚這位喬總鏢頭到底是男是女，是否真如青山寺那群師太所說，是女扮男裝？

但是，樂平的人都只識得喬總鏢頭，而不聞喬姑娘。

或者，喬長青是雲岫在盤州重新找的男人？想到後面這種可能，他的心口揪得生疼。不能胡思亂想，程行彧嚥下那口幽怨，安慰自己。沒事，就算喬長青是男人又如何，只要找人弄髒他，雲岫就會毫不留情地離開。

不過，說來也巧，快馬鏢局遍布各州，他出京行商後，去年還和他們做過買賣，押鏢本事好，速度快，甚少丟鏢。若不是喬長青搶奪了雲岫，他可能會親自登門拜訪，與之結交。

如今，所有的好處煙消雲散，奪妻之仇不共戴天！

忽然間，一顆頭從鏢局大門口探出來，看到他在樹下，揮手喊道：「雲哥，後院又來了一批包裹，一起幫忙搬一下？」

「這就來。」程行彧收回亂七八糟的思緒，咕嚕咕嚕把清苦的涼茶一飲而盡，隨後站直身子，進了鏢局。

「這些都是自錦州寄過來的包裹，登記好了就等著人來取。」曾經被喬長青拍肩鼓勵的小少年，現今已是一位熟門熟路的小鏢頭。

小鏢頭看見程行彧來了，取出一個包袱交給他。「阿雲，你住在桂花巷，離巷尾的羅大大家近，回去時能否幫忙送這個包裹和這封信？」

「沒問題，我下工後送去。」程行彧把東西接過來，那封信平平無常，但那個裝得滿滿當當的粗布袋上卻繡著「縉沅」二字。

他收回目光，默默把東西放好，然後加入鏢師，一起把那些箱子運到倉庫存放、記錄。

小鏢頭看不懂這阿雲這個人，說他冷淡，話不多吧，又對喬總鏢頭的家事感興趣。說他殷切吧，行事又獨來獨往的。

性子古怪，卻身姿挺拔，還寫得一手好字，明明一臉鬍渣，還能招不少姑娘喜歡。想到自家姊姊託他問的事，小鏢頭輕咳兩聲，以掩飾尷尬，把人拉到院裡角落。

小鏢頭環顧四周，發現沒人注意他們，才悄悄詢問。「我家裡有位姊姊，年十七，性情溫順，會繡花持家，做得一桌好飯，如今還待……」待字閨中。

他還沒把話說完，就被程行彧冷聲打斷。「我已娶妻。」

小鏢頭聲音戛然而止，滿臉尷尬，不知道如何接話。

已娶妻？那怎麼還孤家寡人住在桂花巷，怕不是沒瞧上他姊的推託之詞吧？

小鏢頭越想越覺得應該就是這樣，不死心地再次嘗試。「可自從你來鏢局，都是獨來獨往，縣裡從沒有人見過你家娘子。你別害羞，我姊姊容貌不差，你若見過……」說不定也會喜歡的。

這回，小鏢頭說的話又被打斷。程行彧態度決然，語氣肯定且不容置疑。「鏢頭，我真的已經娶妻了，她在錦州訪友，再過些日子，我就要去錦州找她。你姊姊很好，但不適合我，此生我只認定我娘子一人。」

小鏢頭的嘴張了又張，啞口無言，人家都這樣明白拒絕了，他也不好再提相看之事。阿雲本事不低，可惜已經娶妻，他們沒緣分，做不成一家人了。

「你要去錦州，那意思是不在樂平久居嗎？打算什麼時候走？」若如此，他又要準備幫鏢局重新物色新文書了。

「大概再過一個多月吧。」程行彧已經確定雲岫遷家至錦州蘭溪，那邊有他五年前布下的人手，只要雲岫去了，一定有人會察覺。

但他還想在樂平待上一段時日，多了解這些年來雲岫過得如何，還想打探阿圓的喜好。他會克制思念，等到十一月中旬再出發，那時去錦州蘭溪，正好可以同他們一起過年。

小鏢頭可惜地點點頭，想像喬總鏢頭對他那樣，也拍一拍阿雲的肩膀，不想他竟飛快避開了。

小鏢頭見狀，暗嘆一口氣。算了，如此孤僻之人，不適合他姊姊。

「你要去錦州哪兒？喬總鏢頭把總鏢局改設在錦州蘭溪，若你去了錦州，找不到合適的活計，可以去總鏢局，我們總鏢頭就喜歡你這樣的人才。」

謝謝，但我只想要岫岫。程行彧心裡悵然，淡淡嗯了一聲，氛圍再次冷寂下去。

「那你去忙吧，記得走的時候，送包裹去羅大夫家。」

見他還是只嗯了一聲，小鏢頭咂嘴，搖頭幹自己的事去了。

程行彧也去登記新送來的包裹，他寫得快，太陽還未西落，就做完了手上的活計，拿起那封信和包裹，闊步走出鏢局大門。

他沒有住在鏢局裡，而是買下雲岫家原來的宅子，暫時安身。

他先去桂花巷的阿婆家要了一碗酸辣餛飩，解決今日晚膳。

餛飩阿婆見他又來了，笑著說：「阿雲，你每天晚上都來我這裡，不是吃餛飩就是吃麵，不膩嗎？」

程行彧吞下一口皮薄肉多，還沾滿各種佐料的餛飩，輕輕說道：「不膩。我很喜歡阿婆的辣椒，很香。」和雲岫曾經做的很像。

餛飩阿婆搖著蒲扇，一臉喜色，她就喜歡人家誇她的餛飩。

「不只你喜歡吃，以前喬總鏢頭家的阿圓也喜歡，每隔兩日都要來吃一碗餛飩，還要多放辣油。」餛飩阿婆說著，想到那個小胖子，眼裡都是慈愛。

「阿圓那麼小，不怕辣嗎？」那是他的兒子，和他一樣喜辣，程行彧眉眼染上柔和。

餛飩阿婆笑了笑。「小阿圓怎麼會怕辣，整個縣裡最能吃辣的小孩就是他了。」

別人家的孩子吃了辣椒就辣得抽氣，怕辣喜甜。但小阿圓每次來，都用好話哄著她，嘴上喊著阿婆阿婆的，只為讓她多給點辣椒。

阿圓是人小，心思少，也不想想，她的辣椒油全靠喬夫人指點才那麼香辣可口，巴結她還不如巴結他娘呢。

「那阿圓挺有意思的。」只要事關阿圓，程行彧便有耐性多說上幾句。一碗餛飩吃完，他也不願走，又叫上一份麻辣炸馬鈴薯條，一邊吃、一邊和餛飩阿婆閒聊。

「那是當然。別看阿圓年紀小，卻是個孩子王，只要不跟他哥哥去羅大夫家，便滿街地跑，小孩們都喜歡跟著他，就能吃到很多喬家的小吃食，阿圓待他們也大方。你說，這麼討喜的小孩，誰不喜歡。」

「是，我也喜歡。」非常非常喜歡，很想見到他，很想擁抱他。

餛飩阿婆年紀大了，沒生意的時候，就喜歡和人坐在攤子上閒聊。

只要事關妻兒，程行彧都想聽。他錯過他們五年，這是唯一能了解他們往事的方法。

聽阿圓在桂花樹下撅著屁股數螞蟻；聽他故意踩水被雲岫追著教訓；聽他乖巧懂事，去哪裡都拉著他哥哥。

直到時辰已晚，來吃餛飩的人越來越多，程行彧才不捨起身，打算去羅大夫家送包裹。

「阿婆，我先走了，妳忙！」

「好，有空就來陪阿婆坐坐。」

「嗯。」他還想聽雲岫母子的事。

這個時候，正是桂花盛開的時節，整條桂花巷香氣襲人。

偶有碎桂花落在他髮間，他也沒有撣去。今日聽了不少雲岫和阿圓的往事，心情甚佳，嘴角凝著的笑意壓也壓不下。

只是，程行彧的好心情到羅大夫家後，就蕩然無存了。

一個小廝站在羅家大門口猛力拍門，口中急切嚷嚷。「羅嬸子，妳在家嗎？快開開門，救命啊！」聲音已經染上哭腔，衣裳也沾上很多塵土，想是跑來的路上摔倒了。

程行彧已到羅家門口，看小廝驚慌失措的樣子，忽然想起過往的自己，開口道：「你別急，我幫你敲，你手上流血了。」

小廝看見他，哭著說：「求你幫幫忙，找羅嬸子拿老參救命，我家少夫人快不行了！」鼻涕眼淚糊了一臉，很淒慘可憐。

程行彧一手抱著包裹、一手敲門，高聲喚道：「羅嬸，羅嬸。」

屋裡傳來腳步聲，程行彧望著小廝說：「來了，你別急。」

門被拉開，羅嬸子手上拿著剛擇下菜根的青菜，見阿雲站在門外，還有一個狼狽的小廝，不解問道：「我在灶房做飯，爐子上燒著水，沒聽見敲門聲。怎麼了？」

小廝跑了好大一段路，喘著氣，哽咽道：「羅大夫已經被我家少爺請去季府了，少夫人難產生不出來，羅大夫讓我來找您拿老參，要當年喬家夫人難產時用剩的百年老參提氣。」

程行彧臉色霎時發白，誰難產?!

羅嬸子聽見小廝的話，暗叫一聲不好，丟下一句等著，朝屋內跑去，隨即抱著一只紅木盒子小跑出來，趕緊把東西交給小廝，面上也是著急萬分。

「這就是那支老參，你趕緊送去。」

「欸。」小廝用衣袖抹去臉上淚水，一瘸一拐地往回跑，極為費力。

羅嬸子看小廝一身狼狽，以他這腳力回到季家，怕是晚了！瞥見臉色慘白、身子發顫，還站在門口的阿雲，一聲喝斥將他叫醒。

「阿雲，那小廝身上有傷跑不快，你替他跑一趟。縣衙對面的季家，你知道嗎？」

羅嬸子說著，把他手中繡著縉沅二字的包裹奪過來，見他還是一臉呆愣卻眼眶發紅的模樣，往他手臂上擰了一圈，急道：「緊要關頭，救人一命，你還不快去！」

程行彧一言不發，立即轉身追上小廝，一把從他手中搶走紅木盒子，撒腿朝縣衙奔去。

羅嬸子向小廝解釋。「他是鏢局的阿雲，跑得比你快，你跟上他就是。」

瞧著兩人先後跑去，羅嬸子的心還是慌得無法平復。居然又是難產，只盼母子平安。

程行彧全力奔跑，懷中死死抱緊裝有老參的紅木盒子。

他彷彿看不見街巷兩旁做買賣的小販，聽不見那些嬉笑怒罵的聲音，只管向季府跑去，卻管不住滿腦子浮現的各種猜想。

是他的岫岫難產嗎？她生阿圓時，是不是凶險萬分？所以這支老參就是岫岫曾經用過的？她受了多少罪，才把他們的兒子生下來？

各種思緒纏繞，程行彧的腦子裡一片漿糊，控制不住地邊跑邊哭，胸口彷彿被什麼死死壓住一樣，又沈又痛，酸澀至極。

他跑到縣衙時，斜對面的季府門口已有小丫鬟在守候，來回踱步，四處張望。

程行彧衝到她面前。「是不是在等羅大夫家的老參？」

小丫頭神色焦急。「正是！」

「這就是，妳快拿進去救人！」程行彧把紅木盒子交給她，望著她跑進去，沒有離開。

他想在外面等羅大夫，問一問雲岫當年生產之事，心緒已亂，腿軟無力，直接坐在縣衙外的石階上，呆呆凝視季府。

坐著坐著，他彷彿想到什麼，眼淚流個不停。用衣袖擦拭後，想著想著，又淌起眼淚。

慢他好遠一程路的小廝回到季府，就看見他一副頹廢邋遢的模樣，比摔了一跤更慘，可憐兮兮的坐在石階上。不知道的，還以為他受了莫大冤屈，在縣衙門口等著告狀呢。

小廝挪著受傷的腿來到程行彧身旁，惶急問道：「阿雲哥，老參交給府內下人了嗎？」

程行彧的聲音又粗又澀。「交給一名粉衣丫鬟了。」

「啊，那就好！」小廝鬆懈下來。「那是我家少夫人的貼身丫鬟。謝謝你，如果沒有遇到你，我怕是趕不及的。」

「嗯。」又是一陣沈默。

小廝敲開季府大門，和門房說了一聲，坐在程行彧身邊，一同望著大門，稍作歇息。

一刻鐘過去，兩刻鐘過去，程行彧見身邊小廝沒有立即回去，問道：「你家少夫人懷孕時，很辛苦吧？」

小廝雖然不解他為何這麼問，但人家替他跑了那麼遠一段路，他已把程行彧當好人看。

「是挺不容易的。」小廝扳著手指數。「嗜睡、嘔吐、怕熱、腰痛、腿腳抽筋……別家的媳婦孕吐差不多兩、三個月就停，但我家少夫人足月了，前兩天喝口雞湯還在吐。丫鬟也要經常幫少夫人按摩下肢，因為越到後面，腿腳越是腫得厲害，以前的繡鞋都穿不進去。」

小廝說著說著，發現程行彧渾身緊繃，雙手更是緊攥在一起，手背上青筋凸起，趕緊出言安慰。

「阿雲哥，你家是不是有人懷孕了？別怕，不是所有人懷孕都像我家少夫人這樣的。」

可是，程行彧還是沈浸在深深的擔憂恐懼中。

小廝咬唇，莫不是嚇到他了？早知道就不多嘴了。

「阿雲哥，天色昏暗，要下雨了，你趕緊回家去吧。等我家少夫人平安生產，我再帶謝禮去找你。」

小廝輕踮著腳站起身，看表情木然的程行彧一眼，輕嘆一聲，回了季府。

樂平縣的桂花樹被風吹得沙沙作響。街巷上有小販撐起棚子，有孩童歡顏笑語，有路人加快腳步往家裡趕。

「終於下雨了，這幾日可把人熱壞了。」

「看這一大片又黑又厚的烏雲，今夜怕是要有一場大雨。」

「希望夜裡下就成，白日還要幹活呢。」

一道電光劃破天際，轟隆一聲，驚雷響徹天空，頃刻間下起瓢潑大雨。雨霧白茫茫一片，從房簷上流下來的雨水，在程行彧腳下匯成一條條水流。

程行彧渾身濕透了，卻還坐在石階上不曾挪動絲毫，淚雨交加。

不遠處賣包子的大叔見雨勢太大，一時半刻停不下來，收了攤子要回家，發現程行彧在淋雨，還不知躲避，躲在油布棚子下，大聲喊道：「小哥，過來躲躲雨！」

程行彧彷彿聽不見似的，等大叔走遠了，仍坐在原地，任由豆大雨滴打在身上。

空無一人的街道被閃電照得發白，轟隆隆一響，又是好幾道雷。

程行彧整個人濕漉漉的，鬢角的頭髮散亂沾黏在臉頰兩側，本來白潤的皮膚在那層黑鬍渣的襯托下，更是慘白。

一名黑衣侍衛突然出現在他身後，舉著一把傘。「公子，避避雨吧。」

程行彧伸出手，接著雨水，聲音沙啞。「不是讓你們回京了嗎，怎麼還在這裡？」

他已經囑託汪大海替他回京向兄長請辭。兄長給他的所有權力和錢財，他都不要了；那份責任，他也不想擔了。

黑衣侍衛堅持道：「只要沒見到陛下手諭，屬下們就會一直跟在公子身邊。」

程行彧不看他，接滿一捧雨水後，打開手心，讓清澈冰涼的雨水順著指縫流走，望著雨滴從指尖滑落，最終匯入腳下的小水流。

「我是阿雲，不是你們的公子。」

黑衣侍衛不言不語，依然舉著傘，站在程行彧的身後。

一人不肯離去，一人只願做阿雲，兩人僵持不下。

半晌後，程行彧抬手抹去臉上的雨水，從侍衛手中拿過油紙傘，目光深沈地側頭看他。

「傘，我拿了，不要跟著我。」

「屬下告退。」

侍衛離開，又不知躲在何處守著他。

雨一直下，直至天色已晚，才慢慢停住。

路上漆黑一片，只聽得見水滴偶爾掉落在小水塘裡的滴答聲。

程行彧收起傘，站在石階前，繼續等待。

不知等了多久，他身上的衣衫已經半乾時，終於聽見吱呀一聲，季府的大門開了。

羅大夫一臉疲憊地被人恭送出來，不經意間看見立於縣衙大門口的程行彧，遂轉身向身側之人告辭。

「季公子不必再送，阿雲與我同住桂花巷，我與他一道回去就成。今日大家都累了，早些回去睡吧。」

怕季家人不放心，羅大夫又寬慰道：「少夫人已無大礙，多休養幾日便能慢慢恢復，您放心就是。」

「是，煩勞羅大夫了。您好生歇息，過幾日我再登門拜訪。」

季家公子把手中燈籠奉上，看著兩人離去的背影，才返回家中。

程行彧幫羅大夫把藥箱揹在身上，跟在羅大夫身邊，欲言又止。

他很想知道當年雲岫生產之事，但羅大夫今日為救人已精疲力盡，他不知從何問起，更不知從何說起。

一副躊躇之態被羅大夫看在眼裡，兩人走在空寂的巷道上，羅大夫突然說道：「聽季公子身邊小廝說，今日是你幫他把老參送過來才沒有耽誤。阿雲，幸苦了。」

程行彧喉嚨動了動，順勢問道：「羅叔，那塊老參是……喬夫人曾經用過的？」

羅大夫側眸覷他一眼，能買下喬家宅子，卻又在鏢局做工。對喬家的事很關心，卻又沒有惡意。他也看不清這個才來樂平縣一個多月的年輕人，到底意欲何為？

難道是喬長青那小丫頭的愛慕者？還是阿圓他娘的？

「是啊，那老參是喬總鏢頭為他家夫人準備的。」羅大夫邊走邊說：「當年喬家夫人懷著孕，還奔波趕路。她胎相不穩，骨架又小，老夫怕她不好生，讓他們備好，以防萬一。「幸好有那支老參，當年她生小阿圓時，生了兩天兩夜，身體力竭，氣血不足，險些暈過去。若是沒有老參湯，怕是難過那一關啊。」

簡單幾句話，根本難以描述雲岫生產時的艱辛。

她生下了阿圓，母子平安，所以羅大夫說得雲淡風輕。要是她沒挺過去，旁人是不是只有兩句可惜可嘆？

程行彧心裡湧上一陣陣酸楚，當年是他破了兩人誓言，害她懷有身孕卻在外奔走，也是他暗地裡不停尋她，才逼得她沿途趕路，不能好好休養。更是他，為人夫，卻在妻子生產的危急時刻，沒有陪伴在側。

雲岫是走了一趟鬼門關才把阿圓生下來的，他差一點就再也見不到她了。

哪怕他對喬長青厭惡怨恨，都不能起殺心。

是喬長青救了岫岫和阿圓，也是喬長青悉心照顧他們母子五年。

反而是他程行彧，虧欠良多！

第二十三章

程行彧把羅大夫送回家，雖然被羅嬸子強拉著灌下一碗熱薑湯，但心緒消沈低落，寒氣還是入體了。

後半夜，他迷迷糊糊的，彷彿感覺到雲岫就坐在床邊，對他說話，還解開他的衣服，為他擦拭身上虛汗，也聽見雲岫問他要不要喝粥。然後看著她離去，想拉卻拉不住。

他還夢到了與雲岫的初次相識。荒郊野外，她突然悄無聲息地滾落到他的帳篷外，身著奇裝異服，一雙迷茫的眼睛看著他問：「這是哪裡？這是哪一年？」

她的眼睛很美，柔而通透，彷彿陷入那雙眼裡一般，他昏昏沈沈地睡了過去。

夜裡秋雨陣陣，白日裡豔陽高照。

程行彧醒來時，天色大亮，陽光透過木雕窗灑進來。

他一動，撐著額頭靠坐在木桌旁的黑衣侍衛立刻清醒。

「公子，你醒了？感覺如何？有沒有好一點？想吃什麼？要不要先如廁？」聲音聒噪煩人，卻又非常熟悉，程行彧心裡火氣直冒，又不得宣洩，雙眸一閉，恨不得沒睜眼見過他。

黑衣侍衛碎碎唸地問個不停，程行彧喉嚨又痛又乾，腦袋裡嗡嗡作響，不得不打斷他。

「怎麼是你在此？」

黑衣侍衛聽見程行彧的問話，不忙著回答，而是自顧自地倒了一杯清水，扶著他起身，餵入他口中。「公子喝水潤喉。」

此人正是阿九，是黑衣侍衛中年紀最小，武藝最高，卻也是話最多、最難管控的首領。程行彧心頭竄火，不是把阿九派去錦州了嗎，怎麼又回來了?!

他喝下兩口清水，乾澀的喉嚨稍稍舒服點，就聽見阿九道：「公子，昨晚你夢見夫人了嗎？死死拉著屬下的手不讓我走，嘴上還呢喃個不停。」

噗哧！程行彧口中的清水噴了阿九一臉，咳咳嗆個不停。

阿九坐在身側，替他輕拍後背順氣。

程行彧出手拂了他的好意，嫌棄道：「你別碰我。」

他不喜歡別人觸碰，偏偏這個阿九不按常理行事，要是別的侍衛，才不敢這般對他。

「昨夜你脫我衣衫了？」

「是啊，公子淋了雨，又發了汗，得把濕衣服脫了，換上乾淨的衣衫。」

程行彧真想把他轟出去，昨晚讓他……過分！

「阿九，你出去！」

阿九也不委屈，從胸前衣服摸出一封信，在程行彧眼前晃了晃，抬腳作勢要走，嘴上卻故作可惜地出了聲。

「那許姑姑的信，阿九還是先收好吧，阿九告退。」

許姑姑？錦州來信！

程行彧急忙叫住他。「且慢，把信給我。」

阿九得意一笑，舉起手中的信。「那公子先喝粥吃藥？」

不愧是老大！躲在暗處的侍衛們佩服至極。

程行彧坐在院子裡曬太陽，手裡捧著一碗白粥，吃起來甚是寡淡無味，心裡念著許姑姑的信究竟寫了些什麼。

屋外忽然傳來敲門聲，阿九飛快躲進屋內。

「來了。」確定阿九躲好了，程行彧回應一聲，過去取走門閂開門，發現來人竟然是羅嬸子。「羅嬸，您怎麼來了？」

羅嬸子提著一只小竹籃，裡面還有剛買的新鮮肉菜，聽見他嘶啞的聲音，攢眉關切道：「今早我去鏢局寄信，沒瞧見你，猜想你怕是昨晚受了寒，才沒去鏢局。我回來時問了餛飩阿婆，你今日也沒有到她那裡吃東西，就知道你肯定是病了。你跟我回家一趟，讓你羅叔看看，抓副藥。」

程行彧心裡記掛著許姑姑寄來的信，出聲婉拒。「羅嬸，我身體強健，睡一覺好了大半，您不必掛念。」

羅嬸子瞧見他手裡的白粥，頻頻搖頭。「只吃白粥怎麼行，不如到我家吃午飯。」

其實，要不是這碗粥很燙，程行彧巴不得一口喝了它，然後找阿九拿信，又怎麼會願意花費工夫去別處吃飯。

「嬸子，我就不去妳家了，粥都熬好了，正準備吃呢，您要不要一起用點？」這些人情往來，都是他這一個月來學會的。

樂平縣是個民風淳樸的地方，這裡很多人認識雲岫，都照顧過雲岫。程行彧耐著性子和他們交往，想把自己融入進去，體驗雲岫嚮往的生活。

這裡和京都不一樣，日出而作，日落而息，沒有阿諛奉承，沒有勾心鬥角，鄉鄰都很友善，見面會問候，互相道家長裡短。很多力所能及的事，大家也會相互幫扶。

他似乎有些明白，為什麼雲岫不想回京了。

羅嬸子見程行彧是真的不願跟她回家，便也作罷，輕聲細語地說：「行，那你照顧好自己，晚點我再讓你羅叔過來，幫你診個脈。晚上別喝粥了，我送飯菜來。」

「嬸子，不用這麼麻煩的。」

程行彧有意拒絕，羅嬸子卻不放心他。「你這孩子真是倔得像頭驢，你一個人吃得下多少飯菜？你平日幫我們的還少啊，就不許你生病的時候讓我們照顧照顧你？」

羅嬸子的反應，彷彿他再拒絕，就要掰扯這些日子以來他幫過的那些事、那些人，程行彧趕緊點頭應下。

「是是是，那就煩勞羅叔和羅嬸了。」
「這還差不多。」
得了程行彧的話，羅嬸子才回去。
這麼一會兒工夫，程行彧手裡的粥也不那麼滾燙了，拿著勺子邊吹邊吃。
兩碗粥下肚，他終於得到那封信了。
信是許姑姑寫的，程行彧認認真真地讀了一遍又一遍，心中有喜亦有愧，眼角微濕，恨不得立刻前往縉沅書院。
他當即決定，下午就去鏢局請辭，晚上向羅家告別，明日就啟程前往縉寧山。
程行彧把信收好，又對阿九說：「我要收拾東西去錦州了，你帶上其他人回京吧。」
阿九立於院中，道：「沒有陛下手諭，屬下們絕不會離公子而去。」
「我身無官職，商號所有事務也全數交給海叔，如今白身一人，你們非要跟著我幹麼？」那麼一大群人，氣勢洶洶的，若是讓雲岫看見，又以為他要逼她回京。
此行他是要去做贅婿的，這些人跟著做什麼？
「陛下聖諭，保護公子安全！」
程行彧也有功夫傍身，他是真的不想帶著人。青州一行，有他們在，還讓雲岫跑了。這回帶上，萬一又壞事，那可如何是好？
他冷言拒絕。「我不用你們保護。」

阿九也是頑固，搬出聖諭行不通，再生一計。

「公子若有所顧慮，我等也可以像在樂平一樣，藏匿行跡，隱瞞身分，絕不讓人察覺。公子若要我等離去，恕屬下們做不到。」

程行彧萬般無奈，唯有妥協。看來要讓他們回京，只能等海叔回來，帶來兄長的聖諭。算了，今日得知好消息，他暫且不和阿九計較。「那便說到做到，沒有我的吩咐，不要隨意出現。」

「是，屬下遵命。」阿九跳牆而去，果真說到做到。

近來，雲岫傍身之事越來越多。

先是來上明算科的女學子人數與日俱增，用顧秋顏的話來說，學習算術對女子益處頗大，等嫁了人，要管的家務紛至沓來，尤其是一些繁雜瑣碎又和銀錢有關的事，不會算術可不行。

好比普通人家的媳婦，出去買菜，總要會算帳吧？多少錢一斤，合算多少錢？給了錢，人家要不要再找錢？找錢又該找多少？這些總要理得清吧。

家中有薄產的媳婦，自家有幾間鋪子、幾畝地？每間鋪子是盈利，還是虧損？盈多少、虧多少，算得清嗎？地呢，該交多少稅，心裡清楚嗎？

在女子不得科舉，四書五經和律法又對她們沒什麼大作用的背景下，學習算術似乎是不錯的選擇。
所以，明算科甲班的學子人數越來越多。
但科舉考試和學習普通算術不一樣，目的與進度都不同，大夥不能混在一起學習。
雲岫別無他法，只能分班。
明算科原來的六位男學子分為甲班，攻克的是針對科舉考試的內容；剩餘的女學子分為乙班，學習簡單算術，能買個菜、算個帳就行。
甲班學子瞬時鬆了口氣，終於可以學得快些了。
但隨著學習算術的人數越來越多，阿拉伯數字也在縉沅書院出名了。唐山長派五穀前來詢問，雲岫不得不再準備一份教案，因材施教。
偏偏，事情總是接二連三地撞在一起。
「啊？陳嬸，妳真的不能繼續在書院幫我帶孩子了？」
安安和阿圓正是好動頑皮的年紀，縉寧山又大又廣，有河流、有瀑布、有山崖，如果沒有人看護著他們，說不定就會瘋玩瘋鬧到處野。不怕一萬，就怕萬一，真出了什麼事，就有得她和喬長青後悔的。
無論如何，雲岫都要找個人跟著他們。
陳嬸剛習慣山中生活，也和安安與阿圓相處融洽，怎麼就要走了？
陳嬸挺不好意思，本來說好幫雲岫帶孩子，沒在山上待多久卻要請辭，面上一片羞慚。

「都是家事細碎繁瑣。自從您把滑輪圖紙給了我們家，魯魯他爹用滑輪改造了村裡打水用的轆轤後，木活接都接不完，十里八鄉好多村民都來石門子村，想讓魯魯他爹去幫忙改一改。他爹出門了，家裡的公婆沒人照顧，我們實在放心不下，才不得不向您辭工。」

陳嬸自知此舉有損道義，也不想斷了兩家的情誼往來，道：「楊夫子，實在對不起，我已經託街坊鄰居幫忙留意有沒有合適的人。您放心，在沒找到人之前，我是不會下山的。」

雲岫能理解，至少陳嬸事先知會了。也怪她當時考慮不周，急著招人便留下了陳嬸，人家有家室，有公婆，要長年累月留在縉寧山上，是非常不切實際的。

「陳嬸，我明白了，麻煩您在山上多待幾日，我會盡快尋找合適的嬸子。」

喬長青還沒回來，想招人沒那麼快，雲岫便麻煩陳嬸也託認識的人幫忙注意。「可以多問問，有沒有孤寡婦人願意長久待在山上書院的。」

陳嬸一聽，哪能不明白，滿懷歉意地說：「我知曉，一定會盡快找到合適的人選。」

雲岫本以為，找人的事要耽誤小半個月的工夫，哪知道才隔了三日，不僅人找到了，還直接來到唐家藥廬，等著她去瞧一眼，便能定下來。

這日，雲岫正在為甲班六位學子講穀物糧食按比例折換的計算方法。

這類計算本不難，《九章算術》中也有解題步驟，但學了阿拉伯數字之後，用數字計算會更加簡單迅捷。帶入要計算的穀糧名稱，按比例相乘相除，就能得出答案。

「看到粟米糧食折換這類題目，首先注意度量換算，究竟是斗還是升。如果有斗也有升，就要先統一度量單位，其次看清糧穀名稱。只要不帶錯，認真計算，就沒有太大問題。」

雲岫拿出自己整理好的一套試題，交給宋南興，對六個學生道：「這些題目是我出的，你們看題算答案，若有疑問不解，下堂課我們再解惑。」

雲岫說著，收起手中的火炭筆。「下午講『衰分術』，是一種按比例分配的演算法。你們趁中午先用數字解題、預習。這堂課就到這裡，記得把白木板清洗乾淨。若沒疑問，那就下課了。」

確定學生們聽懂了，暫時不打算提問後，雲岫才離開講堂。

「楊夫子，這邊。」細聲細氣的聲音從雷公柱後傳來。

雲岫駐足一看，發現是在飯堂幹活的大嬸，輕輕一笑，走了過去。

「大嬸，您不在飯堂準備午飯，來講堂這邊做什麼？」

「我剛去後山割菠菜，順便替紀魯魯他娘傳個話。她讓我轉告您，幫您帶孩子的人找到了，現在就在藥廬等候，您下課了，記得過去一趟。」

大嬸說完，雙手攥著背簍布帶。「楊夫子，話帶到了，那我就先回飯堂了。」

「謝謝大嬸，您慢慢走。」

陳嬸找人也找得太快了，究竟是行還是不行？

雲岫抬眼看看日頭，時辰尚早，便決定快去快回，畢竟下午還有一堂課。

雲岫趕到唐家藥廬時，瞅見唐晴鳶正在翻曬藥材，阿圓坐在院子裡的一塊大石頭上，捧著小白笑嘻嘻的，他身邊蹲著一個黃衣婦人，正在和他說話。

「來了啊，一起吃午飯？」

「好，但我只炒菜，不負責摘菜刷碗。」

唐晴鳶哼一聲。「行，我去準備食材。」眼神掃向阿圓那邊，示意雲岫看過去。「喏，那人就是來應招的。之前打招呼時說過幾句話，談吐不俗，我看著還成，妳聊聊看。」

「嗯，多謝。」

陳嬸在陪安安玩櫸木塊，見雲岫說完話，朝著她們這邊走過來，站起身，要為她介紹。

「楊夫子，這位就是我找到的合適人選。」

黃衣婦人起身轉過來，陳嬸還未說出她的身分，就聽見雲岫一聲驚呼。

「許嬸子？」雲岫沒想到會這麼有緣，這人竟然是喬府隔壁的鄰居，正是初到蘭溪那日時，曾有過一面之緣的許嬸子。

安安抬頭，乖乖叫道：「娘。」

阿圓也抱著小白跑到雲岫身側，一手揣著刺蝟、一手拉著她的手。「岫岫。」

許姑姑笑容滿面，眉眼和善地凝視雲岫，委身行禮。「見過楊夫子。」

「您不必這般，我家不講究這些繁文縟節。」雲岫拉著阿圓，趕忙側身避開，不解道：「許嬸子不是住在蘭溪縣裡嗎，怎麼會想到要來縉寧山？」

陳嬸見兩人好似相識，後知後覺地哎呀一聲，開懷笑道：「楊夫子竟然和許大妹子認識，當真是緣分，緣分啊。」

許姑姑一直溫婉笑著，等陳嬸說完話後，嘴角囁嚅幾下，忍下已到嘴邊的奴婢二字，才出聲回答。

「原先我是住在喬家隔壁，但這幾日雲府的主人家要回來了，不需要我繼續守在宅子裡，只能另尋他路。正好遇見紀婆婆去縣裡趕集，得知縉寧山在招人，包吃包住還有工錢拿，便尋思著上來試試。」

「紀婆婆？」是誰？

許姑姑瞧出雲岫眼底的疑惑，在陳嬸開口前，解釋道：「紀婆婆是紀大嫂的婆母，也就是紀魯魯他奶奶。」

陳嬸也跟著附和。「是我婆母。」

看來都是鄉裡鄉親，互相認識，身分應當沒什麼問題。

雲岫點頭表示明白，拉著阿圓邀請道：「許嬸子，不如坐下細說。」

許姑姑按捺住內心激動，順勢而為。能不能抓住機會留下來，就看今日了。

雲岫內心已有選人標準，她是非常想找寡婦或獨身婦人來幫忙帶孩子，但這位許嬸子來得太突然，她沒來得及多問，也不好直言問是不是寡婦這種話。

她思忖一會兒，委婉說道：「這份活計要做什麼，想必陳嬸已經和您說過了。我經常去書院授課，要勞您幫我照看兩個孩子。安安和阿圓正是調皮搗蛋的時候，帶起來並不輕鬆。我看許嬸子年紀不大，家中應該也有兒女要照顧，怕是不宜久居山中。」

從宮裡出來的許姑姑怎麼會聽不出其話中深意，等雲岫說完後，才說起自己的情況。

「楊夫子，我年少時給富貴人家做丫頭，是前幾年才被放出來的。父母雙亡，我至今孤身一人，不曾嫁娶，亦無兒無女，雖攢下幾兩薄銀，但無房無地，沒個落腳之處。聽說縉寧山這份活計包吃包住，才前來一試。」

曾給大戶人家做丫頭？想必是見過世面，通情達理之人，加分。

無父無母無夫無子，還無房無地無容身之處？想必能穩定長久地幹下去，加分。

但稱雙親為父母，而不是爹娘，讓雲岫覺得有些彆扭，狐疑看許嬸子一眼，問道：「許嬸子讀過書，還識字？」

這一眼看得許姑姑的心都提起來了，腦海裡忙回溯方才是否有說錯話的地方，瞥見在一旁傻笑的陳嬸，忽然察覺，她說話好像不夠粗俗，太過於文謅謅了。

她正思考如何補救之際，就聽到雲岫的問話，轉念一想，乾脆順勢回道：「是學了幾個大字。曾經伺候的貴人家中請夫子教導少爺和小姐，我跟在他們身邊伺候，就偷學了一些，但並不精通。」

竟然還識字？加分！
雲岫又問：「許嬸子照顧過小孩嗎？」
看著眾多王孫貴胄長大的許姑姑道：「有小到幾個月的，有大到十幾歲的。我看著長大的娃兒，最少也有二、三十個。」
「許嬸子除了識字，還擅長什麼？」雲岫暗自欣喜，她好像撿到人才了。
汪大海是程行彧的人，是她撬不起的牆角，無法收為己用，但沒想到還能遇到一個許嬸子，在富貴人家當過丫鬟，怪不得氣質淡雅，話語間進退有度。
果然是閱歷豐富，見過世面的，不僅各方面都很優秀，還能解當務之急，讓陳嬸子盡快返家。
雲岫心裡已然滿意，想把人留下。
陳嬸聽得出神，相識五年，她只知道許靈秋在替雲府看宅子，卻沒想到人家竟然當過大戶人家的丫頭，還識字呢。
許姑姑對上陳嬸崇拜的眼神，抿嘴一笑，繼續回答雲岫的問題。「懂針線活，會縫補裁製衣裳；略通廚藝，會做幾道點心；身體康健，能陪小少爺玩耍。」
她一邊說、一邊望著窩在雲岫身側的阿圓，眼中都是喜悅與慈愛。
雲岫看在眼裡，明顯感覺到她很喜歡阿圓，低頭一看，這麼一個白嫩嫩、閃閃發亮的肉包，誰不喜歡？

阿圓睜著大眼睛。「岫岫看我做什麼？」

雲岫手指輕點他的腦門。「看我的阿圓今天有沒有又長大一點？」

阿圓聽了，立刻站直身子，把小白往肩上一放，扠著腰，挺著小肚子，得意地說：「有的，給岫岫看。」然後抬起小下巴，望向安安。「哥哥，你看我有沒有長高了？」

「高了。」安安走過來，嗯了一大聲，和他並肩站在一起。

雲岫把安安攬入懷中，笑著對許嬸子說：「那就留下來吧。我的小院在藥廬上，下午您收拾一下之前陳嬸住的屋子，往後就住在山上。」

瞧許姑姑好似鬆了一口氣，臉上也泛起笑意，雲岫繼續說：「上山後，大家有一個月可以適應彼此，月錢按五兩銀子算。一個月後，如果我們相處和睦，又沒什麼問題，月錢就漲為八兩銀子。雖然長居縉寧山，但每月也有五日可以休息，您提前知會我一聲就行。」

許姑姑大喜應下，她終於來到夫人身邊了。

——未完，待續，請看文創風1269《養娃好食光》2

流浪貓狗介紹所

為流浪貓狗加油 和貓寶貝 狗寶貝 廝守終生(一定要終生喔！)的幸福機會

對人來說，貓寶貝狗寶貝只是生活的一部分，但妳（你）對牠們來說，卻是生活的全部，領養前請一定要考慮清楚——

▲ 憨厚可親的吃貨——麥麥

性　　別：男生

品　　種：米克斯

年　　紀：7～8歲

個　　性：溫和親人

健康狀況：已結紮，已施打預防針，
　　　　　腸胃狀況略不好，若天氣太熱容易拉稀

目前住所：台北市（原中途的工作室）

本期資料來源：瑞芳收容所志工隊

第356期 推薦寵物情人

『麥麥』的故事：

麥麥是一隻非常親人的狗狗，微胖、愛吃且不挑食，進食時遇到陌生人或其他動物接近會低吼警告，但建立信任關係後就沒有護食的情況了。

獲得麥麥完全的信任後，牠的脾氣變得非常好也很愛撒嬌，常會伸出牠的「小雞腿」（因右前腳掌缺失）討摸摸，而且笑口常開很討喜。平常的生活就是吃飯、睡覺、出門散步，活動量不大，家裡沒有人在的時候也會自己乖乖睡覺，不吵不鬧。

儘管麥麥右前腳掌缺失，但不影響走路，甚至用三隻腳不僅跳得好也跑得很快，外出散步更不會暴衝，但畢竟只有三隻腳可以承重，加上身形胖，跳著跑著很容易累，約三十分鐘就會趴下來休息喝水，接著再繼續快樂地探索世界。

生活簡單的家庭很適合性情樂天又照顧省心的麥麥加入，既不必揮別原本的步調，又能享受人狗共處的天倫之樂！Aura小姐誠摯歡迎您透過Line ID：aurabooya，為彼此搭起有愛無礙的幸福橋梁。

認養資格：

1. 認養人須年滿20歲，每天必須帶麥麥散步至少1次。
2. 須同意簽認養寵物切結書。
3. 須同意送養人日後之追蹤探訪，對待麥麥不離不棄。

來信請説明：

a. 個人基本資料：姓名、性別、年齡、家庭狀況、職業與經濟來源等。
b. 想認養麥麥的理由。
c. 過去養寵物的經驗，及簡介一下您的飼養環境。
d. 若未來有結婚、懷孕、出國或搬家等計劃，將如何安置麥麥？

love.doghouse.com.tw 狗屋誠心企劃

文創風
1268

養娃好食光 1

國家圖書館出版品預行編目資料

養娃好食光 / 三朵青著. --
初版. -- 臺北市 : 狗屋出版社有限公司, 2024.06
冊 ; 公分. --（文創風 ; 1268-1270）
ISBN 978-986-509-531-4（第1冊 : 平裝）. --

857.7　　113006131

著作者　三朵青
編輯　安愉
校對　陳依伶
發行所　狗屋出版社有限公司
地址　台北市104中山區龍江路71巷15號1樓
電話　02-2776-5889～0
發行字號　局版台業字845號
法律顧問　蕭雄淋律師
總經銷　知遠文化事業有限公司
電話　02-2664-8800
初版　2024年6月
國際書碼　ISBN-13　978-986-509-531-4

本著作物由北京晉江原創網絡科技有限公司授權出版

定價290元
狗屋劃撥帳號：19001626
網址：love.doghouse.com.tw　E-mail：love@doghouse.com.tw